달리는 낙타는
사막을 건너지 못한다

아부다비에서 찾은
인생이라는 사막을 여행하는 법

달리는 낙타는
사막을 건너지 못한다

김지광 지음

인생이라는 사막을 걷는 이들에게

인생의 중반이 시작될 무렵 저는 아부다비에 있었습니다. 아부다비는 중동의 작은 이슬람 국가이자 원유 매장량 세계 5위 산유국인 아랍에미리트 연합국(U.A.E)의 수도지만, 우리에겐 바로 옆 도시인 두바이가 더 잘 알려져 있지요. 두바이에는 세계에서 가장 높은 163층짜리 건물인 '부르주 칼리파(Burj Khalifa)'가 있고, 그곳과 지하로 연결된 축구장 16배 크기의 '두바이 몰(Dubai Mall)'이라는 세계 최대의 쇼핑몰이 있습니다.

두바이 몰을 처음 방문했을 때 제 앞에는 턱수염을 기른 한 남자와 검은 색 히잡(Hijab)을 입은 네 명의 여자가 함께 에스컬레이터를 타고 올라가고 있었습니다. 이슬람 국가 대부분은 합법적으로 부인을 네 명까지 둘 수 있으니 이상한 일은 아닙니다.

그들은 무엇이 즐거운지 크게 웃습니다. 그리고는 유명한 명품 '샤넬' 매장 안으로 들어갑니다. 저는 잠시 뒤에 서서 다음 장면을 지켜보기로 했습니다. 여자들은 이미 각자 점찍어 놓은 상품이 있는 듯,

저마다의 물건을 들고 계산을 위해 카운터로 오는 데까지 얼마 걸리지도 않습니다. 남자는 너그러운 미소와 함께 지갑에서 카드를 꺼내 결제를 합니다. 부러웠습니다.

오해하지 말기 바랍니다. 부인을 넷이나 두고 있다는 점이 부러운 게 아닙니다. 사실 아내 하나도 많다고 손사래를 치는 사람들도 있으니까요. 그저 비싼 명품을 마음대로 살 수 있는 그 부유함이 탐났을 따름입니다.

저는 항상 남들이 가진 것, 남들이 좋다고 하는 것에 마음이 갔습니다. 그들이 가진 것과 제가 가진 것을 비교하며 살아왔습니다. 그래서 제가 갖지 못한 것이 있다면 어떻게든 가지려고 했고, 원하는 것을 이루려고 발버둥쳤습니다. 그러면 행복할 줄 알았습니다. 많은 사람이 원하고 추구하는 것이 곧 진리이고, 크고 넓은 길로 들어가는 것이 최선이라고 생각했습니다.

그러한 생각에서 출발한 인생은 처음에는 꽤 괜찮아 보였습니다. 제법 누리고 살아올 수 있었습니다. 원하던 일들이 실제로 이루어지는 걸 보면서, 더 많은 것을 갖고 더 높은 곳에 다다르는 것이 인생의 목표라 확신하게 되었습니다. 오로지 산 정상에 빨리 오르는 것만 머리에 가득했습니다.

그러나 한편으론 늘 무언가가 부족하고 공허한 마음이 들었습니다. 세상에는 아무리 원한다고 해도 얻을 수 없는 것이 훨씬 많고, 올라가는 데에는 끝이 없기 때문입니다. 그러니 내가 갖고 있지 않은 것에 눈길을 주고, 보이는 것에 초점을 두는 삶은 항상 부족함을 느낄 수밖에 없었습니다.

아부다비에 있는 동안 사막을 여러 번 다녀왔습니다. 사실, 아부다비 자체가 사막 위에 건설된 도시인지라 도심에서 조금만 벗어나도 온통 사막이긴 합니다.

실제로 가서 보았던 사막은 예상보다도 더욱 뜨겁고 황량한 곳이었습니다. 피할 만한 그늘은 눈을 씻고 찾아봐도 없었습니다. 불타는 태양을 머리에 이고 푹푹 빠지는 모래사막을 걸어보셨나요? 한걸음 내딛는 것조차 힘겨웠고, 수시로 불어 닥치는 모래폭풍에는 눈조차 뜰 수가 없었습니다.

그러나 그때만 해도 제 인생에 진짜 사막이 펼쳐질 것이라곤 생각하지 못했습니다.

어느 순간 제 인생에 그러한 사막이 펼쳐졌습니다. 평생 정상을 향해 오르는 인생을 살아왔던 저는 사막을 만나자 휘청거리기 시작했습니다. 흔들렸고, 방향을 잃었으며, 결국 길을 잃고 말았습니다.

그리고 굳게 닫혀버린 문 앞에서 제 실수와 과오를 후회하고 자신을 원망하며 좌절했습니다. 그러나 그 문은 곁을 주지 않았고 다시 열리지 않았습니다. 사방이 막힌 것만 같았고 주위엔 아무도 없었습니다.

바로 그때, 사막에서 길을 잃고 헤맬 때 빛으로 오신 하나님을 만났습니다. 그것은 제 인생의 가장 중요한 전환점이었습니다. 모든 고난에는 그분의 뜻이 있음을 알게 되었고, 위로하시며 상처를 치료해주시는 깊은 사랑을 경험하게 되었습니다.

사막을 헤매다 보니, 인생은 산을 오르는 것이 아닌 사막을 건너는 것과 같다는 생각이 들었습니다. 그렇습니다. 정상이라는 분명한 목표를 향해 올라가는 것보다 방향조차 가늠할 수 없는 막막한 사막이 인생과 더 닮아 있습니다. 그 흔한 길 하나 없는, 어디로 가야 할지 알 수 없는 사막을 건너야 하는 현실 속에서 비로소 저는 잊고 있던 저 자신을 바라보기 시작했습니다. 그리고 마음속 깊은 곳에 잠들어 있는 열망을 외면하고 다른 사람의 욕망을 내 것으로 착각하며 살아왔음을 발견했습니다. 그것은 자신이 진정 원하는 것이 무엇인지, 지금 서 있는 곳이 어디인지 알지 못하는 데서 비롯된 것이었습니다.

헤르만 헤세의 소설 『피터 카멘찐트』는 이렇게 끝을 맺습니다.
'청춘은 아름다웠노라! 이 말을 할 때 이미 그는 백발이 되어 있었다.'
더 늦기 전에 자신의 내면을 진솔하게 들여다보고, 가장 나답게 사는 길이 무엇인지를 고민하는 것은 그래서 소중합니다. 삶이 힘들고 어려울 때조차 내가 있어야 할 곳을 분명하게 인식하고, 상처를 보듬어 원하는 길을 걸어가는 것이 진정한 자신의 삶을 만들어 가는 것이기 때문입니다. 인생에서 가장 슬픈 일은 마지막에 도달했을 때 이미 늦었음을 후회하며 돌아보게 되는 일입니다. '인생의 비극은 살아 있는 동안 내면이 죽어가도록 내버려 두는 것'이라는 노먼 커즌스의 말은 그래서 사막을 걷는 우리에게 소중한 울림으로 다가옵니다.

어느덧 직장생활 23년차가 되었습니다. 누군가는 안정적인 직장이라고 할 수 있는 공기업에 다니는 자가 삶의 지난함을 이야기하고 애환을 말하는 건 배부른 소리라고 생각할 수도 있을 것입니다. 취업을 하고 싶어도 좌절할 수밖에 없는 이 땅의 많은 청춘들이라면 더욱 그렇게 생각할 것입니다.

맞습니다. 그러기에 이 글을 쓰는 동안 부끄럽고 조심스러웠습니다. 그러나 저는 제가 얼마나 어렵고 힘든 과정을 거치며 살아왔는지를 말하고 싶은 마음이 전혀 없습니다. 그것들을 어떻게 보란 듯이 극복해 왔는지 이런 저런 말을 늘어놓는 데엔 더욱 관심이 없습니다. 다만, 사막이 아니었다면 발견할 수 없었던 의미와 가치를 말하고 싶었습니다.

사실 이 글은 에세이나 혹은 자기계발서와 같은 그 무엇도 아닙니다. 그저 남들에게 보여지는 삶이 전부였던 한 사람의 자기 고백서일 뿐입니다. 그 부끄럽고도 껄끄러운 고백을 굳이 꺼내는 이유는 분명합니다. 진정한 위로란 화려하고 거창한 말에 있는 것이 아니라, 공감하며 함께 아파하는 것에 있기 때문입니다. 그러기 위해서는 먼저 제 상처와 아픔을 드러내는 것부터 시작되어야 합니다. 그래서 이 글을 쓰기로 했습니다. 이 글을 읽는 당신 혼자만 사막을 걷는 것이 아님을 알게 된다면, 그것으로 충분합니다.

인생의 어느 지점에 서 있든, 그곳은 마땅히 있어야 할 곳이지만 동시에 잠시 지나가는 곳이기도 합니다. 문이 닫혀 있더라도 그 역시 잠시 지나가는 곳일 뿐입니다. 그런 점에서 저는 이제 더 이상 사막을 두려워하지 않습니다. 여전히 사막을 걷고 있지만, 더 이상 사막을 벗어나려고 몸부림치지 않습니다. 잠시 오아시스를 만나 쉬어갈 수는 있지만, 그곳이 최종 목적지는 아닐 겁니다. 언젠가는 오아시스를 떠나 다시 사막을 걸어야만 하며, 지금 걷고 있는 이 사막의 끝에는 또 다른 모습의 사막이 펼쳐질 것입니다. 그래서 사막을 걸으며 순간순간 마주치는 고난과 시련에 그렇게 좌절할 필요도 없고, 흔들릴 필요도 없다고 믿습니다.

이제는, 빛나는 소망을 안고 미래를 향해 흔들리지 않는 꿈을 꾸는 것이 삶의 목적이 되어야 합니다. 그러기 위해서는 헛된 것을 바라보는 시선을 거두고 영원한 것을 바라보아야 합니다. 목마르지 않은 생수를 찾아야 합니다.

그리고 비록 문이 닫히더라도 그 앞에서 춤을 추는 인생의 넉넉함을 가져야 합니다. 문이 닫힌다는 건 한편으론 새로운 문이 열린다는 의미이고, 그건 축하해야 할 일이기 때문입니다. 그 문을 열고 인생 본연의 아름다움과 경이로움을 향해 새로운 여행을 시작하는 것, 그래서 아직 못다 한 이야기를 채워 넣는 것, 그것이 삶이 우리에게 말하려 하는 것입니다.

당신이 인생 여정의 어디쯤 서 있든, 다른 누군가의 삶을 통해 용기와 희망을 얻을 수 있게 된다면, 그것으로 충분히 감사할 일입니다. 당신 혼자만 사막을 걷고 있는 것이 아닙니다. 그 사막을 여행하며 새로운 꿈과 도전을 갖게 되길 소망합니다.

여전히 사막을 지나며,
김지광

차례

1장

만약 보이기 위해
사는 삶이라면

사막을 걸어 본 사람은 안다.

눈을 뜰 수 없는 것은 모래에 반사되는 강렬한 햇빛 탓이 아니라,

시시때때로 불어오는 모래 폭풍 때문이란 것을.

그늘 한 조각 없는, 지도에도 나와 있지 않은 사막에서는

어디로 나아가야 할지 방향조차 가늠하기 어렵다.

숨 막히는 모래바람을 마주하게 될 때면

그저 눈을 감고 바람이 지나가길 기다려야만 한다.

얼굴을 후려치는 모래 알갱이들 속에서 문득 혼자 걷고 있다는 걸 깨닫게 되는

순간 어느덧 마음마저 사막을 닮아가게 된다.

사막에서는 하늘과 모래 외에 아무것도 보이지 않는다.

나 자신을 바라볼 수밖에 없는 곳이다.

솔직해질 수밖에 없는 공간이다.

외부 세계로의 확장이 차단된 곳에서는 오롯이 내면의 영역으로 시선이 갈 수밖에 없다.

어느 날 갑자기 나는 황량하고 메마른 사막을 걷게 되었다.

'갑자기'라는 말은 무엇인가를 전혀 예상하지 못하거나 어느 정도 예상했더라도 미처 준비할 겨를이 없었다는 의미이다.

주위를 둘러봐도 아무도 없는 그곳에서

'나라는 사람은 누구인가? 내가 추구하는 삶의 목적이 무엇인가?' 하는 근원적인 질문과 마주할 수밖에 없었다.

그리고는 매일 바쁘게, 하루하루를 열심히 살아왔다고 생각했지만,

아무것도 이룬 것 없이 나이만 먹었음을 새삼 깨닫게 되었다.

그 이유는 다름 아닌 남들이 원하는 대로 살아온 내 삶에 있었다.

내가 원하는 것이 아닌 다른 이들에게 보이는 삶이 곧 나의 전부라고

여겨온 데에 있었다.

낙타의 삶

저만큼 내 시선이 떨어지는 곳, 뜨거운 사막 위를 한 마리 낙타가 걷고 있다. 무거운 짐을 지고 묵묵히, 주인의 손에 이끌려 느릿느릿 걸어간다. 자신의 몸보다 훨씬 큰 짐을 지고 있는 탓에 마른 몸뚱어리가 더 가냘프게 보인다. 눈은 젖어 있고 발은 부르터 있다. 하지만, 주인이 쉬라고 하기 전까지는 그저 앞만 보고 걸을 뿐이다. 가쁜 숨을 몰아쉬며 걷고 또 걷지만 변한 것이 없으며, 그의 곁엔 항상 하늘과 모래뿐이다. 어제도 내일도 같은 풍광이다. 아주 먼 길을 떠난 듯하지만, 언제나 같은 자리에 머무르고만다.

아부다비 사막에서 만난 그 낙타의 모습이 낯설지 않았던 것은 정해져 있는 삶을 살아가고 있던 내 인생과 크게 다르지 않다는 생각이 들었기 때문이다. 주어진 일에 최선을 다한다고 여겼고, 시간을 쪼개어 열심히 살아왔다. 하지만 사실 내가 걷고 있는 길이 어디로 향하고 있는지 알지 못했다. 많이 온 것 같지만 막상 그리 멀리 오지 못한 것 같기도 했고, 그러는 동안 나는 낙타처럼 길들여져 갔다. 그저 걸으라고 하면 걷고, 뛰라 하면 뛰었으며, 멈추라 하면 멈췄다. 그것이 내가 할 수 있는 최선이라 생각했다. 그렇게 사는 게 성실하고 책임감 있는 삶이며, 내게 맡겨진 역할이라 믿고 살아왔다.

그러나 이상하게도 짊어지고 있는 짐은 좀처럼 줄어들 기미가 보이지 않았다. 오히려 더 무거워져만 갔으며, 아무리 많은 것을 채워도 부족함은 줄어들지 않았다. 게다가 나름대로 열심히 살아온 것 같긴 한데 그 세월을 증명할 방법을 찾을 수 없었다. 만약 '증명할 수 없는 건 존재하지 않는 것'이라는 말이 사실이라면 그 시간은 어떤 의미인가 하는 의문이 생겼다. 낙타의 삶과 많이 달라 보이지 않았다.

직장생활 23년차로 접어드는 시간 동안 나는 앞만 보고 달려왔다. 짜여진 틀에 맞추어 남들이 가는 길을 따라서 무언가에 이끌리듯 여기까지 왔다. 이유는 명백하다. 그러한 삶에 이미 익숙해져 있었고, 그냥 그렇지 않으면 안 될 것만 같았다. 그러는 사이 직장은 어느덧 생계의 수단을 넘어, 나 자신을 나타내는 정체성으로 자리매김 되었다. 직장이 모든 것이었고, 곧 나의 인생이었다.

그렇지만 매일 매일 똑같은 일상 가운데 나는 어느덧 지쳐가고 있었다. 누군가에는 그러한 일상이 부러움의 대상일 수도 있고,

삶의 목표일 수도 있음을 인정한다. 그러나 시간이 지날수록 사막에서 마주한 낙타의 모습으로 채워져 가는 일상은 더 이상 가치 있는 시간이 아닌 것 또한 분명해 보였다. 그것은 내가 원하는 것이 아닌 남들이 원하는 대로 살아왔던 삶에 본질적인 문제가 있었다. 나는 다른 사람의 욕망과 삶에 나의 시간을 쏟아왔다. 내 마음속 깊은 곳에 있는 열망을 외면하고, 오늘을 넘기고 현재를 살아내는 것에만 치중해왔다.

사람들 대부분은 겉으로 보여지는 모습으로 자신의 정체성을 확립한다. 그러나 엄밀히 얘기하면 그것은 자신이 만들고 발전시킨 품성이나 자질이 아니라, 다른 사람들의 평가를 위해 여기저기에서 끌어모은 파편들에 불과하다. 나 또한 마찬가지였다. 끊임없이 내가 가진 것과 남이 가진 것을 비교하며 가치를 매겼고, 남들처럼 부자가 되거나 유명해지는 걸 성공한 삶이라 여겨왔다.

하지만 그것은 어디까지나 남들에게 보이는 모습일 뿐이다. 스스로 결정하고 자기 의지대로 살며, 원하는 일을 하며 사는 삶이 아니라 남들이 원하는 가치를 추종하는 삶이 잘 사는 것이라고 착각하는 것뿐이다. 그런 착각이 몹시도 나쁜 까닭은, 평생을 주인이 이끄는 대로 끌려다니는 낙타로 살아갈 수밖에 없기 때문이다. 자신이 진정으로 바라고 원하는 것이 아니라, 그저 겉으로 드러나는 모습이 그럴듯해 보이기에 얻으려고 애쓰는 일은 그래서 가슴 아픈 일이다.

인생이 순조로울 땐 별문제가 없어 보인다. 하지만 그러한 삶은 인생에서 만나게 되는 위기 앞에서 속절없이 무너지고 만다. 위기와 고난이 찾아오면 반드시 진정한 자신을 마주할 수밖에 없는 순간이 찾아오기 때문이다.

누구나 인생에서 비바람이 몰아칠 때가 있다. 폭풍우를 피할 수 없을 때가 있다. 바람이 불지 않으면 곡식은 여물지 않는다. 그 바람을 견뎌야 뿌리가 더 땅속에 깊이 들어가는 법이고, 열매가 풍성해지는 법이다. 그 시간은 누구에게나 어렵고 피하고 싶은 시간이지만, 남들에게 보이는 것에 치중하며 살아온 이들에게는 더욱 견디기 힘든 시간이 된다. 왜냐하면, 그들은 인생에도 마치 정답이 있는 것처럼 살아왔기 때문이다.

삶에도 정해진 길이 존재한다고 생각하는 이들은 어떠한 예외와 벗어남도 용납하기 힘들어진다. 그런 인생에서 폭풍우가 몰아치면 그들은 걷잡을 수 없게 된다. 한 번도 경험해보지 못한 삶의 무게에 휘청거린다. 남들이 정해 놓은 목표에 자신의 삶을 맞추어 왔던 사람들은 타인의 시선과 평가에 민감하게 반응할 수밖에 없다. 어쩌면 폭풍 자체의 두려움보다도 비바람을 맞고 있는 자신의 초라한 모습이 어떻게 보여질까를 먼저 걱정하게 되는지도 모른다.

나에게도 어김없이 폭풍의 시간이 찾아왔다. 처음엔 비바람을 피해 어디론가 숨으려 했다. 안전한 곳을 찾아서 이곳저곳에 몸을 파묻었다. 다행히 아무 일 없이 비바람이 지나가곤 했다. 그런데 이전과 비교도 할 수 없는 폭풍우가 몰아치자 비틀거릴 수밖에 없었다. 강한 비바람은 더 이상 피할 곳을 허락하지 않았다. 안전한 곳이 없었다.

폭풍이 할퀴고 지나간 자리에 홀로 서 있게 되자, 나는 남들에게 보이는 것이 전부라고 여기며 살아왔음을 깨닫게 되었다. 내 자신에게는 정작 제대로 눈길 한번 주지 않은 채로 남들이 원하는 대로 살아가는 것을 잘사는 것으로 착각해왔다. 삶의 목적도 없이 어디서 출발해서 어느 곳을 거쳐 왔는지도 돌아보지 않았음을 그제야 깨닫게 되었다.

보여지는 데 초점을 맞춘 삶은 자신의 삶이 아니다. 마음이 원하는 것이 아니고, 자신의 의지에 따르는 삶이 아니므로 당연히 자신의 삶이 아니다. 타인의 삶이다. 다른 사람을 의식하며 살아가는 삶이며 다른 사람의 생각대로 왜곡되어진 삶이다.

때때로 우리는 보이는 것들에 신경을 쓰느라 정작 자신의 삶은 잃어간다. 삶의 의미는 남에게 보여주기 위한 것들이 아니라 내가 살아가는 그 자체에서 나오는 것이며, 그것이 삶의 본질적인 이유인 것이다.

항해를 하면서 폭풍을 만나게 되면 진로를 바꿀 수 있어야만 한다. 적당한 때 닻을 풀어 적절한 장소에 배를 고정해야 한다.

진정한 나 자신을 마주함으로써 자신의 소명과 목적을 찾는 일은 인생의 나침반이 되고, 닻이 되어 준다. 남들에게 괜찮고 그럴 듯한 것에 마음을 뺏기는 것이 아니라, 정말 자신이 원하는 것을 돌아보게 될 때 막막한 바다에서 항로를 잃지 않게 된다.

사막에서 신기루를 본 적이 있다. 발목까지 푹푹 잠기는 사구(砂丘)를 더 이상 걷기 힘들 때였다. 내 목 뒤로 서늘한 바람이 불어왔다. 한 번도 본 적이 없던, 이글거리던 사막이 낙조 내린 바다처럼 붉게 물들었다. 황홀한 풍경에 넋을 놓고 바라보고 있던 그때였다. 모래언덕이 일렁였다. 살아서 꿈틀대는 것 같았다. 맞닿아 있는 하늘과 황톳빛 땅이 뒤집어질 것만 같던 그 순간, 완벽한 적막이 찾아왔다. 그리고 그 적막함 가운데 저 멀리 낙타 한 마리가 어렴풋 보였다. 고개를 떨군 채 붉은 석양 아래 외롭게 걸어가고 있는 그 낙타는 여전히 자기 몸집보다 훨씬 큰 짐을 짊어지고 있었다.

걷고 또 걸어도 제자리에 머물고 마는 낙타의 삶과 이별하기 위해서는 '보이는 삶'이 아니라 '살아가는 삶'이 되어야 한다. 남들이 가진 것에 마음을 빼앗기는 것이 아니라, 내가 하고 싶은 일을 하는 삶이어야 한다. 내가 가지고 싶은 것을 가질 자유가 있는 삶, 자신이 행복하다고 느끼는 열정적인 삶, 그것이야말로 진정한 성공이자 행복이다.

잘 만들어진 세상에서 산다는 것

영화배우 짐 캐리를 좋아한다. 능청맞은 웃음과 익살스러운 표정을 보고만 있어도 기분이 좋아지지만, 무엇보다 연기를 잘하기 때문이다. 코믹한 영화에서 확고한 위치를 구축한 그는 흉내 낼 수 없는 독보적인 캐릭터로 할리우드에서 가장 웃긴 배우로 선정되기도 하였다.

그가 출연한 영화는 상영될 때마다 빠지지 않고 거의 다 보았다. 그중에서도 가장 인상 깊었던 영화를 꼽으라면, 아이러니하게도 코미디와는 거리가 먼 〈이터널 선샤인〉과 〈트루먼 쇼〉이다. 특히 〈트루먼 쇼〉는 그가 단순한 코미디 전문 배우라는 인식에서 탈피할 수 있게 만들어 준, 연기력이 빛났던 영화였다.

최근 재개봉한 영화 〈트루먼 쇼〉를 다시 보았다. 1998년 이 영화가 처음 개봉되었을 때 나는 입사한 뒤 첫 근무지였던 강원도 태백에 근무하고 있었다. 당시 서울 친구들을 만나면 그들은 '탄

광촌 오지'에서 근무하는 나를 측은한 눈빛으로 바라보며 위로해 주곤 했다. 그럴 때면 나는 "그곳은 너희들 생각과는 많이 달라. 아무런 부족함이 없는 곳이지."라고 주저하지 않고 답변했다. 그건 진심이었다. 그렇게 자신 있게 얘기할 수 있는 근거는 다름 아닌 '극장'이었다. 시내에 있는 유일한 영화관이 태백을 '부족함이 없는 곳'으로 판단했던 단 하나의 기준이었다.

짐 캐리의 새로운 영화 〈트루먼 쇼〉가 상영된다는 소식에 나는 즉각 태백의 '유일한' 영화관으로 달려갔다. 영화가 끝나고 집까지 꽤 먼 거리를 걸어가며, 어느새 가로등 위에 환하게 켜진 네온 사인을 바라보며 그런 생각이 들었다.

'혹시 나의 삶도 중계되고 있는 것은 아닐까?'

작은 섬에 사는 30세의 평범한 회사원 트루먼은 누구나 꿈꾸는 완벽하고 행복한 삶을 사는 것처럼 보인다. 아름다운 아내, 좋은 친구들, 안정된 직장을 가진 그는, 사실 태어나는 순간부터 현재까지의 모든 삶이 생방송으로 중계되고 있으며, 대본대로 짜인 인생을 살고 있다. 그의 친구, 이웃, 심지어 아내마저 모두 다 각본에 따라 연기하는 사람들이었지만 그는 그 사실을 모른 채 거대한 세트장 안에서 살아가고 있다.

그러던 어느 날 그는 우연히 조금씩 이상한 점을 하나 둘 발견하게 되고 그때부터 자신의 일상을 의심하기 시작한다. 그러나 그는 여전히 정해진 대로 인생을 살아갈 뿐이다. 그곳을 떠날 수도 있지만 결코 떠나지 못한다. 바다는 무서운 곳이라며 주입받은 교육 탓이다. 어린 트루먼이 모험을 떠나려고 할 때마다 사람들은 "세상은 위험한 곳이야! 이곳이 가장 안전해!"라고 속삭이며 포기하도록 만든다. 어려서부터 주입식으로 교육을 받게 되면, 트루먼이 그랬던 것처럼 그로부터 벗어난 행동을 하기란 쉽지 않은 법이다.

한글을 배울 무렵부터 나는 아버지로부터 천자문을 배워야만 했다. 정해진 분량을 외우지 못하면 종아리를 맞았다. 그 어린 나이에 천자문을 배워야만 하는 까닭은 장남이자 장손이므로 족보를 알아야만 한다는 단 하나의 이유 때문이었다. 그리고 아버지는 틈만 나면 '나의 시조는 알에서 태어난 김알지 대왕이며 내 몸속에는 신라 왕족의 피가 흐르고 있음'을 귀가 따갑도록 말씀하셨다. 그것이 '나와 대체 무슨 상관이란 말인가?' 하는 울림이 마음속에 일렁였지만, 무섭고 엄한 아버지에게 얘기할 수는 없었다. 그리고 나도 모르게 어느새 세뇌되어 갔다.

중학교 2학년 반장선거 때였다. 후보로 추천되어 소감발표를 위해 앞에 나가서는 학급 아이들에게 이렇게 말했다.

"내 몸속엔 신라 왕족의 피가 흐르고 있어. 그러니 너희들은 나를 뽑아야 해."

물론 야유를 받았다. 그러나 그것보다도 충격이었던 것은 내가 그런 말을 했다는 사실을 새삼 깨닫게 되었을 때였다. 그것은 내가 의도한 말이 아니었다. 나도 모르게 나온 말이었다.

　어렸을 때부터 항상 정해져 있는 길을 걸어왔다. 그것이 최선이라고 얘기 들으며 자랐다. 남과의 경쟁에서 밀리는 게 죄악에 가깝게 취급받는 집안 분위기 속에서 나는 부모님의 기대에 어긋나지 않게 모범생으로 자라났다. 부모님이 원하는 대학에 입학했고, 사람들이 말하는 꽤 괜찮은 회사에 입사했다. 승진도 빨랐다.
　그러나 무슨 까닭인지 공허했다. 항상 부족함을 느꼈다. 부족한 것을 아무리 채우려 해도 해결이 되지 않았다. 채우려 하면 할수록 허무해졌다. 남들에겐 많은 것들을 누리고 사는 것처럼 보였지만 나 자신은 만족감을 느낄 수 없었다. 마음 한구석엔 알 수 없는 쓸쓸함과 공허함이 가득했다. 그건 내가 진정으로 좋아하는 것이 무엇인지, 어떨 때 행복하고 슬퍼하는지 나 자신을 알아볼 겨를도 없이 타인이 원하는 모습에 부응하기 위해 살아왔기 때문이었다.
　열심히 일하고 부지런하게 살아왔지만, 과연 무엇을 위해 열심히 살아가고 있는 것인지도 알지 못한 채, 그저 아무런 목적 없이 바쁘게만 살아온 인생이었다. 단지 직장에서 맡은 소임이 나의 존재 자체라 착각하고 살아오면서 어느덧 나의 열정과 욕망은 사라졌고, 마음속 깊은 곳에 잠들어 있는 열망은 애써 외면되어 왔다.

마침내 자신의 인생이 완전히 가짜라는 사실을 알게 된 트루먼은 거대한 세트장으로부터 벗어나 세상 밖으로 나가고자 시도한다. 그리고는 한 번도 나가본 적 없으며, 어렸을 때부터 위험한 곳이라고 귀가 따갑도록 들었던 바다를 향해 뛰어든다. 그가 과감하게 거친 파도에 몸을 맡기는 장면에서, 나는 하마터면 크게 박수를 칠 뻔했다. 그를 진심으로 응원했다. 남들에게 보여주기 위한 삶이 아닌, 자신이 진정 원하는 것을 찾기 위해 자신의 의지대로 삶을 개척하는 그 순간이야말로 위대한 승리자의 모습이었기 때문이다. 그것은 어쩌면 새로운 꿈을 향해 갈급한 도전을 하는 그의 모습에서 대리만족을 느꼈기 때문이었는지도 모른다.

있는 그대로의 삶과 보이는 삶의 틈새에는 의식적인 그 무엇이 개입된다. 세상의 시선을 지나치게 의식하면서 보이는 것에 초점을 맞추며 살아가는 것은 나 자신을 소외시키고, 위선적인 인생을 만든다. 트루먼의 이름은 True-man에서 따왔지만, 자신의 이름과는 다르게 그는 조작된 인생을 살아왔다. 지극히 당연한 일상을 근원부터 의심하기 전까지 그는 행복한 듯 살아온 것 같지만 전혀 행복하지 않았다.

트루먼에게 진정한 행복은 무엇일까? 다른 이들에게 자신의 삶을 실시간 통제당하며 짜인 대로 살아가면서, 장난감처럼 예쁜 집에 멋진 자동차를 굴리며 사는 것이 행복이라면 트루먼은 바다를 향해 떠나지 않았을 것이다. 트루먼은 남들이 바라는 안락한 삶보다 자신이 원하는 것을 찾기 위해 자신의 의지로 살아내는 삶을 선택한다. 그것이 행복에 가까운 것이라는 것을 깨달았기 때문이다.

어쩌면 우리가 모두 '잘 만들어진 세상'에 살고 있는 것은 아닌가 하는 생각이 든다. 우리는 너무나 자주 자신이 원하는 것을 애써 무시한 채 남들이 원하는 삶을 살아간다. 그런 점에서 이미 SNS, 유투브, 인스타그램 등을 통해 누군가를 엿보는 것에 익숙해져 있는 우리의 삶도 영화 속의 거대한 세트장과 크게 다르지 않아 보인다.

'진실한 인간(True-man)'이 되기 위해서는 무엇보다 진실한 삶을 살아야 한다. 타인의 꿈이 아닌 나 자신의 꿈을 꾸어야 한다. 남에게 보이는 삶이 아니라 자신이 주인이 되는 삶을 살아내야만 한다.

"남들이 나를 어떻게 생각할까를 늘 고민하는 사람들은 언젠가 깜짝 놀랄 것이다. 사실 남들은 나에 대해 별로 생각하지 않으니까."

버트런드 러셀의 말은 오늘을 살아가는 우리에게 여전히 유효하다.

설국(雪國)의 시간

'국경의 긴 터널을 빠져나오자 설국이었다. 밤의 밑바닥이 하얘졌다.'

가와바타 야스나리의 소설 『설국(雪國)』의 첫 문장이다. 고등학교에 입학하자마자 들어간 문학반 교실 한쪽 수북이 먼지가 내려앉은 책장에서 이 책을 꺼내어 들었을 때 나는 이미 설국에 접어들고 있었다.

이 책을 다 읽었을 때쯤이었다. 언젠가 글을 쓰게 된다면 이 책처럼 강렬하고도 섬세한 첫 문장을 쓰리라 생각했다. 지금 생각해보면 엉뚱하고 깜찍한 상상이었다. 그나마 신인 작가가 아닌 노벨 문학상 수상 작가의 글을 흠모한 것이 다행이다.

고등학교에 진학하면서 가장 하고 싶었던 것 중 하나가 문학반에 들어가는 것이었다. 그러나 막상 들어가서 얼마 지나지 않아 곧장 후회했다. 적어도 문학을 좋아하는 사람들이 모이는 곳이라면 시를 외우고, 인생을 논하며 대화를 나눌 것이라는 나의 예상은 보기 좋게 빗나갔다. 선배들 대부분은 책에 눈길조차 주지 않았고 진지함이라곤 찾아볼 수가 없었다. 오히려 잿밥에 관심이 많아보였다.

그들은 인터넷도 없던 시절 어떻게 정보를 수집했는지 학교별 축제 일정을 일목요연한 표로 만들어 지갑에 넣어 다녔는데 특히, 어느 여고에서 언제 '문학의 밤'이 진행되는지를 정확히 꿰고 있었다. 당시 여자 고등학교에 남학생의 출입이 허용되는 날은 학교 축제 때가 유일했다. 어느 학교든 축제일에는 인근 학교 학생들로 인해 인산인해였다. 특히 대부분 축제의 하이라이트인 밴드 공연시간에는 뜨거운 열기로 발을 디딜 틈이 없었다.

그러한 축제의 피날레를 장식하는 밴드공연 앞에는, 늘 이름은 조금씩 다르지만 '문학의 밤'이 무슨 공식처럼 순서가 잡혀 있었다. 한 번도 문학의 곁을 서성여 본 적도 없는 게 확실한 선배들은 그날만큼은 머리에 무스를 잔뜩 바른 채 여고 문학의 밤에 참석해서 시를 낭송하고 문학을 이야기했다.

다행히 문학반의 모든 사람이 그랬던 건 아니었다. 나와 거의 비슷한 시기 문학반에 들어온 1학년 동기는 제법 진지한 눈빛을 하고 있었다. 매우 느리게 말을 하던 그 친구는 굉장히 어른스러웠다. 우리는 금방 친해졌고, 시간이 갈수록 서로의 생각을 닮아가기 시작했다. 책을 읽고, 영화를 얘기했고, 어느새 눈빛만 보아도 서로의 생각을 알 수 있을 정도가 되었다. 다만 지금까지도 유일하게 합일점을 찾지 못하는 것이 있다면, 그건 '내가 문학반을 들어간 이유'에 대해서다. 나는 당연히 책을 좋아해서 문학반을 간 거라고 얘기하지만, 그 친구는 치마를 즐겨 입던 긴 생머리의 문학반 선생님 때문이라고 여기고 있다.

그 무렵 대부분의 고등학교 친구들은 외국 틴에이저 영화배우들에 심취해 있었다. 그들은 브룩 실즈, 피비 케이츠, 소피 마르소의 사진을 비닐 코팅한 책받침을 무슨 자신의 여자 친구나 되는 양 애지중지했다. 그러나 나는 하이틴 배우에는 그다지 관심이 없었는데, 사실 더 좋아하는 여배우들이 있었기 때문이다. 그들은 바로 잉그리드 버그먼, 엘리자베스 테일러, 그레이스 켈리 등 올드 무비 여배우들이었다. 특히 매력적인 빨강머리가 트레이드 마크였던 수전 헤이워드를 좋아했다. '완전 애 늙은이'라고 친구들이 부르는 것도 어떻게 보면 당연했다.

나는 어줍지 않은 문학 소년이었다. 책은 좋아하지만 많이 읽지도 못했고, 글을 끄적거리는 건 좋아했지만 글다운 글을 써 본 적은 없었다. 그러한 내게 막스 뮐러의 『독일인의 사랑』은 처음으로 문학의 깊이를 알게 해 준 소설이었다. 한 장 한 장 넘어가는 책장이 아깝게 느껴졌으며, 탁월한 어휘선택과 문체로 그림을 보듯 문장을 만들어내는 작가가 부러웠다. 대학생이 되면 꼭 한

번은 원문으로 읽겠다는 다짐을 하며, 언젠가는 그런 숭고한 사랑을 하리라는 생각도 했었다.

헤르만 헤세의 소설 『수레바퀴 아래서』의 주인공 한스가 비극적이고도 참혹한 죽음을 맞는 마지막 결말을 읽고는 먹먹한 가슴을 주체할 수 없어 밖으로 뛰어나가 무작정 거리를 달리기도 했다. 한스를 짓눌렀던 수레바퀴가 고스란히 내 가슴의 수레바퀴로 돌아왔다. 그때쯤이었을 것이다. 대학에서 문학을 전공하고 싶다는 막연한 생각이 들었다.

내가 다닌 고등학교는 그 지역에서 제법 명문이었다. 명문이란 것은 지금도 그러하지만, 명문대를 많이 보내는 학교를 의미했다. 학교에서는 수시로 학부모들에게 명문대 진학률을 가정통신문으로 발송했다. 물론 오전 7시 40분에 시작되는 '0교시 수업'을 전국 최초로 도입함으로써 학력을 신장시켰다는 홍보도 빠뜨리지 않았다. 학교에서는 성적으로 학급을 구분하여 편성하였고, 주요 과목들은 학생들 수준에 따라 이동식 수업을 했다. 명목상으로는 '학력 수준에 따른 맞춤 수업'이라는 굉장히 선진화된 타이틀이었지만, 나에게는 공부를 잘하는 학생들만 챙기고 그렇지 못한 학생들은 신경 쓰지 않겠다는 학교의 공식적인 선언과도 같이 여겨졌다.

학년이 올라갈수록 학교에 가는 게 점점 더 싫어졌다. 어쩔 수 없이 학교에 가서 수업시간에 앉아 있긴 했지만, 딴생각할 때가 많았다. 쉬는 시간이 되면 이어폰을 꽂고 혼자서 음악을 듣거나 운동장이 보이는 화단 옆 벤치에서 그저 멍하니 앉아 있곤 했다.

사실 학교생활에 재미를 붙이지 못하고 혼자 있는 시간에 더 천착할 수밖에 없었던 이유 중 하나는 갑자기 찾아온 경제적 어려움 때문이었다. 그전까지 비교적 부유한 편이었던 집안 형편은 아버지가 연이어 사업에 실패하면서 급격하게 어려워졌다. 그리고 그때까지 경험해보지 못했던 불편과 고통이 찾아들었다.

친구들이 갖고 있거나 입고 있는 것들을 누리지 못하는 건 상관없었다. 제법 넓은 집에서 작고 초라한 집으로 옮기게 된 것도 견뎌낼 수 있었다. 문제는 물질적 어려움은 반드시 정서적 어려움을 수반한다는 데에 있었다. 아직 성인이 되지 않은 나에겐 감당하기 어려운 문제였다. 아버지는 세상을 비관하기 시작했고 아버지와 어머니는 서로를 비난하며 다툼이 잦아졌다. 집안 분위기는 점점 더 메말라가고 황폐해져만 갔다. 그렇게 가난은 두려운 존재로 다가왔다.

중학교 졸업을 앞두고 아직 추위가 가시지 않은 그날, 학교에서 돌아오니 집안 곳곳에 변화가 느껴졌다. 냉장고, TV, 소파 등 돈이 될 만한 모든 물건마다 알 수 없는 숫자가 적혀 있는 빨간 딱지가 덕지덕지 붙어 있었다. 아버지는 보이지 않았고, 어머니는 고개를 숙인 채 울고 계셨다. 나는 아무런 말을 하지 않는 편이 차라리 나을 것 같아, 방 안으로 들어가서 차가운 맨 바닥에 누워 이어폰을 꽂은 채 음악을 크게 틀었다.

고등학교 1학년 봄 소풍을 앞둔 어느 날, 담임선생님이 반장인 나를 교무실로 부르셨다. 내 옆으로 바짝 다가오시더니, 옆 반 담임선생님은 반장 엄마로부터 고급 라이터와 담배 케이스를 선물로 받았다고 작은 목소리로 말씀하셨다. 또 다른 반 반장엄마는 담임을 고급 레스토랑으로 식사초대를 했다며 부럽다는 말씀도 잊지 않으셨다. 그리고는 "아니, 꼭 그렇게 하라는 말은 아니야."라는 말을 덧붙이셨다.

난 집에 돌아오면서 어머니께 말씀을 드려야 할지 말지 수도 없이 고민을 했다. 그러나 현관문을 들어서자 술에 취한 아버지가 어머니와 크게 다투는 소리가 들려왔다. 여전히 붙어 있는 빨간 딱지를 바라보며 난 가방만 내려놓고 다시 밖으로 나왔다.

그 이후에도 담임선생님은 별다른 이유도 없이 나를 몇 번 더 부르셨다. 스승의 날이 지나고 선생님이 또다시 나를 부르셨을 때 나는 죄송하지만, 사정이 생겨 반장을 더 못할 것 같다고 말씀드렸다. 선생님은 알았다고 흔쾌히 말씀하셨다. 무슨 사정인지는 묻지 않으셨다.

학교가 더 싫어졌다. 그도 그럴 것이 기껏해야 열여섯 살이나 열일곱 살인 나이는 저마다의 꿈에만 몰두해도 좋은 시절이었기 때문이다. 만약 문학반에서 처음 만났던 그 친구의 위로가 아니었다면 아마도 그 시간을 견뎌내기 어려웠을 것이다.

그 친구와 작년 겨울 오랜만에 만났다. 한동안 연락이 끊겼다가 현재 제천에 살고 있다는 소식을 듣고 그를 만나러 내려갔다. 그 친구를 만나러 간 김에 인근의 단양을 돌아보고 올라올 참이었다.

혼자 밤기차를 타는 건 오랜만이었다. 표를 끊고 플랫폼으로 내려갔다. 그때였다, 눈이 내리기 시작한 건. 고개를 들었다. 차가운 눈이 얼굴로 떨어져 닿았다가 가슴을 타고 내려왔다. 그리고 시간을 정확히 맞추어 흩날리는 눈을 내쫓으며 기차가 진입했다. 기차의 불빛이 눈과 바람에 흔들리며 오래된 역사 안을 물들였다.

창가에 자리를 잡고 주섬주섬 책 한 권을 꺼냈다. 잠시 후 기차가 움직이기 시작했다. 몇 장을 읽지도 못한 채 눈을 감았다. 잠시 후 다시 눈을 떠서 창밖을 바라보았을 땐 주황빛 가로등 위로 어느새 수북이 눈송이가 쌓여 있었다. 그 순간 저 멀리 기억에서 벗겨나 있던 그 시간의 아련함과 그리움이 피어났다. 오랜 친구를 만나러 가는 밤기차 안에서 마주한 옛 기억들은 나에게 연신 말을 걸었다. 이내 기차는 이름 모를 터널로 들어갔다. 긴 터널을 빠져나오자 이미 설국(雪國)이었다.

 # 모스크바는 눈물을 믿지 않는다

담배 맛을 알게 된다는 건 자신이 처한 시간이 담배보다 상대적으로 더 쓸쓸하게 느껴질 때 가능한 일이다. 재수를 했다. 담배를 피우기 시작했다. 고등학생 때 몇 번 피우기는 했지만 진짜로 피웠던 것 같지는 않다. 들이마신 담배 연기를 삼킬 수가 없어 곧장 다시 입으로 내뱉었기 때문이다. 일부러 연기를 내뿜지 않고 들이켜 보려 했지만 캑캑거리면서 고통만 따라왔었다. 나중에라도 도무지 이 쓴 담배를 피울 것 같지는 않다는 생각을 했었다. 적어도 재수를 하기 전까지는.

아침 일찍 학원을 가서 저녁때 돌아왔다. 오가는 버스 안에서 지치기도 하고, 스스로 내 처지가 딱해 보이기도 했지만 그리 나쁘지만은 않았다. 더 이상 숨 막히는 학교 분위기에서 벗어난 것만 해도 다행이었다. 재수학원 선생님들은 학교 선생님들과는 사뭇 달랐다. 공부 외에는 아무것도 요구하거나 바라지 않았다. 별

다른 이유 없이 교무실에 불려가지도 않았다.

게다가 본의 아니게 경계인으로 머물러 있는 것이 그리 불리하지만은 않다는 것을 깨달았다. 성인으로 의제가 가능한 나이가 되었지만, 아직 대학생은 아니고 그렇다고 고등학생도 아닌 상황을 비관적으로만 여기지 않는다면 말이다. 고등학생 할인이 되는 곳은 갖고 있던 학생증을 이용했고, 성인이 되어야 입장할 수 있는 장소는 주민등록증을 내보였다. 나라는 사람을 나 자신이 선택해서 나타낼 수 있다는 사실은 꽤 괜찮아 보였다.

학원수업이 끝나면 밤 10시까지 학원에서 자율학습을 해야 했다. 나는 재빨리 저녁을 먹고는 거의 매일을 혼자 근처에 있는 서소문 공원을 산책했다. 당시 학원에는 서소문 공원을 가게 되면 3수를 한다는 미신이 정설처럼 굳어져 있어서 학원생들은 근처에 얼씬도 하지 않았고, 간혹 3수, 4수를 하는 몇몇 선배들이 짓궂게 서소문 공원으로 산책을 가자고 얘기하면 모두 슬그머니 자리를 피했다.

나는 별로 개의치 않고 공원을 다녔는데, 그건 그곳이 내가 유일한 안식을 취할 수 있었던 공간이기도 했지만, 그런 미신이 있다는 걸 뒤늦게야 알았기 때문이다. 미신을 알게 된 건 이미 공원을 몇 번이나 헤집고 다녀온 뒤였다. 이왕 이렇게 된 이상 다른 학원생 아무에게도 방해받지 않고 마음껏 혼자만의 자유를 만끽했다. 그 공원을 나만의 특별한 아지트로 삼고 오롯이 그곳의 시간을 즐겼다. 공원을 한 바퀴 걷고 나서 매일 똑같은 나무 벤치에 앉아서 눈을 감았다. 막다른 곳을 향해 있는 그 벤치에서는 오로지 나무와 풀들만 눈에 들어왔다. 일부러 뒤를 돌아보지 않는 이상 사람들은 보이지 않았다. 수풀이 우거진 그곳을 바라보고 있으면 대자연을 마주하고 있는 것 같은 착각이 들었다. 아마존 정글 같기도 하였고, 시베리아의 침엽수림 같기도 하였다. 공원 안으로 저녁노을 붉은빛이 가득 들어와 나뭇잎을 적실 때면 알 수 없이 들끓던 감정이 진정되고 평안함이 찾아왔다. 눈을 감고 있으면 모든 고민과 걱정으로부터 일시나마 자유로워졌다.

대학에서 문학을 전공하고 싶었다. 특별히 러시아 문학에 관한 관심이 깊었다. 사실 러시아 소설은 그때까지 읽어 본 적이 별로 없었다. 톨스토이와 도스토옙스키를 제치고 러시아 문학을 얘기할 수 없다는 것쯤은 알고 있었지만 번번이 실패하고 말았다. 대개 작품 분량이 천 페이지를 훌쩍 넘어가기 때문에 호기롭게 출발했다가도 결국 끝까지 가지 못하곤 했었다. 그런데도 러시아 문학을 공부하겠다고 한 건 순전히 영화 한 편 때문이었다.

내가 대학을 입학할 무렵의 몇 년 전부터 러시아에 대한 국가적 관심이 지대했다. 정부는 북방외교 정책의 가장 큰 목표 중 하나로 소련(그 당시에는 소련이 해체되기 전이었다.)과 수교를 맺기 위해 다각적인 노력을 기울이고 있었기 때문이다. 남북 분단 이후근 40년 동안 철저하게 차단되어 있던 러시아라는 나라가 어느 날 우리 앞에 갑자기 나타났고, 베일에 가려져 있던 러시아의 모습이 방송을 통해 연일 소개되었다. 러시아의 역사와 정치, 사회에 대한 다큐멘터리를 보면서 그토록 거대한 땅을 가진 나라에 대해 그제야 알게 되었다는 게 오히려 이상할 따름이었다. 그때까지 단 한 번도 접해본 적이 없던 러시아만의 독특하고 유려한 문화와 예술작품들이 조금씩 흘러들어왔고, 그 일환으로 러시아 영화도 처음으로 상영되었다. 사회주의 체제 영화를 개인적으로 보는 것조차 금지되어 있던 시절에 공식적으로 극장에서 상영한다는 것은 실로 엄청난 변화였다.

그 영화가 〈모스크바는 눈물을 믿지 않는다〉였다. 우리나라에서 상영하는 러시아 첫 상업영화였으므로 언론에서 관심이 지대했던 만큼 영화관은 꽉 차 있었다. 한국영화와 할리우드 영화에만 익숙해 있던 나에겐 낯설고 생소했지만, 시간이 지나면서 서구의 상업영화가 주지 못하는 진한 감동을 안겨 주었다. 처음 보는 키릴문자로 쓰인 자막과 함께 흘러나오는 러시아 주제가에는 잔잔한 페이소스와 애상이 묻어 나왔다. 영화 속 배경이 되었던 모스크바의 거리는 유럽과 닮은 듯하지만 어딘가 달랐고, 시베리아의 하얀 자작나무 숲을 지나는 빨간 횡단열차의 장면을 보고는 언젠가는 꼭 타보리라는 생각이 들었다. 영화가 끝나고 나서도 여운은 계속되었고, 러시아만이 갖고 있는 독특한 정서를 더 알고 싶다는 생각으로 가득해졌다. 그렇게 러시아라는 나라에 흠뻑 빠지게 되었다.

입시철이 돌아왔다. 러시아 문학을 전공하겠다고 하니 집에서 반대했다. 문학은 돈이 안 되는 학문이라는 이유 때문이었다. 부모님 뜻대로 경영학을 선택했다. 그러면서 선심 쓰듯 2지망은 내가 원하는 데로 알아서 하라고 했다. 그도 그럴 것이 그 당시 입시제도 아래에서는 2지망에 합격할 확률은 거의 없었기 때문이었다. 나는 아무런 고민 없이 2지망을 써냈다. 어차피 가능성은 희박하기에 중요하지 않았다. 그리고 합격자 발표일, 2지망에 합격했음을 통보받았다.

겨울이 지나 곧 봄이 되었다. 캠퍼스에 목련과 벚꽃이 흩날렸다. 환한 미소처럼 찬란한 봄이 되자 오래된 학교건물의 자태와 석탑의 위용이 더 도드라져 보였다. 푸릇푸릇 돋아나는 잔디밭에서는 나비가 날아다니고, 보랏빛 철쭉꽃 향이 강의실마다 가득했다. 잔디밭에서는 삼삼오오 모여 통기타를 치고 함께 노래를 부르는 몇몇 무리가 있었고, 음악 감상실에서는 혼자서 조용히 음악을 듣는 사람들도 있었다. 야외 벤치가 있는 곳마다 무엇이 그리 즐거운지 깔깔대는 웃음소리로 노랗게 물들었다. 햇빛은 빛났으며 웃음은 물결처럼 번졌고 젊음은 싱그러웠다. 난생처음 나도 모르게 행복하다고 중얼거렸다.

디즈니 애니메이션 〈곰돌이 푸〉에서 주인공 푸는 오늘이 며칠이냐는 누군가의 질문에 항상 이렇게 대답한다.

"오늘은 내가 가장 좋아하는 날이야!"

가끔 만약 예전의 시간으로 다시 돌아가게 된다면 어떨까 하는 생각이 든다. 그때 느꼈던 감정을 그대로 느낄 수 있을까? 그 이후에 많은 시간을 통해 경험하고 알게 된 것들로 인해 그 감정을 느끼지 못하지는 않을까? 하는 엉뚱한 생각을 할 때가 있다.

분명한 건 다시 그때로 돌아가게 된다면 그 시간을 그냥 덧없이 흘러가게 하고 싶지 않다는 것이다. '오늘이 가장 좋아하는 날'인지는 알 수 없으나 적어도 '그때가 가장 행복했던 시간'이었던 것만은 확실했다.

부담스러운 신입생

입학 기념으로 가까운 친척이 옷과 구두를 사주었다. 처음 입어보는 남색 정장과 검정 구두가 마음에 들었다. 딱히 입을 옷도 없긴 했지만, 다림줄이 서 있는 정장 바지를 입고 있으면 왠지 '진짜 어른'이 된 것 같았다. 다른 친구들이 청바지에 운동화를 신을 때 나는 양복바지에 검정 구두를 신고 다녔다. 당시 친구들은 '이스트 팩(East Pak)'이나 '잔 스포츠(Jan sport)' 가방을 어깨에 메고 다녔지만, 나는 검은 색 서류 가방을 들고 다녔다. 외모도 또래보다 훨씬 들어보였기에 신입생이 아닌 복학생으로 보는 경우가 많았다. 심지어 선배들도 나를 어려워했다. 매우 부담스러운 신입생인 것은 분명했다.

하루는 친한 동기가 강의실에서 크게 웃으며 호들갑을 떨었다. 이유인즉슨 나와 그 친구가 함께 찍은 사진을 집에 보여드리자 그 친구 어머님이 "어머, 교수님이 생각보다 젊으시구나!"라고 말씀하셨다는 것이다.

당시 나는 빨리 어른이 되고 싶었다. 나에게 어른이란 아무에게도 간섭받지 않을 자유를 의미했다. 독립적으로 사고하고 혼자서 결정하는 삶을 의미했다. 그리고 무엇보다 경제적 독립이야말로 어른이 되는 것으로 생각했다. 입학하자마자 과외 아르바이트를 시작했다. 하루에 2개씩 과외를 하다보면, 어떤 날은 강남 끝과 강북 끝을 오가야만 했다. 그런 날이면 녹초가 되어 돌아왔다. 학교생활이 이렇게 끝날지도 모를 것 같다는 걱정이 엄습해왔다.

입학하고 얼마 지나지 않아 신입생 신체검사를 진행한다는 통지를 받았다. 생각보다 시간이 오래 걸렸다. 끝도 없이 긴 줄에서 마냥 기다리고 있을 때 건너편 줄에 서 있는 한 신입생이 눈에 들어왔다. 움직일 때마다 얼굴을 만쯤 가리는 단발머리에 은테 안경을 쓴 그녀를 무심코 바라보는 순간 그녀와 눈이 마주쳤고, 이내 그녀와 나 모두 시선을 돌렸다. 그때였다. 느닷없이 앞에 서 있던 신체검사 총괄 교직원이 확성기를 통해 큰 목소리로 이야기했다.

"여러분, 지루하죠? 제가 제안을 하나 할게요. 여기 나와서 노래 부르는 학생은 맨 앞줄에서 제일 먼저 시작하게 해 드리겠습니다. 자원 하실 분?"

잠시 정적이 흘렀다. 그리고 내가 앞으로 뛰어나간 건 그 정적이 꼬리를 감추기도 전이었다. 지금도 그때처럼 종종 내 자신을 이해하지 못할 때가 있다. 사람들의 환호성을 받으며 진추아와 아비의 〈One Summer Night〉를 불렀다. 3백 명은 족히 넘는 사람들은 박수를 보내며 웃었다. 나는 노래가 끝날 때 인사를 하며 그녀를 다시 바라보았다. 다른 사람들처럼 웃으며 손뼉을 치던 그녀는 이번에도 고개를 돌렸다. 은테 안경이 복도 커튼 사이로 들어오는 햇빛에 반짝였다.

그 이후로 그녀를 교정에서 우연히 한두 번 스쳐 지나갔다. 그때마다 말을 한번 걸어볼까 하는 마음이 있었지만 그러지 못했다. 용기가 없기도 했지만, 그때 나는 데이트를 하거나 연애를 하는 건 사치라는 생각에 젖어 있었다. 현실은 지리멸렬할 뿐더러 내가 속한 사회는 불합리하고 해결되어야 할 문제투성이인데 연애 따위의 감정에 젖어서는 안 된다는, 지나치게 편협한 세계관을 가지고 있었다. 그런 생각을 하게 된 것은 무엇보다 선배들의 영향 탓이었다.

수강신청을 하기 전부터 선배들의 손에 이끌려 집회현장에 나갔다. 돌이켜보면 개나리와 철쭉으로 물들여진 교정의 낭만을 조금 더 느껴도 될 법했었다. 집회 장소에서 연일 확성기를 타고 나오는 구호와 노동가요에 익숙해졌고, 전공 서적을 공부하기도 전에 마르크스의 자본론과 프롤레타리아 혁명론을 먼저 접했다. 계급주의 문학작품을 제외하고 대다수의 문학은 불필요한 것들로 여겨졌다. 특히 사랑이나 낭만을 얘기하는 글들은 노동자들을 착취하는 분열된 이 땅에서 배척되어야 할 것들로 간주되는 분위기였다.

선배들은 『한국 학생 운동사』 『어느 청년 노동자의 삶과 죽음』처럼 금서로 지정되어 있던 책들을 몰래 전해 주었고, 우린 그런 책을 읽고 모여 토론을 했다. 몇몇 선배들은 집회에서 이 시대의 지성인들이 분연히 일어서야 한다며 연신 구호를 외치고는 혈서까지 쓰기도 했다. 나는 학생운동 세미나에 참여하면서 내가 알고 있던 것들이 얼마나 제한적이었는지, 객관적인 서사라 생각했던 것들이 많이 일그러져 있고 왜곡되어 있는지를 깨닫게 되었다.

집회가 끝나면 학교 잔디밭에서 막걸리 몇 통을 앞에 두고 불합리한 사회구조와 지성인의 역할에 대한 진지한 토론으로 밤을 새우기도 했다. 소외된 노동자들을 품어야 하며, 대학에서는 이미 죽은 지 오래된 학문만 양산하고 있을 뿐이라는 이야기들이 오갔다. 때로는 이해되지 않는 얘기들도 있었고, 정말 그런 것인지, 왜 그래야만 하는 것인지 궁금할 때가 있었지만 묻지는 않았다. 솔직히 나는 그러한 얘기보다는 잔뜩 취한 선배들이 개인적인 고민과 이루지 못한 연애 이야기를 털어 놓을 때가 훨씬 잔상에 남았다.

과 대표가 되면서 수업보다 집회현장에 있는 시간이 더 많아졌다. 그날은 특별히 연합 비밀집회가 있던 날이었다. 다른 대학들과 연계한 시내 거리행진이 예정되어 있었다. 집결 장소와 집결 시간 등 모든 사항을 비밀로 하고 보안 유지를 했기에 학생들이 삼삼오오 모일 때까지만 해도 우리의 계획은 완벽해 보였다. 정해진 때가 되자 플래카드를 앞세우고 검은색 머리띠와 마스크를 한 채 학교 정문을 나와 시내로 행진을 시작했다.

그러나 정문을 나서서 100미터쯤 행진하던 순간 어디선가 갑자기 경찰들이 나타났다. 어떻게 정보를 입수했는지 모르지만, 우리의 행진 경로를 미리 차단한 경찰이 최루탄을 쏘아대기 시작했다. 마치 탱크처럼 생긴 최루탄 연속 발사기의 위력은 대단했다. 순식간에 아수라장이 되었다. 눈물과 콧물이 주체하지 못할 정도로 흘러내리며 자욱한 연기로 앞이 보이지 않았고, 방독면을 쓴 진압경찰들은 어느새 우리 바로 앞에까지 와서 진압봉을 휘두르고 있었다. 난 허둥대며 어떻게 해야 할지 몰랐다.

그때였다. 익숙한 누군가의 목소리가 들렸다. "뭐해? 빨리 던져!" 자신이 가장 아끼던 책을 내게 주었던 선배의 목소리였다. 손을 뻗으면 닿을 만한 곳에 있던 화염병을 잡았다. 떨리는 손으로 불을 붙이고 던졌다. 허공을 향해 날아가는 화염병을 바라보는 순간, 매끈한 병과 투박한 심지는 썩 잘 어울리지 않는다는 생각이 들었다.

경찰들이 돌아갔다. 연합집회는 목적을 이루지 못했고 시내

거리투쟁도 무산되었다. 학생 몇몇은 경찰에 잡혀갔고, 또 다른 몇 명은 다쳤다. 집회 마무리가 끝나고 뒤풀이가 시작되었다. 역시 막걸리 몇 통을 놓고 둥그렇게 잔디밭에 앉아 그날 집회에 대한 소감을 돌아가며 얘기하였다. 그러나 어느 순간 각자가 말하는 소감은 영웅담이 되어 있었다. 누군가는 전경들을 각목으로 때려 다치게 했고, 또 다른 누군가는 '적들'에게 심각한 손상을 입혔다고 말했다. 가장 큰 박수를 받은 건 전경 헬멧을 빼앗아 흔들어 보여준 사람이었다.

나는 싫었다. 무엇이 싫은지는 정확히 알 수 없었지만, 싫은 건 분명했다. 그들이 왜 '적들'이어야만 하는지 잘 이해가 되지 않았다. 선배들에게 이 얘기를 한다면 분명 나의 안일한 의식을 문제삼을 것 같아 혼자 그 자리를 조용히 빠져나왔다.

학사경고를 받았다. 어느 정도 예상은 했지만, 막상 학사경고를 받으니 충격이었다. 혼자 여행을 가서 생각들을 정리하려 했지만 그것도 여의치 않았다. 머릿속은 복잡해져만 갔고 마음은 심란해졌다.

아무래도 군대에 가야 할 것 같았다. 그것이 내가 할 수 있는 최선의 선택이라 생각했다. 1학년을 채 마치기도 전에 입대 지원신청을 했다. 며칠 후 집 우편함으로 영장이 날라 왔다. 입소는 정확히 일주일 후였다. 2년 6개월 동안 나는 얼마나 변하게 될까? 세상을 좀 더 알게 될까? 긴장과 기대와 설렘이 묘하게 섞여

갈피를 잡을 수 없었다. 머리카락을 잘랐다. 거울에 비친 내 모습은 낯설었다.

얼마 전까지만 해도 재수생이었던 나는 대학생이 되었고, 어느덧 군인이 되어 있었다. 부담스러운 신입생의 모습은 더 이상 볼 수 없게 되었다.

연극이 끝난 후

만약 누군가가 군대를 다녀온 후 어른이 된 것처럼 보인다면, 그것은 군대를 다녀와서가 아니라 단지 나이를 먹어서이기 때문일 것이다. 남자는 군대를 다녀와야만 정신을 차리게 된다는 얘기는, 어쩌면 그렇게라도 얘기하지 않으면 그곳에서의 시간이 너무나 덧없어 보이기에 나온 말인지 모른다.

복학을 하면서 연극 동아리 연출을 맡게 되었다. 경험도 부족하고 능력도 없는 내가 정기 공연의 연출을 맡게 된 것은 나 이외엔 시간이 남는 사람이 없었기 때문이었다. 나는 복학을 앞둔 바쁠 것 없는 한량이었다. 그러나 연출이 혼자 실로 많은 것들을 챙겨야만 한다는 것을 알았더라면 아마 맡지 않았을 것이다. 극본을 각색하고, 캐스팅하고, 무대장치와 배우들 연기 지도 외에 의상과 조명, 음향과 소품에도 일일이 신경을 써야만 했다. 교수님들과 졸업한 선배들까지 초빙하는 정기 공연이기에 공연 일자가 점점 다가오자 애꿎은 담배만 늘어 하루에 2갑 넘게 피웠다.

연출을 맡으면서 놓치지 않으려 했던 것은 리얼리즘이었다. 과장된 표현과 몸짓이 아니라 현실의 세계를 관객들에게 보여주고 싶었다. 사실주의 연극을 확립한 콘스탄친 스타니슬랍스키가 『배우수업』에서 말한 '관객들로부터 공감을 얻는 연극'을 만들기 위해 노력을 했지만, 시간이 갈수록 누구나 스타니슬랍스키가 될 수는 없다는 사실만 확인하게 되었다.

사실 연극 동아리에 가입한 것은 입대하기 훨씬 전이었다. 그때 나는 다른 모든 것을 잊고 무언가에 흠뻑 빠져들 만한 것이 반드시 필요했다. 그러기에 연극만 한 것이 없어 보였다. 더구나 무대에서 다른 이의 삶을 살아보는 경험을 할 수 있다는 것은 큰 매력이었다.

배우가 되어 무대에 올라가던 첫날, 나는 무대 한쪽의 포켓에서 의상을 입고 분장을 한 채 커튼 틈 사이로 객석을 바라보았다. 클래식 음악이 채웠던 빈 객석이 하나, 둘 채워지고 있었다. 공연 시작을 5분 정도 앞두고 있을 때만 해도 제법 여유가 있었다. 그러나 음악이 꺼지고 안내 멘트가 나오자 상황이 달라졌다. 진정되지 않는 심장은 마구 뛰다 못해 밖으로 뛰어나오기 직전이었고, 수십 번 외웠던 대사가 무대에서 갑자기 생각이 나지 않으면 어떡하나 하는 생각에 현기증마저 돌았다.

드디어 조명이 켜지고 연극이 시작되었다. 난생처음 무대에 등

장할 때가 되자 신기하게도 그 요동치던 심장이 침착해졌다. 첫 대사를 외칠 때 조명은 나를 비추었고, 관객들의 시선은 몸에 가시처럼 와서 박혔다. 내가 웃을 때 관객은 따라 웃었고, 내가 분노하는 장면에서 관객들은 중얼거렸다. 움직일 때마다 그들의 시선도 함께 움직였다. 나는 내가 살아 있음을 느꼈다.

9월 말이 되었다. 아직 선선한 바람은 찾아오지 않았지만 연극은 예정대로 올려졌다. 연출로서 공연을 하는 것은 배우로서 연기를 할 때와는 또 달랐다. 공연 내내 앉아 있지 못하고 어두운 객석 맨 뒤에서 배우들의 대사를 따라 중얼거렸다.

5일간의 공연을 무사히 마치고 마지막 공연 날이 되었다. 연극이 끝나자 박수갈채와 함께 무대로 꽃다발들이 전해졌다. 잠시후 관객들은 썰물처럼 빠져나갔고, 객석은 텅 비었다. 조금 전까지만 해도 꽉 차 있던 공연장은 고요해졌다. 방금까지 배우들이 연기를 하고, 관객들의 박수가 있었던 곳이라곤 믿기지 않았다. 언제 무슨 일이 있었냐는 듯 조용해진 바로 그때였다. 노래 〈연극이 끝난 후〉가 스피커에서 흘러 나왔다. 음향을 맡았던 스텝이 오디오에서 손을 떼며 나와 눈이 마주치고는 미소를 지었다.

"혼자서 무대에 남아 아무도 없는 객석을 본 적이 있나요?
힘찬 박수도, 뜨겁던 관객의 찬사도,
이젠 다 사라져 객석에는 정적만이 남아 있죠.
침묵만이 흐르고 있죠.

관객은 때론 열띤 연기에 울고 웃으며 주인공이 된 듯 착각도 하지만,
끝나면 모두들 떠나 버리고 객석에는 정적만이 남아 있죠,
고독만이 흐르고 있죠."

연극이 안개처럼 사라지고 난 후 밀려든 공허함은 예상보다 컸
다. 두 달 넘는 시간 동안 모든 것을 쏟아부었지만 아무런 흔적도
없이 사라졌다. 허탈한 마음에 며칠을 혼자서 연극이 끝난 공연
장 주위를 배회했나. 공언장 근처 벤치에 머물러 있기도 했고, 괜
히 무대로 올라가 보기도 했다.

공연장 출입문 옆 게시판에는 아직까지도 우리 연극 포스터가
붙어 있었다. 그리고 그 옆에 붙어 있는 한 공고문에 새삼 눈길
이 갔다. 러시아 교환학생을 선발한다는 내용이었다. 우리 학교
와 상트 페테르부르크 국립대학교의 상호 협정에 따라 교환학생
프로그램 신청을 받는다는 것이다. 불현 듯 가슴이 뛰었다. 형편
상 포기했던 러시아를 갈 수 있겠다는 생각이 들었다. 어차피 국
내 대학에 내야 할 학비 외에는 별다른 비용이 소요되지 않을뿐
더러, 러시아 해당대학에서 소정의 생활비까지 준다는 내용도 있
었다. 아직 신청기간이 남아 있었다. 사진을 붙여 신청서를 냈다.

얼마 후 나는 러시아 비행기를 타고 있었다. 모스크바 공항에
내려 다시 밤기차를 타고 상트 페테르부르크로 향했다. 예전에는
레닌그라드로 불리던, 러시아 제2의 도시 상트 페테르부르크는

도시 전체가 운하로 이루어진 아름답고 고풍스러운 도시로 알려져 있다. 비행기 안에서 제대로 수면을 취하지 못한 탓에 기차 침대칸에 몸을 누이자마자 곯아떨어졌다. 얼마나 시간이 흘렀을까? 차장이 문을 두드리는 소리에 잠이 깼다. 부랴부랴 짐을 챙기고 내려 처음으로 마주한 상트 페테르부르크는 이제 막 동녘이 밝아오고 있었다. 들었던 대로 아름답고 이국적이었다.

도착하자마자 학교를 찾아갔다. 300년도 넘은 러시아에서 가장 오래된 이 대학 메인 로비에는 책장들이 천장까지 닿아 있었으며, 그 책장을 배경으로 이 대학 출신의 유명 인사들의 흉상들이 나란히 서 있어서 저절로 주눅이 들었다. 이반 파블로프, 일리아 메치니코프 등 노벨상 수상자들과 함께 레닌과 푸틴의 흉상도 보였다.

학교를 돌아본 후 학교에서 기숙사를 안내해 줬다. 4층짜리 아담한 붉은 색 벽돌건물인 기숙사는 학교만큼이나 오래되고 낡아 보였다. 2인 1실의 기숙사는 긴 복도를 사이에 두고 양쪽으로 방들이 마주하고 있는 형태였다. 걸을 때마다 삐걱거리는 나무계단을 올라 나에게 배정된 3층 방의 문을 열었다. 양쪽 벽으로 싱글침대 2개가 각각 붙어 있었고, 그 옆에 책상이 나란히 놓여 있었다. 문 쪽에는 역시 푸른색의 낡은 옷장이 놓여져 있었다. 그게 전부였다.

짐을 풀고 있는 사이 룸메이트가 들어왔다. 러시아인 치고 작은 키의 안드레이는 나를 보자마자 환한 표정으로 덥석 안고는, 내가 묻기도 전에 얼마 전 사고를 당했다며 부러진 앞니부터 보여주었다. 그리고는 아직 숨도 돌리지 않은 나에게 줄게 있다며 책상서랍에서 둘둘 말려 있는 큰 종이 하나를 꺼내 보여 주었다. 당시 러시아 젊은이들 사이에서 유명했던 한국계 가수 빅토르 최의 브로마이드 사진이었다. 사진 뒷면에 풀칠을 하더니 내 침대 위 벽에 턱하니 붙였다. 그리곤 나와 많이 닮았다고 혼자시 크게 웃었다. 나도 멋쩍게 따라 웃었다.

기숙사에 있는 다른 학생들이 우리 방으로 찾아왔다. 기숙사에 동양인은 두 번째인데 한국인은 처음이라 그렇다고 룸메이트가 말했기 때문이다. 자연스레 우리 방에서 조촐한 환영파티가 열렸다. 짐도 완전히 풀기 전이었다. 한 친구는 샌드위치를 들고 왔고, 다른 친구는 직접 만든 파스타를 예쁜 접시에 담아 가져 왔다. 또 다른 누군가는 내 입맛에 도저히 맞지 않는 말린 생선과 치즈를 들고 왔다.

첫날부터 그들과 함께 밤이 새도록 보드카를 마셨다. 시간이 지나자 다른 방의 오스트리아와 핀란드에서 온 유학생 몇 명이 더 합류했다. 우린 음악을 틀고 깔깔대다가 흥이 나면 춤을 췄고 지치면 다시 앉아서 보드카를 마셨다. 적응이고 뭐고 필요 없었다. 우린 마치 예전부터 알고 있던 사이였다는 착각이 들었다. 낯설고 당황스러웠지만 한편으론 지극히 자연스러웠다. 그것이 러시아였다.

러시아의 겨울은 따뜻했네

안드레이는 완벽한 친구였다. 잘 웃고 친근한 성격에 철학 전공자답게 박학다식했다. 게다가 다정다감하기까지 한 그에게 단지 하나의 문제가 있다면 심각한 알코올 중독이라는 것이다. 분명 어제 늦게까지 술을 마셨는데도 불구하고 아침에 일어나면 어느새 보드카 병을 손에 쥐고 있었다.

나와 안드레이는 바냐(баня)라 불리는 러시아 대중 사우나에 자주 가곤 했는데 그곳에서도 그는 보드카를 마셨다. 나에게도 권했지만 내겐 그 뜨거운 열기의 한복판에서 알코올을 흡수할 자신도 능력도 없었다. 주위에서 안드레이에게 술을 자제하라고 자주 이야기들을 했지만, 전혀 통하지 않았다.

그런 안드레이도 술 마시는 사실을 들킬까봐 두려워하는 유일한 존재가 있었다. 바로 기숙사 옆방의 여동생 류다였다. 류다는 매우 친밀감 있는 성격이었지만 한편으론 야무지고 단호했다. 특히 오빠가 술을 마실 때면 매몰차게 대했는데 그것은 어쩔 수 없는 선택처럼 보였다. 몸을 가누지 못할 정도로 술을 마신 안드레이가 술에 취해 소리를 지르다가도 류다 앞에만 서면 순한 양이 되었다. 평소엔 둘도 없이 사이좋은 오누이였지만, 안드레이가 술을 마실 때면 마치 엄마가 어린 아들을 호되게 혼내는 모습으로 변하곤 하는 게 신기했다.

리시이에 도착할 무렵에는 백야기 한창 진행 중이었다. 새벽 3시가 넘어서도 도무지 어두워지지 않는 탓에 잠을 이루기 어려웠다. 그러나 어느덧 겨울이 다가오자 그와는 반대로 오후 5시도 되지 않아 완전한 어둠이 내려왔다. 눈이 내리고 상트 페테르부르크 중심을 지나는 네바 강이 얼자 일찍이 경험해보지 못한 러시아의 혹독한 추위가 시작되었다.

안드레이와 나는 함께 저녁을 먹고는 추위에도 아랑곳하지 않고 기숙사에서 네바 강까지 산책을 했다. 일부러 매번 다른 길을 택해 다녔는데, 좁은 골목길에서 길을 잃고 한참을 헤매기도 하였고 어떨 때는 왔던 길을 되돌아 다시 출발점으로 와야만 하는 때도 있었다. 오래된 건물들과 운하 위를 지나갈 때면 마치 중세 시대에 있는 것 같은 착각이 들었고, 특히 겨우 한 명만 간신히 지나갈 수 있는 좁은 골목의 매끄럽고 반들반들한 돌바닥을 나는 좋아했다.

본격적인 겨울이 되자 나는 점점 학교에 빠지는 일이 많아졌다. 대신 기숙사의 러시아 친구들과 더 자주 함께 어울렸다. 명색이 교환학생인데, 구차하기는 하지만 나름대로 수업에 자주 빠졌던 이유가 있기는 했다. 학교가 너무 멀었다. 그게 전혀 말이 안 되는 것도 아닌 것이, 셔틀버스가 있긴 했지만 도착시각이 들쑥날쑥하였다. 추위에 떨며 밖에서 30분을 기다리다 탄 적이 한두 번이 아니었다. 차라리 대중교통을 타는 것이 낫다는 생각에 트램(노면전차)을 타고 다시 전철로 갈아타고 내려서 걸으면 2시간은 족히 걸렸다. 땅 넓은 러시아에서 그것은 합리적인 변명거리가 되지 못하겠지만, 한국에서 온 나에겐 대학 기숙사에서 대학교까지 2시간이 걸린다는 사실은 결코 납득이 될 수 없었다.

러시아에서의 허락된 시간이 끝나기도 훨씬 전에 통장잔고는 이미 바닥을 드러냈다. 학교에서 지원해주는 생활비로는 턱없이 부족했다. 애초 가져온 돈이 얼마 되지 않았기에 돈을 아끼며 생활했지만 역부족이었다. 선택할 수 있는 가장 손쉬운 방법은 식비를 줄이는 것이었다. 하루에 한 끼만 먹었고, 그마저도 주로 감자로 때웠다. 러시아에서 가장 값싼 식재료는 감자였다. 구워 먹고, 삶아 먹고, 볶아 먹었다. 점점 몸무게가 줄기 시작하더니 결국 두 달 만에 7kg이나 빠져버렸다. 아직도 나는 감자로 만든 음식을 별로 좋아하지 않는다.

긴축재정에 들어갔지만 한 가지 예외가 있던 것은 문화비였다. 거의 매주 발레나 오페라 공연을 보러 다녔고, 때로는 연극이나 클래식 연주회를 갔다. 문화비 자체가 큰 부담이 되지 않았기에 가능한 일이었다. 예술을 숭상하는 러시아의 전통과 예술인을 우대하는 사회주의 배경으로 공연 입장료가 워낙 저렴했다. 〈백조의 호수〉〈잠자는 숲속의 미녀〉〈아이다〉〈라 트라비아타〉 등 유수의 발레와 오페라 공연들을 이런 가격에 볼 수 있다는 것은 엄청난 행운이었다.

온통 금빛과 크리스털로 치장된 황제의 궁전을 공연장으로 개조한 마린스키 극장에서 발레 〈지젤〉을 보고 나왔을 때는 이미 어둠이 낮게 깔린 뒤였다. 상트 페테르부르크가 빛을 발하기 시작하는 시간이었다. 극장 앞 교차로는 중심지답게 대낮처럼 환했고, 트램들이 경적을 울리며 지나갔다. 내가 타야 할 트램이 다가왔지만, 그냥 지나쳤다. 발레의 여운을 조금 더 느끼고 싶었기에 걷기로 했다.

넵스키 대로를 걷는 동안 거리는 자동차들이 지나갈 때마다 노란색 헤드라이트 불빛에 흔들렸다. 대로에서 벗어나 운하가 있는 작은 길로 접어들었다. 아치형 다리 밑 운하에 반사되는 가로등 불빛은 〈지젤〉의 프리마돈나처럼 꼿꼿하면서도 동시에 흐느적거렸다. 영화의 한 장면처럼, 때마침 눈발이 휘날리기 시작했다. 벤치에 앉아 한참을 그대로 있었다. 이곳에 오랫동안 머물고 싶다는 생각이 들었다.

그러나 그러한 감상들은 냉혹한 현실을 만나면 속수무책으로 자리를 내줄 수밖에 없다. 한국으로 돌아갈 날이 채 한 달도 남지 않았을 때 예상치 못한 일이 벌어졌다. 여권을 잃어버렸다. 아니 도둑맞았다는 표현이 더 맞겠다. 더 당황스러운 일은 여권뿐만이 아니라 러시아 비자도 함께였다. 비자가 없으면 당연히 한국으로 돌아갈 수도 없을 뿐더러 러시아에서 비자 없이 지낸다는 건 매우 위험한 일이었다. 당시 러시아는 외국인 밀입국 관리를 강화하면서 경찰이 수시 검문을 하고 비자를 제시하지 못하면 무조건 구치소에 보내고 있었다.

안드레이의 친구라며 기숙사에 불쑥 찾아들어온 자를 처음부터 의심했어야 했다. 제대로 이름도 대지 못하면서 무작정 친구라고 하던 그를 방에 혼자 잠시 남겨둔 것이 화근이었다. 내 책상 서랍에 있던 여권과 비자가 없어진 것을 안 것은 그 사람이 이미 사라지고 난 뒤였다. 여권과 비자를 훔치고 그것을 대가로 돈을 요구한다는 얘기를 주변에서 듣긴 했지만, 내가 그렇게 당할 줄은 몰랐다.

연락은 오질 않았다. 경찰서에도 신고했지만 아무런 진전이 없었다. 아무래도 비자를 재발급 받아야 할 것 같았다. 그러나 비자를 재발급받으려면 여권이 있어야 하는데 여권이 없다. 그러니 여권을 한국에서 먼저 우편으로 받아야만 했다. 당시 여권을 새로 받기까지는 아무리 빨라도 최소 한 달이 소요되었다. 그런데 내 비자는 20일 후면 만료가 된다. 문제가 복잡해졌다.

러시아 기숙사 친구들은 마치 자신의 문제인 것처럼 걱정해 주었다. 안드레이와 단짝이었던 표도르라는 친구는 자신의 지인이 경찰청 고위직이라며 소매를 걷고 나섰다. 며칠 뒤 나를 찾아와 어딘가의 주소와 이름이 적힌 쪽지를 내밀었다. 그러면서 내 사건을 담당하는 형사가 배정되었다며 찾아가 보라고 알려주었다.

안드레이와 함께 경찰청에서 만난 형사 알렉은 딱 벌어진 어깨에 다부진 인상을 하고 있었다. 그는 도난 당시의 상황을 자세히 적고 나더니, 호탕하게 웃으며 걱정하지 말라는 얘기를 했다. 그 말을 듣고 걱정을 놓을 수는 없었겠지만, 그때 내가 할 수 있는 건 고개를 끄덕거리며 그를 신뢰하는 것뿐이었다.

4일이 지난 후 안드레이, 류다와 함께 아침 식사를 하고 있을 때였다. 누군가 기숙사 방문을 두들겨 나가니 알렉이었다. 그는 재빨리 내 손을 낚아채고는 계단 위로 올라가더니 복도 끝을 가리켰다. 그곳에는 3명의 사람이 수갑을 찬 채 고개를 떨구고 있었다.

"저 중에 범인이 있지?"

"아니, 이렇게 빨리? 맞아요, 있어요. 가장 키가 큰 놈입니다."

"그래. 그럴 줄 알았어. 이봐, 한국에서 온 친구, 내가 뭐라 그랬어. 걱정하지 말라고 했잖아."

그는 나를 다시 내 방 앞으로 데려다주고는 웃으며 말했다.

"3일 후에 나에게 다시 와줘, 내가 수사 보고서를 쓰고 나면 너의 서명이 필요해. 그걸로 끝이야."

그리고는 "이게 러시아야(Это россия)" 하며 윙크를 찡긋하고는 세 사람을 다시 끌고 돌아갔다.

그날 기숙사에 있는 사람들을 불러 작은 파티를 열었다. 나는 많이 취했고, 그날만큼은 류다도 안드레이가 술 마시는 것을 모른 척 눈감아 주었다.

정확히 알렉이 만나러 오라고 한 날, 나와 안드레이는 사무실을 찾아갔다. 작은 선물도 준비했다. 출입문 앞에 총을 메고 서 있는 경비병들을 지나 사무실로 들어갔다. 문을 열자마자 앞에 있던 여직원에게 알렉을 만나러 왔다고 얘기를 했다. 그러자 그녀는 갑자기 얼굴을 정색하더니 무슨 일이냐고 물었다. 안드레이의 설명이 채 끝나기도 전에 그 여직원은 슬픈 표정을 짓고는 믿을 수 없는 말을 했다.

"어제… 알렉이 죽었어요."

순간 귀를 의심했다. 놀란 건 안드레이도 마찬가지였다. 안드레이는 다시 한번 이야기해 줄 수 있냐고 부탁을 했다. 그녀는 긴 한숨을 내 쉬었다.

"총상을 입고는 죽었어요."

그녀는 몇 마디 말을 더했고 우리를 상관으로 보이는 사람에게 데려갔다. 그 사람은 한숨을 쉬며 담배를 물었다. 아무 말 없이 내 이름이 적힌 서류철을 꺼내 들어 한참을 훑어보고는, 이렇게 말했다.

"알렉 얘기는 들으셨죠? 마음이 아픕니다. 그런데 이 사건은 서류상으로는 아무것도 진행된 것이 없어요. 그래서 새로운 후임자에게 다시 배정할 것입니다. 그리고 처음부터 다시 조사하게 될 것입니다." 단호하게 상황을 설명한 그가 덧붙였다.

"미안합니다. 어쩔 수 없지만 이게 러시아입니다. Это россия"

기숙사에 어떻게 돌아왔는지 기억이 나질 않았다. 그런 법이 어디 있느냐며 항변도 할 법했지만, 러시아에서는 소용없다는 것쯤은 이미 알고 있었다. 그리고 절대적으로 신뢰했던 누군가의 죽음 앞에서 다른 말을 이어 갈 수가 없었다.

그날 처음으로 한 개인의 죽음이 타인에게도 절대적인 영향을 미친다는 것을 깨닫게 되었다. 세상은 여전히 내가 이해할 수 없는 것들로 가득했다. 머릿속은 복잡했고, 내가 할 수 있는 건 에드바르 뭉크의 그림 〈절규〉의 사내처럼 입을 다물지 못하고 양손으로 얼굴을 부여잡는 것뿐이었다.

결국 어렵게 한국으로 돌아올 수 있게 되었다. 러시아에 올 때와는 반대로 모스크바행 밤기차를 타고 비행기를 탈 예정이었다. 기차역으로 배웅을 나온 러시아 친구들과 악수를 하고 포옹을 했다. 안드레이와 나는 오랫동안 서로를 안았다. 안드레이가 말했다.

"난 네가 무척 그리울 거야. 나를 잊지 말아 달라는 말은 못 하겠어. 그러나 진심으로 네가 기쁘고 행복했으면 좋겠어."

순간 나는 가슴 깊은 곳에서 뜨겁고 뭉클한 그 무언가가 느껴졌다. 서둘러 기차 안으로 들어갔다. 침대칸 객실 문을 닫자마자 웬일인지 주체할 수 없는 눈물이 흘러내렸다.

'기쁘고 행복했으면 좋겠다는' 지극히 뻔하고 상투적인 말을 그렇게 진심으로 느껴져 본 적이 있었던가? 어쩌면 그것은 내가 가장 듣고 싶어 했던 말인지도 모른다. 사실 한없이 외로운 순간 우리 자신을 버티게 해주는 힘은 곁에 있는 사람들이 건네는 말 한마디이다. 괜찮은 척, 아무렇지 않은 척하지만 우리는 누군가 자신에게 살아내느라 참 애썼다고 진심 어린 칭찬과 위로의 말을 건네받길 간절히 원한다.

기차가 움직이기 시작했다. 그들은 여전히 창밖에서 나를 향해 손을 흔들고 있었다. 저 멀리 하나의 점으로 보일 때까지 나도 그들을 향해 손을 흔들었다.

'한때 모든 감각이 마비된 행복감에 젖어 눈을 떴으며, 삶의 아름다운 현실이 우리의 영혼 위로 넘쳐흘렀다. 그때는 온 세계가 나의 것이었으며, 내 자신이 온 세계에 속해 있었다.'

톨스토이 『안나 카레리나』의 한 구절이 문득 떠오른 건 우연이 아니었다. 청춘의 한 길목에서 보낸 러시아에서의 겨울은 따뜻했다.

2장

가지 않을 수 없는
길을 떠나다

누구나 지구만한 크기의 사연 하나쯤은 가슴 속 깊이 갖고 있는 법이다.
잊힐까 조심스러운 소중한 기억도 있지만,
지우고 싶어도 제대로 잊히지 않는 시간들도 있다.
그러나 그 모든 것들이 어느 시인이 얘기한 것처럼
'내 앞에 있던 모든 길들이 지금의 나를 이루고 있는 것이다.
그러나 운명처럼 내게 주어진 삶의 시간을 살아가고,
정해져 있는 길을 걷는 것은
온전히 나를 이루는 것이 아니라는 생각이 들었다.
끌려 다니고 정해진 대로의 삶이 아니라
내가 주인이 되는 삶을 시작하고 싶었다.
더 이상 진부한 옛 노래에 머물고 싶지 않았다.
그러기 위해서는 떠나야만 했다.
아니, 더 솔직하게는 떠나고 싶었다.
그 길이 어느 곳으로 향하는지 알 수조차 없지만
경험해보지 못한 여정을 향해 나아가는 것만으로도
삶의 의미는 충분했다.
나의 터전을 벗어나 새로운 곳으로 가는 것은 두려운 일이지만
내가 그토록 원하던 어른이 되는 길이기도 했다.
그때는 진정한 어른이 되면 더 이상 흔들리지 않을 것만 같아 보였다.
어른이 된다는 것은 아직 내 마음 한구석에 있는 어린아이에게 작별을 고해야만
하는 것이고, 그러기 위해서는 삶의 많은 경험이 필요했다.
새로운 삶을 위해 떠난다는 말은 상투적이지만,
아직 겪어보지 않은 경험을 쌓기 위해서는 그래야만 했다.
내가 가지 않을 수 있는 길은 없었기 때문이었다.

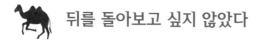 # 뒤를 돌아보고 싶지 않았다

러시아에 있는 동안 한국에 거의 연락을 하지 않았다. 빈번하게 연락한다는 건 외롭다거나 현지생활에 적응하지 못한다는 인상을 주게 될 거라는 나름 표면적인 이유가 있긴 했지만, 사실은 국제전화를 할 돈이 아까웠다.

한국에 도착했을 때 가족들은 나를 금방 알아보지 못했다. 몸무게가 많이 빠졌던 탓이었다. 몸무게가 줄어든 것처럼 그 사이 집도 더 작은 곳으로 이사를 했다. 작고 초라한 집에 사는 가족들을 보니 마음이 아팠다. 러시아에서 풍족하게 지내지는 못했지만, 집안이 더 어려워져 가는 시기에 혼자서 해외에 나가 있었다는 것에 대한 죄책감이 들었다.

처음부터 우리 집이 어려웠던 것은 아니었다. 차가 흔치 않던 시절 자가용도 있었고, 운전기사 아저씨와 집에서 살림을 도와주는 아줌마도 계셨다. 아버지는 원래 촉망받는 직업군인이었다.

국방부와 육군본부에서 요직을 거쳐 가며 포상도 여러 차례 받았다. 능력을 인정받아 승진도 빨랐고, 돈을 모으기 위해 월남전에도 참전했다.

그러나 한국으로 돌아온 후 얼마 되지 않아 목숨을 담보로 월남에서 모은 돈을 모조리 사기를 당했다. 그것도 믿었던 친척에게. 그 이후로 아버지는 스트레스로 인한 당뇨병이 발병했고, 매일 아침 인슐린 주사를 맞지 않고는 정상적인 삶을 영위해갈 수 없었다. 주사 맞는 것을 놓치는 날에는 급격한 혈당 저하에 따른 쇼크가 왔고 발작으로 이어지곤 했다. 결국, 군을 나올 수밖에 없었고, 사업을 시작하였다. 그러나 딱딱하고 경직된 조직 생활에 익숙한 군 출신이 사업을 한다는 것은 애당초 어울리지 않는 일이었다.

무뚝뚝한 경상도 남자에다 엄하고 가부장적인 아버지는, 집에서는 왕이었으며 모든 것을 명령하는 존재였다. 어렸을 때 아버지와 무언가를 함께 해본 기억이 별로 없다. 주말에 운동장에서 친구들이 아버지와 함께 야구를 하거나 축구공을 차며 함께 웃는 모습을 보게 되면 너무나 부러웠다. 그럴 때면 나는 혼자서 벽에 공을 차다 적당한 때에 들어갔다. 그나마 유일하게 아버지를 마주하는 순간은 아버지가 족보를 설명할 때였다. 초등학교 입학 전부터 무릎을 꿇고 앉은 채 우리 집안의 족보에 대한 이야기를 들어야만 했다. 몇 대손 할아버지는 높은 관직에 계셨고, 그 위에 할아버지는 도승지였으며, 다시 그 위를 얼마큼 거슬러 올라가면 왕이 나왔다. 그 결론에 도달해서야 설명은 끝이 났다.

아버지는 처음부터 무리하게 사업을 크게 시작하셨다. 처음엔 잘 되는 것 같던 일들이 말미에 가서는 꼬이고 뒤틀리곤 했지만 아버지는 어쩔 수 없는 과정이라 생각하며 그럴수록 더 많은 자금을 투입했다. 결국, 사업자금을 융통하기 위해 어음을 발행한 것이 부도처리가 되고 말았다. 그리고 두 번째 사업에 투자한 자금을 회수하지도 못한 채 세 번째 사업을 다시 시작했다.

자존심이 무척이나 셌던 아버지는 집안을 회복시키겠다며 열심을 내었지만, 집안 분위기는 더 어두워져만 갔다. 일이 잘 안 풀리자 불만이 많아졌고 조그마한 일에도 신경질적인 성향을 보였다. 그래도 아직은 다시 일어설 수 있다는 의지와 도전정신이 남아 있었다.

그러나 세 번째 사업마저 실패로 돌아가 더 이상 사업을 재개하는 것이 불가능할 정도가 되니 달라졌다. 어머니와 다투는 일이 많아졌고, 고성이 오갔다. 마음대로, 계획대로 사업이 이루어지지 않자 그 책임과 잘못의 원인을 다른 사람으로부터 찾으려고 했다. 그러면서 술을 드시기 시작했다. 거의 날마다 소주를 두세 병씩 마셨다. 술을 마시면 이성을 잃고 완전히 다른 사람이 되어갔다. 술에 취해 닥치는 대로 집안 기물을 부수었고 소리를 질렀다. 그럴 때마다 온 가족은 울며불며 매달렸고, 그러한 소동은 서너 시간 동안이나 계속되었다. 참다못한 옆집의 신고로 경찰이 몇 차례 방문하기도 했다.

어머니는 아버지와의 언성이 높아지다 못해 어느 순간 물리적인 위협이 느껴질 때면 내 방으로 몸을 피했다. 조그마한 창고를 개조해서 만든 작은 내 방에 어머니는 울면서 뛰어 들어와 얼른 내 방문을 걸어 잠갔다. 아버지는 밖에서 문을 열라고 소리치며 부서질 듯 내 방문을 걸어찼다. 어머니의 울음소리와 아버지의 문을 밀치는 소리가 점점 커지는 것에 맞추어 나의 심장도 빠르게 뛰었다. 그 소리가 너무 크게 느껴져서 어느 순간 나 자신이 꼭 커다란 스피커가 된 것 같았다.

그럴 때면 나는 아무런 말을 하지 않고 입을 굳게 다물었다. 여러 번 아버지에게 그러지 마시라고 말씀도 드렸지만, 그것이 문제를 해결하고 상황을 변화시키는 데 효과적이지 않음을 알았기 때문이다. 어머니를 위로할라치면 어머니는 북받치는 설움에 긴신세 한탄을 했고, 제법 머리가 굵어지고 나서는 아버지께 대들듯이 얘기도 했지만 허사였다. 그런 일상이 반복되었다.

핍박받는 어머니가 불쌍했다. 그러나 똑똑하고 자신만만했던 아버지가 어쩌다 저렇게 되었을까, 하는 생각에 가슴이 아프고 메어왔다. 그러면서 점점 어서 그곳을 탈출하고 싶다는 생각이 나를 지배했다. 어차피 내가 해결할 수 없는 문제들이라면 내가 하루라도 빨리 벗어나는 것이 최선이라고 간주했다.

고등학교 2학년 1학기 월례고사를 앞둔 전날이었다. 그날도 어머니는 내 방으로 몸을 피해 울었고, 아버지는 방문을 걷어찼다. 잠을 제대로 자지 못했다. 새벽이 다 되어 잠깐 잠을 잔다는 것이 늦게 일어나고 말았다. 결국, 1교시 시험을 놓쳤다. 내신에 반영되는 시험이었다.

시험이 끝난 후 친구들 몇몇은 자신이 다니는 학원 특강에서 유사한 문제가 많이 나왔다며 그 학원에 같이 다니자고 내게 말했다. 그룹 과외를 하던 다른 친구는 시험 직전 족집게 강의 덕을 톡톡히 보았다고 했다. 시험이 끝난 후 평소 집으로 가는 길이 아닌 일부러 먼 길을 에둘러 걸었다. 처음으로 세상은 공정하지도 않고 합리적이지도 않다는 생각이 들었다.

집에 다 와서도 곧바로 들어가지 않고 하천 옆 둑길을 따라 이쪽에서 저쪽 끝까지 몇 번을 오갔다. 집에서 싸우는 소리가 들려왔기 때문이다. 아버지는 술에 취해 고함을 지르며 어머니를 쫓아다니고 계셨다. 잠시 후 조금 조용해진 틈을 타 집으로 들어가는 순간, 어머니는 신발 신을 여유도 없었던지 맨발로 차가운 문밖에 쪼그리고 앉아 계셨다. 반복되는 일상에 이제는 무디어질 법도 한데 나는 이 상황이 이해가 되지 않았다. 분노가 차올라서 터져 버릴 것만 같았다.

한바탕의 소란이 어느덧 잦아들고 나면 나는 내 방에 들어가 누웠다. 딱 한 사람만 누울 수 있는 작은 내 방에는 한쪽 벽 천장과 맞닿은 곳에 조그마한 격자무늬 창틀이 있었다. 원래 창고로 쓰이던 곳이라 창문이라기보다는 채광을 위해 구멍을 뚫어 놓은 것에 가까웠다.

　나는 누운 채로 작은 액자 같은 창을 통해 세상을 바라보았다. 낮에는 푸른 하늘과 구름이 지나갔고, 밤에는 별도 몇 개 보였다. 마치 풍경 사진을 담은 듯한 그 창틀을 바라보며 난 어서 어른이 되길 꿈꿨다. 어른이 되면 이 집에서, 이 상황에서 벗어날 수 있으리라 생각했다. 그것이 내가 해야 할 단 하나의 일이라 여겼다. 그리고 끝내 아버지를 나의 세계에서 지우기로 하였다.

기특한 신입사원

의자 하나에는 한 사람만 앉을 수 있다는 '한 의자의 법칙'이 있다. 우리의 마음은 의자와 같아서 마음의 의자에 낙심이 앉으면 평화가 올 수 없고, 반대로 평화가 앉으면 낙심이 앉지 못한다고 한다.

러시아를 다녀오고 난 후 내 마음 속에 더 이상 낙심과 절망이 자리를 차지하게 해서는 안 되겠다는 결심을 했다. 나이가 들어 철이든 것인지 현실감각이 생긴 것인지는 모르겠지만, 미래를 염두에 두고 꿈을 꾸기 시작한 건 분명했다. 집안 환경과 주변 여건에 매몰되지 않고 희망을 품고 목표를 향해 매진하는 것만이 행복해지는 지름길이라 믿었다.

구체적인 계획을 세우기 시작했다. 어른이 되기 위해서는 집에서 나오는 것부터 출발해야 하고, 그러기 위해서는 경제적 독립부터 해야 했다. 빨리 취직을 해야 했다.

기자가 되어야겠다고 생각했다. 두 가지 이유였다. 러시아 특파원으로 가고 싶었기 때문이다. '이미 내가 알고 있는' 러시아를 넘어 '내가 아직 알지 못하는' 러시아를 더 알고 싶었다. 교환학생 시절, 보고 느꼈던 진정한 러시아의 매력을 많은 사람에게 전하고 싶었다.

그러나 무엇보다 돈을 많이 벌고 싶었다. 당시 주요 언론사 기자에 대한 금전적인 처우는 매우 좋았는데, 민주화의 물결 속에서 언론의 역할과 권한이 급격히 신장함에 따라 기자들은 일반 대기업의 곱절에 해당하는 급여를 받았다. 따라서 많은 인문계열 대학생들에게 기자는 선망의 직업이었다. 남들처럼 사회의 어두운 면을 밝히거나 소외된 자들을 따뜻한 시선으로 바라보며 정의를 바로 세우고 싶다는 거창한 사명감 따위는 내게 없었다. 그저 돈을 많이 벌고 싶었던 것이 전부였다.

공부와는 거리가 멀었던 내가 도서관에 가장 먼저 들어오고, 가장 늦게 나가는 사람이 되어 있었다. 김밥과 컵라면으로 점심을 해결하고, 저녁을 먹으러 나갈 때 말고는 도서관 밖을 나가지 않았다.

졸업을 얼마 남겨놓지 않고, 운 좋게 모 방송국 기자 필기시험과 면접을 통과했다. 최종면접만을 남겨놓고 주위 친구들이 조심스레 이른 축하를 해왔다. 그도 그럴 것이 서류전형과 2차례 필기시험, 면접을 통과해 최종 임원면접만 남아있는 상황이었고,

최종면접에서는 10% 정도만 떨어진다는 것을 알고 있었기 때문이다. 그러나 최종결과는 불합격이었다.

어느덧, 졸업을 했지만 언론사에 대한 미련을 버릴 수가 없었다. 상반기 모집전형 때까지만 더 도전해보자고 생각했다. 그래도 안 되면 일반 기업체에 원서를 내리라. 그러나 시간이 갈수록 불안해졌고 초조해졌다. 대학 졸업과 동시에 염두에 두었던 경제적 독립이 점점 멀어지고 있는 듯 보였기 때문이었다.

그러던 어느 날 신문에서 모 공기업 신입사원 모집 광고가 눈에 들어왔다. 입사시험 과목이 언론사 시험을 준비했던 과목들과 많이 유사했다. 경험삼아 지원을 해볼까 하는 생각이 들었으나, 이내 다른 곳에 눈을 돌리면 안 된다고 스스로 다그쳤다. 그러나 함께 언론사 준비를 하던 친구 상당수가 그 공기업에 지원한다는 소식을 듣게 되자, 결국 나도 한번 해보자는 생각에 원서를 냈다.

입사시험 당일 아침, 눈을 떠보니 시곗바늘은 7시 30분을 넘어가고 있었다. 밤늦게 잠자리에 들었던 탓이었다. 제대로 씻지도 못하고 부랴부랴 밖으로 뛰어나가 전철역으로 달려갔다. 택시를 탈까도 했지만, 오히려 출근시간에 차가 막힐 수 있겠다는 생각이 들었고, 서두른다면 입실 완료 시간인 8시 30분까지는 간신히 들어갈 수 있을 것 같았다. 다행히 전철이 바로 왔다.

문제는 그 뒤였다. 급할수록 돌아가라는 옛말이 틀린 말이 아니었다. 왕십리역에서 전철을 잘못 탔다. 5호선을 타야 하는데 어처구니없게 2호선으로 잘못 갈아탔다. 예전 강남에서 고등학생 과외를 할 때 왕십리역에서 2호선으로 갈아타던 패턴을 몸이 기억했던 것이다. 더구나 잘못됐다는 것을 알아챈 것은 몇 정거장이 지난 뒤였다. 시계를 보니 어느덧 8시를 훌쩍 넘어섰다. 이제 제시간에 시험장에 입실하는 것은 불가능해졌다. 어쩌면 이리도 한심한지, 스스로를 힐문하면서 동시에 이것은 하늘의 뜻이구나 하는 생각이 들었다. 흔들리지 말고 한 우물을 파야 성과를 얻게 되는 법인데, 다른 곳을 기웃거리고 있는 내 자신에게 주는 경고라고 스스로 해석을 했다. 그렇지 않으면 마음이 불편해 견딜 수 없었다.

그냥 돌아갈까 하다가 기왕에 여기까지 왔으니 시험장에 가보기라도 해보자는 엉뚱한 생각이 들었다. 어차피 늦어서 포기한 채 걸어가는 길에는 여유가 있었다. 모처럼 도서관을 벗어나 신선한 아침공기를 마시며 낯선 곳을 걸어가는 기분은 꽤 괜찮았다. 둔촌동역에 내려 터덜터덜 걸어 시험장소인 고등학교로 걸어서 도착해 시계를 보았더니 이미 9시 30분이었다.

학교 주변은 적막감이 돌았고 쥐 죽은 듯이 조용했다. 정문 앞에 있는 게시판에서 내 수험번호와 고사장을 확인했다. 내가 배치된 시험 장소는 서 있던 곳 바로 앞이었다. 조그마한 교실 창문

안에 앉아 있는 수험생들이 보였다. 순간 종소리가 울렸다. 벌써 1교시가 끝났구나 하는 생각에 고개를 돌리는 순간 창문 너머 교실 앞에 서 있던 감독관과 눈이 마주쳤다. 나도 놀랐지만, 오히려 그가 더 놀라는 표정이 역력했다.

그는 문을 열고 뛰어나오더니 수험생이냐고 물었다. 그리고는 어떻게 들어왔냐고 다짜고짜 물었다. 나는 질문 내용을 이해하지 못했다. 무엇을 묻고 있는 것인지 이해하지 못해 머뭇거리는 나를 향해 감독관은 재차 정문에서 막는 사람이 없었냐고 물었다. 그리고는 내 대답을 듣기도 전에 나를 안으로 밀치고는 내 자리를 가리키며 빨리 앉으라고 했다. 그러더니 OMR 카드 한 장과 시험지를 주었다.

1교시를 마치는 신호인 줄 알았던 종소리는 사실 1교시 시험 시작을 알리는 종소리였다. 무려 오리엔테이션을 1시간에 걸쳐서 진행했던 것이었다. 나중에 알게 된 사실이지만 9시 이후에 오는 사람은 입실을 막기 위해 정문에서 통제했다고 하는데, 1교시 시작과 함께 더 이상 지킬 필요가 없다고 판단하고 관계자가 철수했다고 한다.

시험이 모두 끝난 후 안경을 쓴 그 감독관이 다가와 내게 아는 체를 하며 정말 운이 좋은 사람이라고 얘기했다. 1~2분만 늦었거나 아니면 행여 1~2분만 빨리 왔더라도 시험을 보지 못했을 것이라며, 이런 경우는 처음 보았다고 너털웃음을 지었다.

운명은 자신의 계획을 결코 친절하게 얘기해 주는 법이 없지만, 인생의 어느 길목쯤에서 자신의 생각대로 이끌고 가는 것이 확실해 보였다.

입사를 했다. 공릉동에 있는 교육원에서 2개월간 합숙을 하며 신입사원 직무교육을 받았다. 입사 동기들과 함께 수업 듣고, 함께 먹고 마시다 보니 비록 짧은 시간이지만 많이 가까워졌다.

어느덧 교육을 마칠 시한이 다가오면서 배치를 위한 희망 근무지 신청을 받았다. 나와 친한 동기 3명은 그 전날 도원결의를 했는데, 어디든 같이 가서 함께 근무하자고 맹세했다. 그러나 내가 산과 바다가 있는 곳에서 자유롭게 생활하는 것이 꿈이었다며, 강원도를 가겠다고 하자 잠시 침묵이 흘렀다. 그러더니 모두 강원도로 지원하겠다는 것이다. 마치 전쟁터에 나가기라도 하는 것처럼 결의에 찬 표정들이었다.

직무교육이 종료되는 날, 회사에서는 각자가 근무해야 할 장소를 발표해 주었다. 내 이름을 호명하고는 "강원본부"라고 발표했다. 여기저기서 짧은 탄식이 나왔다. 그곳에 내가 아무런 연고가 없다는 것을 아는 동기들은 걱정 어린 눈빛을 보냈다.

도원결의를 함께 한 동기들의 근무지도 차례로 발표되었다. 그 순간 나는 내 귀를 의심하였다. 한 명은 인천, 다른 한 명은 경기도, 또 다른 한 명은 서울로 발령을 받았다. 발표가 끝난 후 그들은 내게 오더니 정말 강원도를 희망지로 써낼 줄은 몰랐다며 멋쩍게 웃었다. 하지만 그들의 미안함이 묻어 있는 미소에는 안도의 한숨도 함께 있음을 나는 알고 있었다.

  동기들과 뿔뿔이 흩어져 강원본부로 향했다. 강릉에서 다시 어디론가 재배치를 받아야만 했다. 강릉의 인사담당자가 어느 곳을 가고 싶은지 의사를 물어왔다. 바다가 있는 곳이면 아무 곳이나 괜찮다고 하자, 지금 갈 수 있는 곳은 태백과 영월뿐이라 했다. 바다를 가고 싶었던 나에게 주어진 선택은 산을 끼고 있는 내륙 두 곳이었다. 그럴 거면 처음부터 그렇게 질문을 하지 말았어야 했다. 하지만 아무래도 좋았다. 어차피 모든 곳이 내겐 생소한 곳이었다.

  태백을 선택했다. 이유는 없었다. 그저 바다와 조금이라도 가까운 곳이면 되었고, 집과 조금이라도 먼 곳이면 되었다. 회사에서는 아무 연고도 없는 신입사원이 자원을 해서 강원도에, 그것도 태백으로 간다고 칭찬이 가득했다. 더구나 태백에 신입사원이 가는 것은 3년 만이라고 했다. 난 아무것도 한 일이 없는데 어느새 기특한 신입사원이 되어 있었다.

  '참된 여행은 새로운 풍경을 찾는 게 아니라 머무는 사이 생겨나는 틈'이라는 폴 발레리의 말처럼, 나는 어느 한 도시에서 머무르게 되었다. 떠나고자 하던 그 시절의 나는 어딘가에 머무는 것이 꼭 필요했고, 태백은 긴 여행의 출발점이었다.

하늘 아래 첫 동네

강릉에서 출발한 태백 행 시외버스는 연신 가쁜 숨을 몰아쉬며 산등성이를 한참 올라갔다. 차창 밖으로는 이미 앙상한 가지를 드러내고 있는 나무들 말고는 보이는 것이 없었다. 꼬불꼬불한 길을 2시간여 동안 끝도 없이 올라가더니 버스는 어딘가에 도착했다. 고개 정상에 있는 휴게소에서 잠시 쉬고 가는 줄 알았는데 기사분이 뒤를 돌아보더니 큰 소리로 얘기를 했다.

"태백에 다 왔더래요. 태백 가겠다고 하신 분, 내리래요."

얼른 주섬주섬 가방을 챙겨 내렸다. 터미널에 도착하니 '하늘 아래 첫 동네에 오신 걸 환영합니다. 여기는 해발 700M, 태백시입니다.'라는 커다란 아치형 간판이 나를 마중했다. 11월 초라 아직 외투를 입지 않고 있었는데, '하늘 아래 첫 동네'라는 입간판을 보니 갑자기 한기가 느껴졌다.

터미널에 도착해서 택시 승강장으로 가는 그 잠깐의 시간 동안 눈이 내리기 시작했다. 택시를 타고 가며 바라본 풍경은 너무나 낯설었다. 탄광 도시라는 걸 증명이라도 하듯 멀리 있는 산들은 산허리가 채굴로 허옇게 드러나 있었고, 도로 표지판과 간판들 지명 중 익숙한 거라곤 아무것도 없었다. 시내 가장 큰 중심가라 해봤자 편도 2차선이었다. 순간 이 작은 도시에서 과연 내가 살아낼 수 있을까 하는 생각이 잠시 들었다. 그러나 구태여 두리번거리지는 않았다. 제법 커진 눈송이에 가려 창밖이 잘 보이지 않기도 했지만, 그것은 여행을 온 자의 몫이지 머무르기 위해 온 사람의 것은 아니란 생각이 들었기 때문이다.

태백에서의 겨울은 길었다. 11월부터 내리기 시작한 눈은 다음 해 3월 중순까지도 계속되었다. 그 겨울에 처음으로 월급을 탔고, 은행에 통장을 만들었다. 돈가스만 있는 줄 알았던 경양식 집에서 스테이크도 먹었고, 전망 좋은 카페에서 커피도 마셨다. 대학 때부터 입던, 밑단이 닳은 양복바지를 버리고 말끔한 감색 양복을 샀다. 그에 어울리는 체크무늬 넥타이와 구두도 샀다. 그러고도 통장에 잔액이 남아 있었다. 믿기질 않았다. 입사할 때 지갑에 꼬깃꼬깃하게 접혀있던 3만 7천 원이 전 재산이었던 것에 비하면 엄청난 변화였다. 더 놀라운 건 이제 집에 손을 벌리는 대신 오히려 도움을 주는 위치가 되었다는 것이다. 원했던 일이 현실이 되었다.

월급을 타면 일정 부분을 집으로 송금을 했다. 그러나 그것으로 집안형편이 나아질 턱은 없었다. 아버지는 은행대출과 남아 있던 얼마 되지 않은 돈을 긁어 또 다른 사업을 위해 쏟아 부었지만 결과는 참담했다. 경제적 궁핍함은 가중되었다. 가끔 어머니와 통화를 할 때면 어머니는 전화 말미에 어렵다며 말꼬리를 흐리셨다. 그럴 때면 얼마의 돈을 더 부쳤다. 그러나 집에는 올라가지 않았다. 주말이면 혼자서 동해안 어디론가로 향했고, 어쩌다 서울에 올라가야 할 때면 친구 집을 전전했다. 더 이상 아버지의 술주정과 어머니의 우는 소리를 듣지 않아도 되었다. 그토록 원하던 독립을 이루었고, 드디어 나는 어른이 된 것만 같았다.

항상 눈으로만 덮여 있을 것 같던 태백은 겨울이 끝나자 전혀 다른 모습으로 변모했다. 눈이 녹은 자리에 풀들이 자라나면서 탄광촌이라는 사실을 잊게 만들었다. 때 묻지 않은 자연과 강원도 특유의 친근함은 일찍이 경험해보지 못한 평안과 자유로움을 느끼게 해 주었다. 학생이 아닌 사회인으로서 첫 발을 내딛은 그곳에서 자연스럽게 시간이 흘렀다.

태백에서 내게 허락된 시간은 거기까지였다. 어느덧 2년이 다 되어갈 때쯤 나는 다시 서울로 돌아가야겠다는 생각을 했다. 주말마다 걸었던 태백산 둘레 길과 혼자 동해 바다를 찾는 일이 싫증이 나서 그런 것은 아니었다. 조금 더 넓고 큰 세상을 바라보고 싶었다.

서울 삼성동 본사로 이동을 했다. 작은 시골 지점에서 근무하는 것과 30층 건물의 본사에서 근무하는 것은 많은 차이가 있었다. 체계적인 조직구조와 시스템화 되어 있는 업무수행 방식은 과연 같은 회사가 맞나 할 정도였고, 다양한 규정과 절차를 숙지하고 업무를 처리해야 하기에 책임감이 요구되는 동시에 자부심도 자연스레 생겨났다. 본사에 있는 많은 사람들과 어울리면서 합리적이고 효율적인 환경에 익숙해져 갔다.

그러나 본사에서의 생활이 3년쯤 되었을 때 매너리즘이 찾아왔다. 흥미롭고 신기했던 일들이 어느덧 익숙해지고 더 이상 새로울 것이 없어지면서 진부하고 지루한 감정이 고개를 내밀기 시작했다. 때로는 마음 한구석에 왠지 모르는 답답함도 느껴졌다. 매일 똑같은 일상과 쳇바퀴 도는 업무 속에서 내 자신은 점점 찾아보기가 힘들어졌고, 하나의 부속품에 불과하다는 생각이 점점 커졌다. 정해진 업무를 기계처럼 반복하는 시간이 자꾸만 덧없게 느껴졌다.

이해할 수가 없었다. 그토록 바라던 경제적 독립을 이루어 완연하게 어른이 된 나에게 왜 이러한 고민과 회의가 찾아드는지. 게다가 이 시간을 어떻게 극복해야 하는지 그 방법도 도무지 알수가 없었다. 조직에서 비롯된 구조적인 요인 탓인지, 아니면 지극히 개인적인 요인에서 비롯된 것인지도 알지 못한 채 나는 방황하고 있었다.

그러던 어느 주말에 책장을 정리하다 어느 낡은 표지의 책에 눈이 갔다. 대학교 때 읽었던 『죄와 벌』이었다. 도스토옙스키의 소설 중에서도 가장 애착이 갔던 작품이었다. 책의 맨 뒷장에는 처음 이 책을 읽었을 때 쓴 메모가 있었다.

"라스콜리니코프, 내게 새로운 삶의 이정표를 제시해 주다!"

다시 책을 읽기 시작했다. 그리고 쏘냐의 진정한 희생으로 참된 회복에 이르게 되는 주인공 라스콜리니코프를 기억해냈다. 마지막 책장을 덮으며 순수한 의지와 실천으로 자신만의 삶을 살아내고자 했던 라스콜리니코프의 모습과 가슴 뛰는 삶을 잊은 채 매너리즘에 빠진 내 모습이 대조되어 떠올랐다. 궁극적인 선과 진리에 한층 다가서기 위해 고민했던 라스콜리니코프의 삶을 들여다보는 것이 어쩌면 나의 방황에 답을 줄지 모른다는 생각이 들 때쯤이었다. 불현듯 러시아에서 보냈던 과거의 시간이 바로 눈앞에 떠올랐다. 그리고 까맣게 잊고 있던 룸메이트 안드레이와 헤어지며 했던 말이 기억났다.

"5년 후 다시 올게. 네가 이곳에 있다면. 아마도 그때는 너에게 줄 선물이 많을 거야. 난 돈을 벌고 있을 테니까."

그해 여름 나는 시베리아 횡단 열차를 탔다. 시베리아의 끝없이 펼쳐져 있는 해바라기 밭 위에서 솟아오르는 붉은 태양을 마주하였다. 시베리아 한복판에서 나는 행복해지기 위해 어떻게든 앞으로 나아가려 하지만, 그럴수록 오히려 행복과는 거리가 멀어지게 된다는 사실을 깨달았다. 그것은 나의 자아가 어디로 가든 항상 새로운 자극과 욕망을 원했기 때문이었다. 욕구가 충족되면 일시적으로 만족감을 얻을 수 있겠지만, 어느새 또 다른 자극과 욕망 앞에 서 있는 한 근본적으로 행복해질 수는 없었다.

결국, 나의 매너리즘과 방황은 외부의 문제가 아니라 내부의 문제에서 비롯된 것이었다. 충족되지 않는 영혼이 문제였다. 그러한 영혼의 멀미를 진정시키는 약은 세상을 바라보던 눈을 들어 나 자신을 바라보는 것임을 깨달았다. 무언가를 소유하고 누리기 위한 행동을 멈추고 그저 가만히 내 모습의 거울을 보는 것이 필요했다. 마치 애벌레가 나비가 되기 위해서는, 고치 안을 분주히 기어 다니면서 노력하는 것이 아니라 죽은 듯이 꼼짝 않고 움직이지 않는 것처럼 말이다.

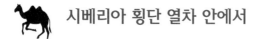# 시베리아 횡단 열차 안에서

　그해 여름 인천공항까지 가는 길은 막 시작된 청계천 복원공사로 평소에 비해 매우 혼잡했다. 러시아로 가는 비행기 안에서 나는 내내 들떠 있었다. 5년 뒤 다시 오겠다는 안드레이와의 약속은 결국 지키지 못했지만, 다시 러시아를 가게 되었으니 절반은 지킨 셈이었다.

　러시아행 비행기를 예약한 것은 오로지 시베리아 횡단 열차를 타기 위해서였다. 시베리아 횡단 열차는 모스크바에서 블라디보스토크까지 무려 9,288km라는 거리를 달린다. 쉬지 않고 달린다 해도 꼬박 7일이 걸리고, 시차가 7번이나 바뀌게 된다. 나는 동쪽에서 서쪽으로 올라가는 코스를 택했다. 긴 비행에 지친 상태로 열차를 타고 싶지는 않아서였다. 이르쿠츠크에 도착해서 마치 바다와도 같은 바이칼 호수에 잠시 머문 후 모스크바를 향해 다시 떠났는데, 안드레이와의 추억이 쌓인 상트 페테르부르크까지 가기 위해서는 모스크바에서 반나절을 더 가야만 한다.

기차는 시베리아를 가로지르며 쉬지 않고 달렸다. 매일 마주하는 시베리아의 모습은 같은 듯 달랐다. 그때 거대한 자연 앞에서 처음 알았다. 땅과 하늘이 구분되는 그곳에 지평선이 존재한다는 것을, 그리고 그 지평선에서 떠오르는 붉은 해의 표정이 매일 조금씩 다르다는 사실을.

기차는 가고 서고를 반복하며 목적지를 향해 나아갔고 나는 거의 5일 동안 기차에 머물렀다. 아니 기차 안에 자신을 스스로 감금시켰다는 말이 더 정확할 듯싶다. 그 시간 가운데 특별히 할 일도 없지만, 일부러 무언가를 하려 들지 않았다. 그저 몸을 기차에 맡겼다. 기차가 움직이면 새로운 풍경을 바라보았고, 기차가 서면 밖에 나가 정차한 도시를 둘러보았다.

커다란 통유리로 되어 있는 창문 밖으로 보이는 모든 것들이 낯설고도 신기했다. 붉은 태양에 비치는 노란 해바라기 군락과 그 뒤에 그림의 배경처럼 서 있는 하얀 자작나무 숲, 그리고 저녁 무렵이면 객차 반대편 창문을 통해서 그 자작나무 위로 하늘을 붉게 물들이는 저녁노을을 마주할 수 있었다. 이 세상의 것들이 아닌 것 같이 여겨졌다. 아침이 밝아오기 시작할 때 즈음, 거의 모든 승객이 창가에 나란히 서서 떠오르는 해를 기다릴 때면 그것은 마치 신성한 종교의식과도 같이 여겨졌다.

"저녁이 되면 석양이 물든 지평선으로 지지만, 아침이 되면 태양은 다시 떠오른다. 태양은 결코 이 세상을 어둠이 지배하도록 놔두지 않는다."는 헤밍웨이의 말을 실감할 수 있는 단 하나의 공간이 있다면, 그건 시베리아 열차 안이었다.

　기차가 역에 잠시 정차할 때면 물건을 파는 사람들이 모여들었다. 조그만 바구니에 먹을 것을 담아 와 파는 할머니도 있었고, 아예 좌판을 벌여 기념품과 생필품을 파는 아주머니도 있었다. 나는 그때마다 빠지지 않고 그 틈바구니에 서 있었다. 이국적이지만 조잡하게 만들어진 기념품과 머음지스러운 음식을 구경하는 것도 재미있었지만, 그 틈에 서 있으면 맡을 수 있는 알 수 없는 특유의 냄새가 좋았다. 사람들 냄새와 물건에서 비롯된 냄새가 묘하게 섞여 지금 이곳이 이국적인 시베리아의 어디쯤 와 있다는 사실을 새삼 깨닫게 해주었다.

　기차 객실 안은 모든 것이 느긋했다. 창밖을 보다가 지겨워지면 아무 노트에나 글을 끄적거렸고, 옆 객실의 승객들과 눈이 마주칠 때면 저절로 미소가 지어졌다. 인생이 그러하듯이 열차 안에서도 만남과 헤어짐이 반복되었다. 도시에 정차할 때마다 많은 무리의 사람들이 내렸고, 내린 만큼 또 다른 무리의 사람들이 새로 올라탔다. 그 중에는 말 한마디 하지 않고 헤어진 사람들도 있었고, 하도 말을 시켜서 일부러 자는 척 할 수밖에 없던 사람도 있었다. 잠시 같은 객실에서 함께 머물렀던 어느 러시아인 노부부는 신문지에 둘둘 싸 온 비린내 나는 말린 생선과 돼지비계를 꺼내 자꾸만 권했다. 환하게 웃으며 권하는 그 친절을 도저히 무시할 수 없어 억지로 먹고는 화장실에 가서 몰래 내뱉은 적도 있었다. 때로는 생면부지의 옆 방 러시아 사람들과 함께 치즈와 빵 한 쪼가리를 안주 삼아 대낮부터 보드카를 마시기도 하였다. 그러다 보면 마치 전부터 알고 지냈던 사이처럼 여겨지기도 했다.

덜컹거리는 기차에서 생각나는 대로 글을 썼다. 글이라기보다는 낙서에 가까웠다. 시베리아 열차를 타고 가는 여정 속에서 느끼는 단상들을 두서없이 적어 내려갔다. 눈에 보이는 낯설고 새로운 풍경에 대한 느낌을 적은 글들은 뒤로 갈수록 점점 내 자신에 대한 관찰과 질문으로 채워졌다.

'나는 어떠한 사람인가? 나는 무엇을 좋아하는가? 나는 어떠한 삶을 살길 원하는가?'

광활하고 낯선 시베리아 한복판에서 나는 철저히 혼자가 되었고, 오롯이 자신을 바라볼 수 있었다.

어느덧 시베리아 열차가 예카테린부르크를 지나가고 있을 때였다. 자정을 훌쩍 넘긴 시간이 되어서야 어둑어둑한 그림자가 내려앉기 시작했다. 시베리아의 백야는 생각보다 더 창백하고 청아했다. 저녁노을이 긴 꼬리를 드리우고 열차를 에워싸더니 완만하게 휘어진 궤도를 달리는 열차 위에 사뿐히 내려앉았다. 시베리아의 노을은 붉은 빛이라기보다는 차라리 노란빛에 가까웠다. 크림슨 색의 시베리아 열차를 감싸는 노란빛의 노을은 아무래도 비현실적이었다. 무슨 까닭인지 모르지만, 새삼 내가 살아 있다는 생각이 들었다. 불과 얼마 후에는 새로운 태양 아래 또 하나의 하루가 다시 시작되겠지만, 어둠이 아직 가시지 않은 그때 나는 역설적으로 생명감과 존재 가치를 느꼈다.

그리고 돌이켜보니, 그때까지 내가 좋아서 한 일이 거의 없었다는 사실이 떠올랐다. 가슴이 뛰고 열정에 불타올라서 무엇인가를 시도했던 기억이 없었다. 심지어 내 자신이 무엇을 좋아하는지조차 알지 못했다. 남들에게 그럴듯해 보이는 옷이 반드시 나에게도 어울리는 게 아님에도 나는 애써 그런 옷을 입으려 했던 건 아니었을까 싶었다. 그냥 바쁘게만 살아왔을 뿐, 나 자신과 솔직하게 대면하는 시간을 가졌던 적이 거의 없었고, 진정 원하는 것이 무엇인지, 내가 어디를 향해 가고 있는 것인지 알지 못한 채 그저 앞만 보고 달려왔다. 그저 직장에서 주어진 역할을 충실하게 수행하는 것이 내 삶의 전부라 착각하고 지내왔던 것이다.

사람person이라는 단어의 원래 뜻이 '가면'이라는 게 우연만은 아닐 것이다. 사람은 저마다 언제 어디서나 다소 의식적으로 역할을 연기한다. 그러한 역할을 통해 서로를 알고, 역할에 맞는 행동을 하려고 노력한다. 문제는 자신의 본성을 그 역할에 스스로 가두어 놓고 한계를 긋는다는 것이다. 그리고는 평생 그 역할을 연기하기 위한 가면을 쓴다. 그러한 가면을 쓴 채, 내게 맡겨진 역할이 인생의 전부라 여기고 살아 온 삶에 매너리즘과 방황이 찾아오는 것은 어쩌면 당연한 것이었다.

『내가 원하는 삶을 살았더라면』의 저자 부로니 웨어는 죽음을 앞둔 사람들에게 가장 후회하는 일이 무엇인지를 물었다. 그들의 공통적인 후회는 바로 "다른 사람의 기대에 부응하는 삶이 아닌 나 자신에게 솔직하고, 나만을 위한 삶을 살 용기가 부족했다."라는 것이었다.

안드레이는 결국 만나지 못했다. 그는 이미 독일로 박사학위를 공부하러 떠난 지 오래되었다고 한다. 8년 만에 살던 기숙사를 다시 찾아갔으니 만날 수 있으리라 기대는 하지 않았지만, 그래도 허탈한 마음은 지울 수 없었다. 혹시나 하는 마음에 현재 기숙사에 살고 있는 사람들의 명단을 좀 볼 수 있냐고 부탁을 했다.

아는 사람이 한 명도 없었다. 모두가 떠났다. 기숙사를 잠시 둘러보며 그 시간을 잠시 회상했다. 내가 살던 방 앞에도 가보고, 밥을 먹던 곳도 가보았다. 긴 복도도 한 번쯤은 걸었다.

그때였다. 기숙사 복도 끝에서 누군가 나를 아는 척했다. 기숙사를 청소하던 할머니였다. 옛날보다 허리가 더 굽은 그녀는 나를 분명히 기억하고 있었다. 한참동안 할머니 손을 잡고나서 한국에서 가져간 초콜릿을 하나 드렸다. 기숙사 문을 나서며, 이곳에서 누군가에게 기억되고 있다는 사실에 감개가 무량했다.

러시아 기숙사에 살고 있던 그들을 다시 만나게 된다면 분명 '가면' 따위는 쓰지 않게 될 테다. 그러기 위해 그 먼 길을 달려갔던 것인지도 모른다.

처음 잡아본 아버지의 손

　지극히 일상적인, 눈길 한번 주지 않아도 될 만한 장면이 누군가에게는 그냥 스쳐갈 수 없는 모습으로 다가올 때가 있다. 어느 영화 한 장면이 그랬다. 영화에서 너덧 살 정도인 남자아이가 아빠와 함께 웃으며 숨바꼭질을 한다. 아빠가 옷장 뒤에 숨어 있다는 걸 모르는 아이는 연신 두리번거린다. 한참을 찾지만 찾지 못하자, 결국 울음을 터뜨리고야 만다. 예기치 못한 울음에 당황하고 놀란 아빠는 일부러 헛기침을 연신 하고, 그제야 아이는 소리가 나는 쪽으로 오더니 마침내 아빠를 발견한다. 그리고는 "찾았다! 내가 찾았다!" 하며 아빠 품에 안긴다. 아빠는 환하게 웃는 아이를 꼭 안고는 사랑스런 표정으로 이야기한다. "그래, 네가 찾았어. 네가 찾은 거야!"

　원래 숨바꼭질이라면 찾기 힘든 장소에 꼭꼭 숨어야만 하는 것이다. 그런데 아빠는 자신의 위치를 일부러 쉽게 찾게끔 만들고, 마침내 찾게 되자 그 공을 아이에게 돌린다. 애초에 아빠에게는 찾느냐 못 찾느냐는 관심 사항이 아니었다. 찾는 과정에서의 교감이 중요한 것이었다.

평범하기 그지없는 이 장면이 내 잔상에 남았던 이유는 무엇보다 아빠와 아이가 잡은 손 때문이었다. 영화가 끝난 후 불쑥 스스로 질문을 던졌다. 아버지와 함께 손을 잡은 적이 언제였던가? 아버지의 손을 한 번이라도 잡았던 적이 있었던가? 내 기억이 닿지 않는 어린 시절 아버지는 내 손을 잡아주긴 했을까?

상담치료가인 존 브래드 쇼는 어린 시절의 상처 때문에 우리 안에는 제대로 성장하지 못한 내면 아이가 있어서 현재의 삶에 부정적인 영향을 미치고 불안한 심리를 초래한다고 말한다. 상처가 채 아물기도 전에 외형적으로는 성장했지만, 여전히 과거 어느 시절에 고착되어 있는 아이일 수밖에 없다는 것이다.

내 안에도 아주 작은 어린아이가 있다. 아버지와 교감을 하고 싶었지만 그렇지 못했던 그 아이를 외면하고 방치했던 나는 비록 어른이 되었지만, 아버지에 관한한 과거의 시간 속에 여전히 머물러 있을 수밖에 없었다.

'삶은 한 사람이 살았던 그 자체가 아니라, 현재 그 사람이 기억하고 있는 것이며, 그 삶을 얘기하기 위해 어떻게 기억하느냐 하는 것이다.'라는 가브리엘 마르케스의 말은 적어도 나와 아버지에게는 통용되지 않는 얘기였다. 처음엔 그 이유가 아버지에 대해 기억나는 것이 거의 없기 때문이라 여겼다. 그러나 곰곰이 생각해보니 아버지에 대한 기억을 의도적으로 회피했기 때문은 아니었는가 하는 생각이 들었다. 우리는 시간이 지남에 따라 기억이 추억이 되는 순간을 알고 있다. 좋지 않거나 심지어 괴롭던 시간의 일들도 먼 훗날 돌아보게 되면, 그 기억 가운데에서도 괜찮았던 일들만 남고 그렇지 않은 일들은 기억 속에서 사라지게 되는 경험을 하기도 한다.

어쩌면 나는 아버지에 대한 기억이 추억으로 왜곡되는 것을 방지하기 위해 기억의 파편들을 일부러 저 밖으로 내보낸 것인지도 모른다.

엄격한 아버지와 자애로운 어머니의 모습이 이상적인 가정의 전형으로 여겨지던 그 시절, 아버지는 엄격한 훈육을 통해 그 이데올로기를 몸소 실천했다.

그러나 엄격한 것과 강압적인 것은 구별되어야만 했다. 규율과 순종만이 절대적인 가치로 다루어질 때, 사랑과 정감은 자신이 있어야 할 자리를 놓치고 만다. 때때로 나는 우리 집이 벽장 속의 시계와 같다고 여겨졌는데, 겉으로 드러나 보이진 않지만 시곗바늘이 가리키는 곳을 향해 일사불란하게 움직이고, 1분 1초의 오차도 허용되지 않고 울려야 하는 알림처럼 항상 긴장 상태에 있어야만 했기 때문이다. 가정이라기보다는 느슨한 형태의 군대 내무반 분위기와 가깝다는 표현이 어울렸다. 아버지의 말은 아무런 의심 없이 정당성을 가졌으며, 어떠한 이의제기나 반론도 용납되지 않았다.

그랬던 아버지가 나이가 들어서는 술만 드시는 존재로 기억되었다. 사기를 당하고, 사업에 연달아 실패하게 되면서 언제부터인가 그의 인생은 잘못된 길로 들어서기 시작했다. 자기 뜻대로, 계획대로 되는 일이 없어지면서 점점 외골수가 되어갔다. 게다가 아버지의 건강은 점점 나빠졌다. 스트레스성 당뇨로 인해 매일 아침 주삿바늘을 꽂아야 하루를 버틸 수 있었고, 때때로 저혈당 쇼크로 쓰러져 119 구급차에 실려가기도 했다. 몸 구석구석은 당뇨 합병증으로 인해 썩어 들어갔고, 발가락에 생긴 시커먼 곰팡이는 어느덧 종아리까지 올라가고 있었다.

그러던 어느 날 아버지가 앉아 있는 뒷모습이 눈에 들어왔다. 넓은 어깨와 강한 팔뚝을 가졌던 아버지는 이제 앙상한 어깨와 메마른 뼈만 남아 있었다. 그때 처음 아버지를 한 사람의 남자로 보게 되었다. 자신감 넘치고 패기만만했던 한 남자가 초라하고 볼품없이 웅크리고 앉아 있는 모습을 나는 애써 외면하였지만, 마음은 연민으로 가득해졌다.

어머니가 교회를 다니기 시작한 것도 그때부터였다. 독실한 불교도였던 어머니는 모든 것이 절망적인 상황이 되자 지푸라기라도 잡는 심정으로 제 발로 교회를 나가셨다. 그전까지 교회를 다니라는 권유를 받을 때마다 말도 붙이지 못할 정도로 매몰차게 대하던 어머니가 교회를 나간 것은 오로지 아버지를 위한 것이었다. 아버지 건강을 위해 믿음을 갖기 시작한 어머니의 신앙은 점점 뜨거워져만 갔고, 우리 형제들도 어머니를 따라 자연스레 교회를 나가기 시작했다.

그러나 주말 예배뿐 아니라 금요 철야 예배, 새벽기도, 게다가 금식기도원까지 나가는 어머니의 모습을 나는 사실 그다지 탐탁하게 여기지 않았다. 어머니에게 마음의 위안을 주는 그 무언가가 생긴 것은 다행이지만, 너무 그곳에 빠지는 것은 아닌가 하는 걱정이 들었다.

그날은 아침부터 겨울비가 내렸다. 몸 상태가 안 좋아 누워만 계시던 아버지가 며칠 전부터 몸이 더 나빠지셨다. 가족 모두 단순한 감기라고 생각했다. 나는 퇴근을 하고 오래전부터 약속되어 있던 대학 친구들을 강남에서 만났다. 웃고 떠들며 술을 마셨다. 평소 술이 약한 내가 그날은 이상하게도 술을 많이 마셔도 취하지를 않았다.

옆 의자에 벗어 둔 외투 주머니에 휴대전화가 반쯤 나와 있는 것을 확인한 건 시간이 꽤 많이 흘러서였다. 휴대전화를 주머니에 다시 집어넣으면서 두 번이나 부재중 전화가 와 있었다는 것을 확인했다. 집이었다. 이상한 예감이 들었다. 전화를 걸었다. 전화기 너머로 어머니의 떨리는 목소리가 흘러나왔다. 집에 들어와야 할 것 같다고 했다. 한잔 더 하러 가자는 친구들을 뿌리치고 주섬주섬 외투를 챙겨 입고 비오는 거리를 나섰다.

집에 들어가니 아버지 주위에 온 가족이 모여 있었고, 모두가 눈물을 흘리고 있었다. 외투도 벗지 않은 채 아버지가 누워계신 자리 옆에 앉았다. 눈을 감고 계시던 아버지가 가느랗게 눈을 뜨고는 옆에 앉아 있는 나를 바라보셨다. 잠시 나를 향해 손을 뻗는 시늉을 하시고는 무슨 말씀인가 하고 싶어 하셨다. 앙상하게 남은 살가죽 밑의 푸른 힘줄이 더 도드라져 보였다. 나도 모르게 덥석 아버지의 손을 잡았다.

얼마가 지났을까. 잡았던 손이 차가워졌다. 아무런 온기도 남아 있지 않았다. 이미 이 세상의 것이 아니었다. 그것뿐이었다. 변한 거라곤. 조금 전까지 이곳에 존재하던 한 사람이 사라졌어도 바뀐 건 아무것도 없었다. 기름보일러가 돌아갈 때 나는 소리도 여전했고, 안방 창을 두드리는 빗방울 소리도 여전했다.

비가 내리던 겨울 한 길목에서 그렇게 아버지를 떠나보냈다. 그날 밤 내 마음은 물 위에 뜬 기름처럼 검은 밤 위를 둥둥 떠다녔다. 너무나 짧은 시간이었고 아무것도 준비할 수 없는 순간이었다. 눈물을 흘릴 겨를조차 없었다.

"이렇게 끝이 나면 안 되는 거잖아요? 적어도 당신에 대한 분노를 함께 떠나보낼 기회를 주어야 하는 게 아닌가요? 아직 난 당신을 원망하고 있단 말이에요."

아버지의 손을 놓지 않은 채 소리를 지르고 있었다. 그제야 눈물이 흘러 내렸다.

"이제 내가 당신보다 키도 더 크고, 이제 내가 당신보다 힘도 더 세고, 이제 내가 당신보다⋯."

그날, 태어나 처음으로 잡아 본 아버지의 손이었다. 내 기억으론.

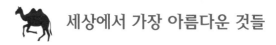# 세상에서 가장 아름다운 것들

하버드대학의 탈 벤 샤하르 교수는 미래의 보상을 위해서 현재의 고통을 참아내야 한다는 삶의 태도를 '채식주의자의 맛없는 음식'이라고 비유했다. 지금 당장은 맛이 없지만, 훗날 몸에 좋으므로 꾹 참고 먹는 음식이라는 것이다.

시베리아를 다녀온 후 공인노무사 공부를 시작했다. 막연히 염두에 두고만 있던 걸 실행에 옮길 수 있게 된 건 횡단열차 덕분이었다. 퇴근 후에 신림동에 있는 학원으로 달려가서 강의를 들었고, 주말에는 도서관에서 공부를 했다. 몸은 피곤하고 힘들지만, 오히려 마음은 홀가분하고 희망으로 가득했다. 새로운 꿈을 꾸고 도전을 하는 것은 매너리즘과 방황을 벗어나는 데에도 많은 도움이 되었다.

노무사 동기들은 나이도 다양하고 배경도 제각각이지만, 비슷한 생각과 목적의식이 있어서 쉽게 공감대가 형성되었다. 나는 그들과 자주 어울렸는데, 6개월간의 연수가 끝난 후 친한 동기 몇몇이 함께 노무법인 사무실을 냈고 나는 퇴근 후 방배동에 있는 그 사무실에 자주 들렀다.

그날도 그 사무실에 들러 함께 저녁을 먹을 때였다. 나보다 두어 살 적은 동기 한 명이 느닷없이 내게 물어왔다. "형, 사람 만나 볼래요?"

어느덧 서른다섯 살을 넘어가고 있었지만, 결혼을 남의 일로만 여기고 있던 나였다. 결혼에 대한 기대와 환상보다도 결혼생활에 대한 두려움이 더 컸던 탓이었다. 친한 친구들과 회사 동기들은 거의 모두 결혼을 했지만, 결혼에 대한 회의감이 가득한 상태에서 어떠한 상대를 만나더라도 결혼은 요원한 일이었다.

그러나 때로 신은 우리가 전혀 예상하지 못한 곳으로 운명을 이끌고, 예측할 수 없는 길에서 인연을 만나게 한다. 노무사 동기가 소개해 준 자리에 나갈 때만 해도 상상조차 하지 않았던 결혼을 마침내 하게 되었다. 그런데, 내가 결혼하게 된 사람은 노무사 동기의 소개로 만난 여자가 아니었다. 바로 그녀의 가장 친한 친구였다. 인연은 아무도 예상치 못하는 모습으로 그렇게 다가오는 것이다. 예측할 수 없는 만남이 누군가의 운명이 되고 서로의 인생이 되는 것, 그건 분명 선물과 같은 인연인 것이다.

아내를 처음으로 만난 날은 12월 3일, 아내의 생일이었다. 당시 노무사 동기가 소개한 여자를 만나고 있던 나는, 그날 그녀의 가장 친한 친구에게 내 후배를 소개해 주기로 되어 있었다. 그런데 만남을 앞두고 두 시간 전쯤에 갑자기 후배로부터 급한 사정으로 인해 나올 수 없다는 연락이 왔고, 나는 무척 난감한 상황이 되어버렸다. 나는 덕수궁 근처 약속장소로 직접 가서 비장한 사죄의 말을 전해야만 했다.

2층에 있는 카페 문을 열고 들어가서 둘러보니 여자 친구는 자리에 없었다. 하지만 신기하게도 나는 그녀의 친구를 직감적으로 알아보았다. 어떻게 그랬는지는 모르겠다. 내가 문을 열었을 때 그녀와 잠깐 눈이 마주쳤던 것이 전부였다. 그녀가 앉아 있는 테이블 쪽으로 다가갔고, 보라색 니트에 머리카락이 닿을까 말까 한 그녀의 눈동자가 나를 따라 함께 움직였다. 테이블 앞에 거의 다 왔을 때쯤 자리를 비웠던 여자친구가 때마침 나타났고, 내가 어떻게 자리를 알았는지 의아한 표정이었다.

여자친구의 친구와 함께 있는 것 자체가 처음엔 어색하고 낯설었지만, 시간이 흘러갈수록 편안해졌고, 그녀와의 대화도 부드럽게 이어졌다. 그리고 점점 여자친구보다도 그녀의 친구에게 더 많은 관심을 갖게 되었다. 이래서는 안 된다는 생각이 들면서도 마음이 끌리는 것을 막을 수는 없었다. 자리가 끝나고 그녀와 같은 방향으로 전철을 타고 가면서 계속 대화는 이어졌고, 마치 오래전부터 아는 사이처럼 여겨졌다. 그녀가 먼저 내리며 주었던 입가심용 사탕 몇 개를 호주머니에서 다시 꺼내보았다. 소개해 주기로 한 후배가 갑자기 오지 못하게 된 건 우연이 아닐 수도 있다는 엉뚱하고도 불경스러운 생각이 들었다.

며칠 후 싸이월드(Cyworld) 미니홈피에 회원가입을 했다. 이제는 추억의 한편으로 밀려났지만, 당시 유일한 SNS 수단은 싸이월드였다. 그런 쪽에는 관심조차 없으며 디지털에 관한한 문외한이었던 내가 회원가입을 한 것은 오로지 그녀의 사진첩을 둘러볼 요량이었다. 그때만 해도 싸이월드는 다른 사람을 쉽게 검색해서 해당 미니 홈피를 볼 수 있게 되어 있었다. 싸이월드를 처음 들어가 부여받은 아이디와 패스워드를 입력한 후 그녀의 홈피에 접속하는 순간 화면에 갑자기 커다란 알림창이 떴다.

'축하합니다. 이벤트 당첨입니다.'라는 문구와 함께 '1,000번째 방문자입니다.'라는 내용이 쓰여 있었다. 나는 순간 도둑질을 하다가 들킨 사람처럼 얼굴이 벌겋게 달아올랐고, 이벤트 당첨으로 선물을 주겠다는 내용을 제대로 읽지도 못한 채 얼른 알림창을 끄고 나갔다.

다음날 여자 친구로부터 전화가 왔다. 다소 격앙된 목소리로 다짜고짜 왜 자기 친구의 홈페이지를 방문했냐고 물어왔다. 전혀 예상치 못한 질문에 당황스러웠지만, 어떻게 그 사실을 알았는지 되묻는 것도 궁색한 노릇이었다. 난감한 순간, 성격이 급한 그녀는 스스로 추정을 곁들여 상황을 정리했다. 자신의 친구가 홈피를 1,000번째 방문하는 사람에게 선물 이벤트를 걸었고, 하필이면 내가 그 1,000번째 방문자이며, 나는 그저 호기심으로 둘러봤을 것이라고 이야기를 하였다. 안도의 한숨을 내쉬었다. 그리고 그녀는 이벤트에 당첨되면 자동으로 로그 기록이 남는다는 사실도 알려 주었다. 그리고 나서도 몇 마디를 쉬지 않고 계속했지만 무슨 말을 했는지는 기억나지 않았다.

아무래도 이것은 남다른 인연이라고 생각했다. 그녀를 더 알고 싶었고, 그녀가 머릿속에서 떠나지 않았다. 만약 우연을 가장한 필연이라면 그 필연이 인연이 되기 위해서는 보다 적극적으로 밀고 나가야겠다는 결심을 했다.

만나고 있던 여자 친구와 정리를 했다. 말은 하지 않았지만, 어차피 진지한 단계까지 가지 못하리라는 건 둘 다 알고 있던 터였다. 그리고 얼마의 시간이 지난 후 여자 친구의 친구에게 연락을 했다. 그녀는 이미 상황의 변화를 알고는 있었지만, 그래도 있을 수 없는 일이라며 피했다. 그러나 나의 본심을 언젠가는 알아주리라는 생각에 계속 문을 두드렸고, 시간이 지나면서 나를 피하고 멀리하던 그녀가 차츰차츰 마음을 열기 시작했다. 서로가 서로에게 익숙해져갔고, 서로를 알아갔으며, 서로의 마음을 이해했다. 누구에게도 말하지 않은 내 안의 얘기들을 그녀에게 처음으로 꺼내었다.

사랑하면 눈이 멀게 된다고 하지만, 한편으론 눈이 뜨이게 되는 경험을 하게 된다. '사랑한다는 것은 신께서 본래 의도하셨던 모습으로 사람을 보게 되는 행위이다.'라는 도스토옙스키의 말은 그런 점에서 예리함을 드러낸다. 누군가의 있는 그대로의 모습을 사랑하게 될 때 비로소 진정한 눈이 뜨이게 되기 때문이다. 난 그녀의 존재를 바라볼 수 있게 되었고, 함께 같은 곳을 쳐다볼 수 있게 되었다. 그녀와 함께 밥을 먹고 함께 길을 걸었으며 함께 음악을 들었다. 함께 하는 그 모든 순간은 나를 이루고 서로를 있는 그대로의 존재로 바라보게 만들었다.

특히 주말 이른 아침 그녀를 만나 작고 아담한 카페에서 음악을 함께 듣곤 했는데, 그것은 그 시간 그 공간에서 함께 숨 쉬며 서로의 존재를 확인하는 방식을 의미했다. 자주 가던 카페가 아침에 문을 열자마자 우리는 커피 한 잔을 마주하고 서로를 바라보았다. 늘 스카프를 목에 두르고 있던 그곳의 주인은 우리를 위해서 항상 같은 곡을 틀어주었다. 정수년의 해금 연주곡 〈세상에서 가장 아름다운 것들〉이었다. 그 곡을 처음 들었던 때를 나는 아직도 생생하게 기억한다. 지금까지 상상했던 아름다운 세계가 바로 앞에 있는 듯한 착각이 들었던 순간이었다. 잔잔한 피아노 도입부를 지나 아련한 해금의 연주가 그 위에 실려 어우러지면 일시에 모든 무장이 해제되는 느낌이었고, 가장 순수한 고백, 가장 정결한 사랑의 모습으로 충만해지는 순간이었다.

나는 그 곡을 들을 때면 곧잘 막스 뮐러의 『독일인의 사랑』이 생각났는데, 그 소설이 내겐 가장 이상적인 사랑의 전형을 보여주었기 때문이었다. 특히 마리아에 대한 주인공의 고백은 진정하고도 순수한 고백이란 어떠한 것인지를 알려준다. 아름다워서도 아니고, 다정다감해서도 아니고, 더구나 당신이 나를 사랑해서도 아닌 이 고백은, 왜 사랑하느냐에 대한 가장 완벽한 대답이었다.

"그런데 왜 나를 사랑하지?" 마리아가 물었다.
"왜냐고? 마리아! 어린아이에게 왜 태어났냐고 물어봐. 들에 핀 꽃들에게 왜 피었냐고 물어봐. 태양에게 왜 햇빛을 비추냐고 물어봐. 내가 너를 사랑하는 건 그럴 수밖에 없기 때문이야."
— 막스 뮐러 『독일인의 사랑』 중에서

올해가 결혼 15주년이 된다. 조그마한 꽃과 함께 작은 카드를 집안 어느 한 곳에 올려놔야겠다. 그날 와인이 있는 곳을 간다면 좋겠다. 바람이 부는 저녁이라면 더 좋겠다. 그때 가만히, 그저 가만히, 불어오는 바람을 맞으며 앉아 있다가 〈세상에서 가장 아름다운 것들〉을 들을 것이다. 그 바람을 타고 들리는 해금 소리에 귀 기울일 때 그 바람의 노래는 돌고 돌아 '내가 당신을 사랑하는 건 그럴 수밖에 없기 때문이야.'라는 차마 하지 못한 고백이 되어 그 공간을 채우리라.

 **병원 주차장에서의 화해**

인생은 무슨 일이 일어날지 모른다. 평생 혼자 살 것 같았던 나에게도 아내가 생겼다. 쌀 개방에 항의하는 농민과 시민단체의 집회로 서울 시내 모든 차가 꼼짝달싹 못 하던 9월의 가을날, 그 푸른 하늘을 닮은 미소를 머금고 나는 결혼식장에 서 있었다. 그날만큼은 어떠한 소음과 소란도 새로운 시작을 향해 나아가고자 하는 이들에게는 방해가 되지 못했다.

늦게 결혼한 만큼 모든 순간이 더 소중하게 다가왔고 사소한 것들에 대해 행복했다. 둘만의 밥을 지어 함께 먹고, 서로를 바라보다 함께 웃었다. 마주 보고 숨을 쉬었고, 틈만 나면 손을 잡고 둘만의 길을 걸었다. 때로 힘든 일에 낙심할 때면 누군가의 어설픈 위로를 찾는 대신 곁에서 나를 바라보는 사람이 있다는 사실에 더 큰 위안을 얻었다.

주위에서는 늦은 나이에 결혼한 만큼 빨리 아이를 가지라고 권유했지만 서두르고 싶지는 않았다. 이왕 늦은 것 조금 더 늦는다고 달라질 것 없다는 생각이 들었고, 무엇보다 지금의 이 시간이 그대로 지속되길 바랐다. 그러나 결혼하고 6개월 정도가 지나자 예전엔 그냥 지나쳤던 주변의 아기들이 눈에 들어오기 시작했고, 아장아장 걷거나 옹알이를 하는 아이들을 보게 될 때면 한참 동안 바라보고 있는 자신을 발견하기도 했다.

그러던 어느 날 주말이었다. 아침에 일어난 아내는 아무래도 감기에 걸린 것 같다며 약국에 다녀와야겠다고 했다. 대신 약을 사 오겠다는 나를 뒤로 한 채 간밤에 꿈을 꾸었다는 알 수 없는 말을 하고는 혼자 나갔다. 아내가 약국을 다녀온 후 나는 거실 테이블 한쪽 구석에 무언가가 놓여 있는 걸 보았다. 아내의 감기약 쯤으로 알았다. 그런데 시간이 지나면서 그 물건은 점차 테이블 가운데 쪽으로 자리를 옮겨 갔다. 그 말인즉슨, 발이 달려있지도 않은 그 물건이 신기하게도 내 눈에 잘 띄는 장소로 이동하고 있었다는 얘기인데, 나는 그때까지도 그 물건이 무엇인지를 알지 못했다. 자신의 존재를 알아봐 달라는 애타는 손짓을 나는 아주 넉살 좋게 무시하고 있었던 것이다.

마침내 내 눈 바로 앞에서야 그 물건의 정체를 알게 되었다. 임신 테스트기였다. 옆에 함께 놓여 있는 조그마한 설명서에는 임신했을 경우 빨간 선이 두 줄로 표시된다는 글귀가 쓰여 있었다. 테스트기를 다시 들여다보았다. 빨간 두 줄이 선명했다.

드라마나 영화에서 오랫동안 기다려왔던 임신을 알게 된 순간 남편이 보이는 반응은 천편일률적이다 못해 식상하다고 생각했었다. 그런데 막상 같은 상황이 되니 나도 그 범주에서 벗어나지 못하는 사람이었다. 기뻐서 소리를 지르긴 했지만, 그 상황에 맞는 정확한 표현을 하기는 쉽지 않았다. 축하한다는 말은 왠지 어색했고, 수고했다는 말은 더 이상했다. 그렇다고 밑도 끝도 없이 사랑한다는 말도 애매했다. 예기치 않는 순간의 감정을 표현하기 위해서는 어느 정도 그러한 상황을 예상해보고 미리 연습해보는 것도 나쁘지 않겠다는 생각이 든 것도 그때였다.

마음이 들뜨는 것까지는 괜찮았는데 조급해지는 건 심각한 부작용이었다. 당장 며칠 후나 몇 주 후면 아기를 만날 수 있다는 착각이 들 정도였다. 그러나 신이 인간에게 열 달이라는 시간을 채워야 출산할 수 있게 한 것은 어찌 보면 그만큼의 준비가 필요하기 때문일 것이다. 그럼에도 우리는 펼쳐 봤자 수건 한 장 크기에도 미치지 못하는 배냇저고리와 사람을 위한 것이라기보다는 인형에게나 맞을만한 모자와 양말을 준비했다. 내친김에 아예 보행기와 유모차까지 미리 장만했다. 퇴근 후에는 서점에 들러 태교 음악 CD세트와 육아 관련 책을 샀고, 저녁이 되면 아내의 퉁퉁 부은 발과 종아리를 주물러 주었다. 어느 라디오 방송에서, 임신했을 때 섭섭하게 하면 나이 들어서 아내가 몇 배로 되갚는다는 우스갯소리를 들었기 때문만은 아니었다.

정확하게 열 달 후 나는 분만실 앞에서 서성이고 있었다. 전날 저녁때부터 갑자기 시작된 아내의 진통은 밤이 깊어지자 거세어졌고 새벽이 되어서는 격정적으로 몰아쳤다. 바로 병원으로 달려갈까 했지만, 아내는 날이 밝으면 가는 것이 좋겠다고 조금 더 참아 보겠다고 했다. 고통으로 일그러진 아내의 옆에서 할 수 있는 거라곤 아무것도 없었다. 때로 물수건을 갖다 주고 때로 손을 잡아주는 것 외에는.

나는 아내의 머리맡에 심야의 라디오를 켜 놓았다. 누군가의 목소리가 공간을 채운다면 그 검은 밤을 통과하는 데에 힘을 얻을 수 있을 거라 생각했다. 그때 나는 알았다. 새벽 세 시의 라디오에서 흘러나오는 사연들은 남들에게 들려주기에는 너무나 소중해서 그 시간이 아니면 안 된다는 것을. 그 시간에 말을 하는 누군가가 있고, 그것을 듣는다는 사실만으로도 위안을 얻게 된다는 것을. 우리가 그랬다. 그 컴컴한 시간에 나와 아내만 있는 것이 아니라는 사실을 알게 해준 것 그 자체만으로도 충분했다.

날이 밝자마자 병원으로 한걸음에 달려갔다. 분만실로 안내를 받고 검사를 했다. 담당 의사는 첫 출산이라 어려운 법이니 조금 더 기다려 보자며 너무나 무덤덤하게 얘기했고, 문득 첫 출산이 아닌 경우에 저 의사는 어떻게 얘기할지가 잠시 궁금해졌다. 아내는 분만실 옆 침대에서 시간을 보내며 무통 주사를 계속 맞았지만 짓누르는 고통을 무마시키기에는 역부족이었다. 고통이 더

해질 때마다 아내의 이가 서로 맞닿았다. 자연분만을 하고 싶어 했던 아내였지만, 더 이상의 진통을 견뎌내는 건 아무래도 무리였다. 마침내 담당 의사가 더 이상 기다리는 건 산모가 위험해질 수 있다며 어쩔 수 없이 수술해야겠다는 결정을 내렸다. 17시간의 진통은 그렇게 끝났다.

분만실에서 수술실로 침대가 옮겨졌다. 따뜻한 분위기의 분만신과 달리 수술실의 기운은 서늘하다 못해 차가웠다. 의료진들은 푸른색의 수술복으로 갈아입었고 나는 수술실 앞에까지만 허락되었다. 아내는 침대에 누운 채 수술실로 들어가면서 나에게 작은 목소리로 미안하다고 했다. 나는 왜 당신이 미안해야 하는지 되물었지만 침대는 이미 수술실 안으로 사라진 후였다. 아내 혼자 감당해야 할 무게가 느껴졌다. 걱정이나 두려움보다도 무기력함이 밀려왔다. 그저 바라보고 있을 수밖에 없는 허무함이 메울 수 없는 커다란 구멍으로 찾아왔다.

얼마쯤 지났을까. 수술실 앞에서 안절부절못하고 있는 내 앞에 간호사가 활짝 웃으며 한 아이를 포대에 감싸서 품에 안고 나왔다. 무엇이 그리 궁금한지 그 아이는 아직 제대로 떠지지도 않는 한쪽 눈꺼풀을 힘겹게 뜨고는 병원 형광등에 반응을 보였다. 눈이 부신지 연신 눈을 감았다 떴다 하며 두리번거리더니 이내 나를 바라보았다. 아주 잠깐이었다. 사실 보았다기보다는 그저 스쳐 지나간 것이었지만, 그 순간이 내 아이와 처음 마주하는 순간이었다. 아이를 한번 안아 볼 수 있느냐고 하니 간호사가 아주 잠깐이라며 조심스레 안겨주었다. 따뜻했다.

"너는 나를 알아보지 못하지만 나는 너를 알고 있단다."

들릴 듯 말 듯 이야기를 했다. 만일 내가 서른여덟의 나이에 첫 아이를 안고 아버지가 될 줄 알았더라면, 나는 서른 살이 될 때쯤 부터 아버지에 관한 책을 읽었을 것이다.

그러는 사이 간호사들이 아내를 회복실로 옮기기 위해 침대를 끌고 나왔다. 오랜 진통과 수술로 지친 아내의 얼굴을 보고 그 상황에서 무언가를 말하고 싶었지만 어울리는 말이 떠오르지 않았다. 대신 말없이 안아 주었다. 오랫동안.

갑자기 마음속 깊은 곳에서 무엇인가가 축축한 것이 올라온 것은 가족들이 아내의 주위에 몰려들었을 때였다. 나는 아내에게 잠시만 다녀올 곳이 있다고 얘기한 후 혼자 병원 주차장으로 뛰어 내려갔다. 주차되어 있던 차 문을 열고 운전석에 풀썩 주저앉았다. 양손을 핸들에 걸친 채로 머리를 떨궜다. 어깨가 들썩거렸다. 눈물이 얼굴을 타고 바닥에 뚝뚝 떨어졌다.

내 아이가 태어난 날, 아버지가 되어 아이와 눈을 마주친 날, 그날은 세상에서 마음껏 기뻐해야 할 날이었다. 그날만큼은 그럴 자격이 충분히 주어질만했다. 그런데 난 북받치는 감정을 추스르지 못하고 있었다. 왜 그랬을까? 순도 높은 기쁨의 감정과는 달랐다. 예측 가능한 행복의 눈물만은 아니었다. 이면에 다른 무언가가 있었다.

불현듯 세상을 떠난 아버지가 생각났다. 새 생명이 탄생하는 날, 아이러니하게도 고인이 된 사람이 떠올랐다. 원망하고 용서할 수 없었던 아버지라는 사람, 따뜻한 말 한마디 듣지 못하고 품에 안겨본 기억조차 없는 그도 나를 낳고는 이렇게 좋아했을까? 미처 나의 원망과 분노를 제대로 표현하기도 전에 서둘러 생을 마감한 그도 아버지가 되었을 때 이런 기분이 들었을까? 기뻐서 뛰었을까? 소리를 질렀을까?

한 번도 생각해 본 적이 없었던 아버지에 대한 연민이 물밀듯 밀려왔다. 원했던 인생을 살아내지 못한 당신의 마음은 어떠했을까, 하는 생각이 들었다.

그날 아버지에게 화해의 손을 내밀었다. 내가 아버지가 된 순간이었다. 병원 주차장에서였다.

3장
―

사막에서 길을 잃다
그리고 별을 보다

9월의 어느 날, 나는 인천공항에서
중동의 어느 도시로 가는 항공권을 손에 들고 바쁘게 뛰어가고 있었다.
탑승구 앞에 거의 다 가서야 이름도 생소한
아부다비로 향하는 비행기에 오르고 있다는 사실에 새삼 낯섦을 느꼈고,
스스로 마치 무엇엔가 단단히 홀린 것 같다는 생각을 했다.
아부다비로 가는 비행기 안에서 내가 왜 여기에 있는지,
무엇을 위해 가는지, 무엇을 원하는지에 대한 질문을 스스로에게 던졌다.
그 질문은 3년의 세월이 지난 후
돌아오는 비행기에서도 여전히 유효한 질문이었지만,
확실하고도 명확한 답은 찾을 수 없었다.
아부다비에서의 시간은 내 삶의 근간을 흔들 만큼
오르막과 내리막의 경험으로 채워진 시간이었다.
눈앞의 문제해결에만 매달리고 욕망만을 추구했던 그곳에서
내면은 아물지 않는 상처로 남았다.
결국, 끝도 없이 펼쳐진, 보이는 것은 모래와 하늘뿐인 사막에서
길을 잃고 절망 가운데 헤맬 수밖에 없었다.
바로 그때, 내 힘으로 도저히 일어설 수 없는 순간
빛나는 별 하나를 발견하게 되었다.
그 별은 밤낮 가리지 않고 달려온 삶의 팍팍함을 위로하고,
눈에 보이지 않는 것들의 가치를 바라보게 함으로써
새롭고도 충만한 기쁨을 일깨워 주었다.

뜨거운 태양을 마주하다, 아부다비!

그날도 아마 잠 못 드는 어느 밤이었을 것이다. 내 삶과 일상에 변화가 필요하다는 생각이 내 마음속 깊은 곳에서 꿈틀댔다. 이제 어엿한 가정을 꾸리고 있는 것만큼 내면에서도 어떠한 전환이 요구되는 시기였고, 삶의 패턴과 일상의 루틴을 바꾸는 것이 필요해 보였다.

담배를 끊어야겠다는 결심을 한 것도 그때였다. 하루에 2갑씩 담배를 피우던 나는 아침에 일어나면 담배부터 물었고, 잠들기 전에도 반드시 한 대를 피우고 나서야 자리에 누웠다. 항상 담배 몇 갑쯤이 집이나 사무실 책상 서랍에 있지 않으면 불안감을 느낄 정도였다. 그런 내가 담배를 끊는다는 것은 지구가 절반으로 쪼개지고, 우주가 내려앉는 일이다.

내 의지를 공개적으로 표명하는 것이 좋겠다는 생각이 들어 아내 앞에서 호기롭게 금연을 선포했다. 거기까지는 괜찮았다. 와이셔츠 호주머니에 몇 개비 남아 있지 않은 담뱃갑을 통째로 분

지르는 퍼포먼스를 시도한 것은 아무래도 무리였다. 그 연약해 보이는 담배 개비들은 마치 강철처럼 단단했다. 온 힘을 다해도 쉽게 부러지지 않았다. 심지어 식은땀마저 흘렸다. 아내는 "조금 더!"를 연신 외쳤고, 몇 번을 더 머뭇거리고 나서야 마침내 어렵게 부러뜨릴 수 있었다. 그때 사진을 찍었더라면 나는 마치 차력하는 사람의 표정을 닮아 있었을 것이다.

담배와의 사투를 벌이는 동안, 회사에서는 승진을 했고, 대학원 교육 대상자로 선발되었다. 2년간 직장을 떠나 다양한 지식과 식견을 넓힐 수 있게 된 것은 분명 감사한 일이었다. 건조한 일상에서 벗어나 캠퍼스로 돌아가게 되었다는 설렘과 기대로 잠을 설치기도 했다.

그러나 10년이 다 되어 다시 방문한 모교는 예전의 모습이 아니었다. 비록 강산도 변한다는 시간이 흐르긴 했어도, 자유와 진리를 숭상하는 대학만큼은 여전히 열정과 낭만의 모습으로 남아 있으리라 기대했던 내 생각은 무너졌다. 학생들로 가득했던 광장은 도서관에 자리를 내어준지 이미 오래되었고, 세상과 타협하지 않는 구호들로 빼곡했던 현수막은 토익 집중과정과 취업공고 플래카드들로 대체되어 있었다. 학교 맞은편에 간판도 제대로 없던 허름한 선술집들은 화려하고 고급스러운 카페와 와인바들로 바뀌어 있었다. 더구나 석사학위 과정과 논문을 모두 2년 안에 다 마무리 지어야 한다는 압박감은 만만치 않은 스트레스였기에, 설사 캠퍼스의 낭만이 남아 있다 하더라도 그것을 느낄 겨를이 없었을 것이다.

어느 날, 수업 발표 준비와 리포트를 쓰느라 문득 시계를 보니 새벽 3시를 가리키고 있었다. 이게 무슨 일이람 하는 생각이 들었지만, 스스로 선택한 길이기에 누구에게 하소연할 수도 없었다. 수업을 들을수록 공부도 때가 있다는 옛말을 절감했는데, 특히나 외국인 교수의 세미나 원어 수업 시간이 되면 지구가 딱 3시간 정도만 멸망했으면 좋겠다는 생각마저 들었다. 더구나 오랜 시간 책상 앞에 앉아 있어도 논문은 도무지 진척될 기미를 보이지 않았고, 아무리 봐도 집안에 안 좋은 일이 생겼다고 볼 수밖에 없는 지도교수의 가학적인 논문지도는 여러 번 나를 좌절시켰다.

그 후로 계절이 몇 차례나 바뀌는 동안, 지구가 잠깐이라도 멸망한 적은 단 한 번도 없었고, 지도교수의 집안일 역시 조금도 나아지지 않은 듯 보였다. 그러나 다행히 2년 안에 무사히 논문을 끝내고 대학원을 마쳤다.

다시 돌아온 회사는 변한 것이 없었다. 보고서를 쓰다가 회의를 하고, 회의가 끝나면 다시 보고서를 쓰고, 다시 회의를 하다가 집으로 돌아갔다. 일정한 패턴의 연속 가운데 매일 똑같은 일상을 마주했다. 대학원에서 얻은 지식과 경험을 살리는 것을 기대하지는 않았지만, 시간이 흐를수록 반복되는 일상가운에 지쳐가기 시작했다. 지극히 안정적이고 평온한 시간 가운데 나는 오히려 조급해지고 정서적으로 황폐해지고 있었다.

헤르만 헤세의 『데미안』에서 주인공 에밀 싱클레어는 아무리 좋은 환경에 있어도 자신을 발견하지 못한다면 불행한 삶이라며 다음과 같이 얘기한다. "한 사람 한 사람의 삶은 자기 자신에게로 이르는 길이다. 일찍이 그 어떤 사람도 완전히 자기 자신이 되어본 적은 없었다. 그런데도 누구나 자기 자신이 되려고 노력한다." 싱클레어의 말이 내 가슴을 파고 들었지만, 그렇다고 어찌할 방법은 없었다.

그날도 여느 때와 다르지 않았다. 맡겨진 업무를 처리하고 회의를 끝낸 후, 잠시 숨을 돌리며 사내 공지사항을 빠르게 검색하고 있을 때였다. 수많은 공지사항 중에 사내 공문 하나가 마치 돋보기로 확대된 것처럼 내 눈에 와서 박혔다. 아부다비에 보낼 해외파견 직원을 공모한다는 내용이었다. 당시 회사는 아부다비의 광활한 사막에 200억 불에 상당하는 원자력 발전소 4기를 건설하는 계약을 수주하고는 본격적인 건설을 추진하고 있었다.

아부다비가 수도인 아랍에미리트(U.A.E)는 페르시아 만에 있는 세계 5위의 석유 매장량을 자랑하는 중동 국가다. 바로 옆 도시인 두바이가 더 잘 알려져 있지만, 아부다비는 아랍에미리트 전체 면적의 87%, 석유 생산의 94% 이상을 차지하는 명실상부한 U.A.E의 수도였다. 연일 언론에서는 소나타 350만대 수출의 경제적 효과를 창출하는 단군 이후 최대 프로젝트라며 대대적으로 보도하였고, 계약 수주의 드라마틱한 과정은 다큐멘터리로 제작되어 방송으로 나오기도 했다. 그렇지만 행정 사무직인 나와는 아무런 관계없는 일이라 여기고 있었는데, 이번 공모에는 행정 사무직도 함께 선발한다고 명시되어 있었다.

공모지원서를 냈다. 열흘간의 공모 기간 마지막 날이 되어서야 제출을 했으니 꼬박 열흘쯤은 고민한 셈이었다. 공모에 지원한다고 선발되는 건 아님에도, 덜컥 선발된다면 어쩌지 하는 김칫국을 마시는 고민을 잠깐 했다. 지구 어디쯤 있는지도 정확히 잘 모르는 그곳에서, 한여름 50도에 육박하는 살인적인 더위와 눈을 뜰 수 없을 정도의 모래바람을 마주해야 한다는 얘기를 들었을 때는 그래도 견뎌낼 수 있을 거라 생각했다. 그러나 발전소 건설현장이 도시와는 차로 4~5시간 떨어져 있는, 그야말로 풀 한 포기 없는 사막 한가운데에 위치하고 있으며 엄격한 보안관리 상 마음대로 나갈 수조차 없다는 말에는 망설일 수밖에 없었다. 그리고 무엇보다 가족을 남겨두고 혼자 떠나야만 했기에 많은 고민이 들었다.

그러나 그런 고민은 결국 새로운 도전에 대한 갈망, 욕망에 자리를 내 주었다. 나는 반복되는 일상에 지쳐 있었고 식어버린 열정으로 삶은 남루해져 있었다. 더 이상 되풀이되고 지쳐가는 현실에 머무르고 싶지 않았다. 새로운 세상을 경험해보고자 하는 갈망이 컸었다. 만약 선발되어 사막으로 가게 된다면 그것은 내 삶에서 전환점이 될 것이고, 만약 선발이 되지 않는다면 안도의 한숨을 내쉬며 가야 할 길이 아니었다라고 치부하면 되겠지, 하는 생각이 들었다. 그저 내가 편한 대로, 조금은 낭만적으로 사막을 생각했었다. 그때만 해도 내 인생이 아무도 의지할 수 없는 사막 깊숙한 곳으로 휩쓸려 들어갈 거라곤 조금도 생각하지 못했다.

사막으로 가는 길

더 이상 지루한 일상을 받아들이지 않겠다며 아부다비 파견 공모지원서를 낸 바로 그날, 내 인생은 송두리째 변했다. 처음에는 내 자신의 선택과 행동에 따라 내 삶이 결정되었다고 생각했지만, 나중에 돌이켜보니 어쩌면 사막의 시간은 그렇게 예정되어 있었는지도 모른다는 생각이 들었다.

선발이 확정된 날, 회사로부터 미리 전화 통보를 받았다. 이어 공식적으로 인사발령이 나고 여기저기에서 축하한다는 말을 들을 때만 해도, 정말 중동으로 가게 된다는 사실이 여전히 실감 나질 않았다.

아내와 짧은 통화를 한 후, 저녁에 함께 외식을 하자고 제안을 했다. 식당에서 만난 아내는 옅은 미소를 띠며 축하한다고 했다. 그러나 '축하한다.'라는 말이 그 상황에 적절하지 않다는 것은 나와 아내 모두 이미 알고 있었다. 그 단어 뒤에는 무색해질까

봐 말하지 않는 생각과 고민들이 숨겨져 있었기 때문이었다. 사실 선발된 것에 대해 아내로부터 축하를 받고 싶긴 했지만, 나와 아내 모두 서로 떨어져 있어야만 한다는 현실부터 먼저 받아들여야 했기에 축하를 기대한다는 건 애당초 어울리지 않았다.

"여보, 갑작스런 변화가 당황스럽게 느껴질 거라는 거 잘 알아. 당신 혼자서 모든 걸 챙기려면 힘들거야. 하지만 전화 자주 하면 되지. 3개월마다 한국으로 나올 수 있다니까…."

아내에게 크고 자신 있는 목소리로 말을 이어갔다.

"더구나 급여도 2배로 주고, 승진 가점도 주어지니 이런 기회는 없어. 경쟁이 얼마나 치열했는데."

그렇지만 솔직히 그 말을 하는 내 자신의 판단과 결정이 맞는 것인지에 대해서는 확신이 없었다. 사실 나는 사막의 더위보다도 가족과 떨어져 그곳에서 견뎌내야 할 외로움이 두려웠다. 그래서 일부러 아내에게 힘주어 말한 것인지 모른다.

돌이켜보면, 아부다비로 떠나게 된 것은 새로운 경험에 대한 도전에서 출발한 것 같지만, 솔직하게는 내가 처한 현실에 더 많은 것을 채우고자 하는 욕심과 욕망에서 비롯된 떠남이었다. 돈과 승진이라는 유인책이 없었다면 결코 사막 건설현장에 지원하는 일은 없었을 것이다. 항상 나는 남들과의 비교와 경쟁의 마음이 가득했고, 다른 사람들보다 더 많은 것을 갖고 성취하는 것에 인생의 목적과 방향이 설정되어 있었다. '행복은 갖지 못한 것을 바라는 것이 아니라, 갖고 있는 것을 소중히 여기는 것'이라는 슈바이처의 말을 당시에 나는 저 먼 달나라쯤의 얘기로 치부하고 있었다. 그러다 보니 자기만족이 없었다. 행복은 항상 내일에 존재하였으므로 내일의 행복이란 명분 아래 오늘을 희생하고 살아가야 하는 것은 당연했다.

아부다비로 떠날 시간이 가까이 올수록 마음이 복잡해졌다. 새로운 세상에 대한 기대와 설렘, 사막에서의 생활에 대한 두려움이 여러 모습으로 교차했다.

마침내 떠나는 날, 인터넷으로 알아본 U.A.E 현지 기온은 45도까지 올라갔다. 가족과 마지막 아침 식사를 하고 차에 트렁크를 실었다. 네 살짜리 딸아이는 무엇을 어떻게 알았는지 내 다리를 붙잡고 울기 시작했다. 두 살 터울의 큰 아이는 동생이 자지러지게 울기 시작하자 자기마저 울 수는 없다는 듯 애써 표정을 지웠지만 오히려 그게 더 마음이 아팠다. 최대한 무덤덤하게 빨리 가는 것이 좋겠다는 생각이 들었다. 나는 짐짓 아무렇지 않은 듯 딸아이를 잠시 안아 주고 나서, 조금 잠잠해지자 얼른 차에 올라탔다. 아무런 말도 하지 않던 아내가 말을 꺼냈다.

"얘가 며칠 전부터 눈치 채고 있었던 것 같아요. 어제는 아빠가 꼭 가야만 하냐고 물어보더라고요."

순간 내가 무슨 부귀영화를 누리려 이 길을 떠난단 말인가 하는 생각에 가슴이 먹먹해졌다. 하지만 이젠 되돌릴 수 없었다. 애들 잘 부탁한다는 말을 마지막으로 한 채 뒤를 돌아보지 않고 차문을 닫았다. 차가 출발해서 멀어질수록 딸아이의 울음소리는 점점 더 커졌다. 사이드 미러에 가족들의 모습이 더 이상 보이지 않을 때쯤에야 울음소리가 들리지 않았다. 딸에게 주려 했던 큼지막한 딸기 맛 젤리가 아직 호주머니에 남아 있음을 알아챈 것도 그제서였다.

11시간의 비행을 마치고 아부다비 공항에 내렸다. 공항에 도착해서 비자 확인을 받기 위해 출입국 검사소로 향하는 길에는 독특한 아랍 향수 내음이 진동했다. 에어컨을 너무 세게 틀어놓은 탓인지 공항은 조금은 춥게 느껴졌다.

트렁크를 끌면서 처음 마주하는 아부다비를 찬찬히 둘러보았다. 천장에는 마치 작은 그림들을 이어놓은 것과 같은 아랍어 간판이 달려 있고, 한 마디도 알아들을 수 없는 아랍어가 여기저기서 들리기 시작하자 정말 아부다비에 도착했구나, 하는 생각이 들었다. 출입국 검사소 앞, 하얀 옷을 입고 터번을 쓴 채 턱수염을 기른 건장한 체격의 남자들은 하나같이 매우 무표정한 얼굴을 하고 있었고, 유리로 된 칸막이 안에는 눈만 빼고 온통 검은 천으로 가린 여자들이 앉아서 비자를 검사하고 있었다. 아부다비의 첫인상은 생각했던 것보다 훨씬 낯설고 이질적이었다.

저절로 주눅 들게 하는 분위기의 출입국 검사소를 빠져 나와 마침내 공항 문을 열고 밖으로 나섰다. 아부다비 도시를 처음으로 마주하는 순간이었다. 문을 여는 찰나 무언가 훅하는 기운이 스쳐 지나갔다. 마치 사우나 문을 열었을 때 올라오는 뜨듯하고도 후끈후끈한 그 무엇과도 같은 것이 느껴졌다. 온도도 높았지만, 습도는 더 높았다. 시계는 밤 11시를 넘어서고 있었다. 도대체 한낮 기온은 어떨지 상상하는 것조차 두려워졌다.

우리를 마중 나온 지원을 따라 주차장으로 가는 길 양쪽에는 가로등보다 더 높게 자란 야자수들이 나란히 서 있었다. 불과 공항 주차장까지 가는 얼마 안 되는 거리이지만, 옷은 금방 땀으로 흠뻑 젖었고, 숨은 가빠왔다. 무언가 잘못된 것만 같았다. 앞으로 이런 곳에서 어떻게 살라는 말인가? 할 수만 있다면 다시 공항 안으로 들어가 비행기를 타고 돌아가고 싶었고, 내가 선택한 길에 대한 후회가 물밀 듯이 밀려들기 시작했다.

'작품을 감상할 때 사람들은 360도를 돌아가며 본다. 인생을 살며 한 가지 문제가 있다면, 삶도 그렇게 보아야 한다는 사실을 잊어버리는 것이다.'

앤디 워홀의 말이 이렇게 들어맞을 줄은 몰랐다.

그러나 아직 사막 근처에는 가지도 않았다. 내가 가야 할 최종 목적지는 아부다비 시내로부터 약 300km 떨어져 있는 사막 한복판이었다. 우리를 사막으로 데려가기 위한 미니버스가 보였다.

버스에 올라타서 자리에 앉으니 문득 호주머니에 딸에게 주지 못한 젤리가 만져졌다. 한국에 두고 온 아내와 아이들이 생각났다. 불과 하루도 되지 않았는데 보고 싶었다. 다시 만나려면 적어도 3개월이 지나야만 한다는 생각에 저절로 한숨이 나왔다.

미니버스는 사막을 향해 나아가기 시작했다. 1시간 남짓 달리자 마천루를 이루며 치솟아 있던 빌딩들이 흔적도 없이 사라졌고, 광활한 사막이 양쪽으로 펼쳐졌다. 이전의 풍경과는 달라도 너무 달랐다. 사막 한가운데에 곧바로 나 있는 길을 버스는 달렸다. 자를 대고 그린 듯한 2차선 직선 도로의 양쪽으로는 끝이 보이지 않는 사막이 펼쳐져 있었다. 영화 〈십계〉에서 홍해 바다가 이렇게 갈라졌으리라. 가뜩이나 밤에 보이는 사막은 그 규모와 넓이를 가늠할 수가 없었다. 창밖을 바라보다 나도 모르게 잠이 들었다. 좁은 비행기 안에서 잠을 제대로 자지 못한 탓이었다.

버스 창문 밖으로 들어오는 햇볕이 따가웠다. 이미 세상은 환하게 동이 터 있었다. 버스 기사는 20분 후면 목적지에 도착할 것 같다고 한다. 이제야 진짜 사막 한가운데로 들어온 것이다. 버스 창문이 닫혀 있는데도 모래 몇 알이 입에 씹혀졌다. 불현듯 간밤에 꾸었던 꿈이 생각났다. 아내가 나왔다. 무엇이 그리 좋은지 잘은 모르지만 환하게 웃고 있었다. 이내 난 머리를 절레절레 저었다. 꿈은 반대라고 하지 않던가. 도착하면 연락을 빨리 취해 봐야겠다고 생각했다.

저만치 건설 현장임을 알리는 커다란 표지판이 보였고, 그 옆 표지판에는 출입하는 모든 차량은 서행하라는 경고문구가 더 크게 쓰여 있었다.

버스는 이내 속력을 줄이더니 마침내 건설현장의 출입구 앞에 섰다. 출입을 통제하는 작은 사무실과 두 개의 거대한 차단기가 설치되어 있는 현장의 출입구는 마치 군부대 위병소와도 같았다. 제복을 입고 무장을 한 경비직원과 운전기사가 몇 마디를 하고 신분증을 확인하는 동안, 험상궂게 생긴 경비직원 한 명이 소총을 앞으로 멘 채 버스에 올라탔다. 무표정한 얼굴로 우리를 한 명 한 명 훑어보고는 아무 말 없이 다시 내려갔다.

잠시 후 차단기가 천천히 올라갔다. 버스가 미끄러지듯이 안으로 들어갔다. 그날, 사막은 그렇게 시작되었다.

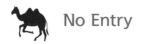 **No Entry**

행복하지 못한 이유는 여러 가지가 있겠지만, 그 중 하나는 자신이 하고 싶은 일과 그것을 하지 못하는 차이에서 오는 부분이다. 오늘을 살아가는 현실과 자신이 바라는 기대의 괴리감이 클수록 행복감도 낮아지고 자존감도 떨어질 수밖에 없다. 그러나 더 큰 문제는 행복을 위해 자신이 바라는 기대에 지나치게 집착하게 되는 경우이다. 기대를 충족하기 위한 욕구가 때로는 동기유발과 성장을 위한 촉매제 역할을 할 수도 있지만, 지나친 욕심은 오히려 행복과 거리가 멀어지도록 만든다.

아부다비까지 온 이유도 내 자신이 바라는 기대를 충족시키고, 궁극적으로는 행복해지기 위해서였다. 그러나 그것은 착각이었다. 적어도 풀 한 포기 없는 사막에 들어오게 될 때는 끝도 없는 욕심은 어딘가에 내려놓고 왔어야만 했다.

눈을 떠 보니 어느 날 문득, 사막 한가운데에 있었다. 마치 영화 〈시간 여행자의 아내〉의 주인공처럼 순간 이동으로 생각지도 않은 장소에 와 있는 것만 같았다. 모든 것이 낯설고 생경하였다. 건설현장에 도착해서 가장 먼저 한 일은 내가 밟고 있던 모래를 한 움큼 갈색 유리병에 담은 일이었다. 마치 모래시계처럼. 시간이 흘러 이 사막에서의 기억이 그림자조차 남아 있지 않게 된다고 해도 그 시간을 영원히 유리병 안에 담고 싶었다.

6개월을 꼬박 사막에 있었다. 잠시 휴가를 다녀온 것을 제외하고는 건설현장에 있었다. 현장은 원자력 발전소 특성상 시가지나 주거지와는 완전히 동떨어진 사막 한복판에 자리 잡고 있었고, 삼엄한 경계와 울타리로 인해 외부에서의 접근이 원천적으로 불가능했다. 건설노무자들을 포함하여 오천 명이 넘는 사람이 거주하고 있는 건설현장은 마치 외부와 차단되어 독립적으로 운영되는 작은 도시와도 같았다. 여의도 면적의 절반쯤 되는 방대한 건설현장 부지 안에는 사무실과 식당, 숙소, 편의시설 등의 모든 시설이 있었으며, 넓은 부지 탓에 출근할 때나 식당을 갈 때도 차량을 이용해야만 했다.

아침에 일어나서 출근하고 밥을 먹고 잠을 자는 24시간의 모든 일상이 건설현장 부지 안에서 이루어졌다. 준공일정을 준수하기 위해 이른 아침 7시부터 시작되는 근무에 맞춰 유니폼과 안전 조끼를 입고, 안전화를 신고 사무실로 출근을 했다. 안경을 쓰지 않는 나는 고글을 쓰는 것이 답답하긴 했지만, 아침부터 강렬히 내리쬐는 햇볕 아래에서는 어쩔 도리가 없었다.

사무실에서 현지 U.A.E 직원들과 함께 근무하는 것이 어려운 데는 언어 차이에 따른 소통의 어려움도 있지만, 그보다도 종교와 문화의 차이에서 오는 것이 더 컸다. 이전까지 접해보지 못한 이슬람 종교와 무슬림 문화에 대한 생소함은 내가 그곳의 낯선 이방인임을 확인하게 만들기는 했다.

특히 이슬람 종교에 대한 몰이해는 여러 번 나를 당황스럽게 만들었는데, 전화하거나 심지어 직접 미팅을 하는 중에도 기도시간이 되면, 그들은 어김없이 모든 일을 중단하고 기도를 하기 위해 사라졌다. 하루에 4번, 매일 해가 뜨는 시각에 맞춰 조금씩 변하는 기도시간은 그들에게 있어서 가장 우선시되는 불가침의 영역이었다. 대화가 끊기거나 일이 마무리되지 않아도 어쩔 수 없이 기도가 끝날 때까지 기다릴 수밖에 없었다. 기도시간을 알리는 소리가 들리면, 그들은 손과 발을 깨끗이 씻고 별도의 기도 방에 모여 그들의 신께 엎드려 기도를 올렸다. 지나칠 정도로 종교에 대해 맹목적인 헌신을 하는 그들이 이해되지 않았지만, 자신들만의 믿음과 신념을 지니고 있는 모습이 어떤 면에서는 부럽기도 했다.

건설현장 내에서는 사고 예방을 위해 일체의 음주가 허용되지 않았고, 생활 방식과 근무 형태에 있어서도 엄격한 규율과 통제가 요구되었다. 그래도 퇴근 후 각자의 숙소에서는 자유롭게 휴식을 취할 수 있었다. 숙소라고 해봤자 침대와 책상 하나, 조그마한 냉장고와 TV가 전부지만, 개별 화장실과 샤워실이 있는 것은 다행스러운 일이었다.

게다가 빨래, 청소와 같은 자질구레한 일상에 신경 쓸 필요가 없었다. 출근할 때 개별 숙소의 문 앞에 있는 빈 바구니에 빨래거리들을 넣어 놓으면, 퇴근할 때는 이미 바구니 안에 차곡차곡 옷들이 개어져 담겨 있었고, 어떤 옷들은 다림질까지 되어 있었다. 파키스탄, 방글라데시, 네팔 등 인근의 가난한 국가에서 온 하우스보이들 덕분이었다. 신기하게도 그들은 하나같이 무엇이 그리 기쁜지 항상 행복한 표정을 짓고 있었다. 열악한 근무환경에서 하찮은 일을 하면서도 환하게 웃음 짓는 그들을 통해, 최빈국 중 하나인 부탄이라는 나라가 UN에서 발표한 국가별 행복지수가 왜 가장 높은지가 조금은 이해되었다.

성실하고 착실한 그들도 가끔 실수할 때가 있었는데, 어떤 날은 처음 보는 옷이 내 바구니에 담겨 있기도 했고, 엉뚱하게 내 옷이 다른 호실의 바구니에 있기도 했다. 그래서 그들은 혼동을 막으려는 방편으로 모든 옷에 조그맣게 각 호실의 번호를 적어 놓았다. 어떤 옷은 하단에 보이지 않을 만큼 작은 글씨로, 또 어떤 옷은 안쪽 옷감에 붙어 있는 태그에 숫자를 적어놓았다. 그때는 그것이 마치 감방에 갇힌 죄수 번호와 같은 느낌이 들어 너무나 싫었는데, 얼마 전 옷장에서 오래된 옷을 정리하다 그 번호가

적혀 있는 옷 하나가 아직도 있음을 발견하고는 한참을 멈칫했다. 그 옷을 통해 잊고 있었던 그때 그곳에서의 기억들이 새록새록 떠올랐기 때문이었다. 차마 버릴 수가 없었다.

평일에는 바쁘게 일에 몰두하면 그만이었지만, 문제는 주말이었다. 더운 날씨 탓에 어디론가 나가기도 어렵지만 현장 주변에는 아무것두 없는 막막한 사막이었다. 그저 좁은 방안에서 책을 읽거나 TV를 보는 것이 전부였다. 그러나 주말마다 방안에 틀어박혀 있을 수만은 없었다. 그럴 때면 40도가 넘는 더위에도 불구하고, 얼굴 전체를 버프로 덮은 채 그 위에 모자와 선글라스를 쓰고 현장에서 아부다비 시내로 향하는 셔틀 버스에 올라탔다. 우리나라였다면 강도로 오인받기 딱 좋은 복장이었을 것이다. 시내까지는 5시간 가까이 걸렸지만, 아부다비 시내에서 간단한 쇼핑도 하고 카페에서 커피도 한잔 하면 그나마 숨통이 틔었다. 그것이 즐길 수 있는 유일한 오락거리이자 소일거리였고, 그렇게 시간을 보내고 사막으로 다시 돌아오면 얼마 동안은 버틸 수 있는 힘이 생겼다.

아부다비 시내를 다녀오는 주말이 기다려지긴 했지만, 한 가지 불편하고 유쾌하지 않은 일이 있다면 까다로운 보안검사를 받는 일이었다. 원자력 발전소에서 통용되는 모든 문서와 자료, 기술과 장비들에 대해 보안관리가 철저하게 이루어질 수밖에 없는 건

이해가 되지만, 건설현장을 들어가고 나갈 때마다 신분을 확인하는 것도 모자라 소지품을 일일이 검사받는 건 다소 기분이 상하는 일이었다. 아부다비 시내에서 현장으로 다시 돌아올 때면, 모든 개별 짐을 들고 차량에서 내린 후 검문소 앞에 길게 줄을 서야만 했다. 현지 보안직원은 총을 든 채 신분증과 얼굴을 대조하고, 개개인이 들고 있는 짐들을 하나씩 이리저리 검사했다. 기다란 작대기로 가방 안을 이리저리 휘저었고, 아무런 이상이 없으면 그들은 얼굴도 보지 않고 "Go!"라는 한마디를 던졌다. 우리는 그 말에 주섬주섬 짐들을 챙겨 들고 차량에 다시 올라탄 후에야 현장 안으로 들어갈 수 있었다.

어느덧 낯설음이 익숙함으로 대체되는 시간이 되자, 단조롭고도 획일적인 생활에 대한 마음의 동요가 일었다. 사막에서의 생활은 마치 군대와 같아서, 똑같은 유니폼을 입고 매일 똑같은 사람들과 함께 똑같은 음식을 먹어야만 했다. 이러다간 각자의 생각마저 로봇처럼 모두 똑같아지는 것은 아닌가, 하는 우려가 들 정도였다.

풀 한 포기 없이 모래바람이 날리는 뜨거운 사막에서 살아내는 건 결코 쉬운 일이 아니었으며, 사방이 울타리로 막혀 있고 오갈 데 없는 그곳에서의 삶이란 정서적으로 메마를 수밖에 없었다. 매일 마주하는 황량하고 삭막한 사막의 풍경은 마음마저 사막을 닮아가게 했다. 가슴이 답답했다.

그러나 가슴이 답답할 정도로 힘들었던 본질적인 이유는 사무실 분위기 때문이었다. 당시 내가 근무하는 부서는 모두가 피하는 곳이었는데, 부서장 때문이었다. 성격이 괴팍하고 부하직원들을 함부로 대하기로 유명한 그는 자신의 마음에 들지 않는 일이 있으면 사무실에서 마구 서류를 집어 던지고 분을 삭이지 못했다. 퇴근 전 업무를 지시하고 나면 다음 날 출근하기 전까지 보고서를 그의 책상에 올려놓아야만 했고, 그렇지 않으면 불호령이 떨어졌다. 야단과 질책 수준이 아니라, 여러 사람 앞에서 모멸감과 수치심을 주었다. 주말 전날 그런 지시를 받기라도 하면, 주말에 아부다비 시내도 올라가지 못하고 현장에 머물러야만 할 때도 있었다. 사막 한가운데에서 어디 하소연할 곳도 없다 보니, 부서원 모두는 항상 긴장한 채 어떻게 하면 오늘 하루도 무사히 지날 수 있을까 하는 걱정이 앞섰다. 날이 갈수록 나 또한 그런 분위기 속에서 버틸 자신이 점점 없어졌다.

사무실 분위기로 인해 마음이 답답하고 지칠 때면 나는 어김없이 사무실 건물 옥상으로 올라갔다. 그곳은 아무도 알지 못하는 나만의 아지트였고, 유일한 안식과 위로를 받을 수 있는 공간이었다. 옥상 출입문의 손잡이에는 출입금지를 뜻하는 'No Entry'라는 작은 푯말이 걸려 있었다. 그러나 손잡이를 오른쪽으로 두 번 돌리면 문이 열렸다.

그 문을 열고 들어가면 마치 비밀의 정원에 들어가는 것처럼 새로운 세상이 펼쳐졌다. 그곳에서 보이는 탁 트인 전망은 고층 건물의 루프 탑 카페가 남부럽지 않았다. 그곳은 제법 바람이 불었고, 그 바람에 맞춰 심호흡을 하며 가슴을 쓸어내리면 이내 마음이 진정되었다. 고개를 들면 건설공사 현장이 한 눈에 들어왔고, 그 뒤로 황톳 빛 사막 끝머리에 있는 바다가 보였다. 그 바다를 한참 동안 보고 있으면 마치 내가 지금 그곳에 있는 듯한 착각이 들었다.

그날도 가슴이 무너진 날이었다. 'No Entry'가 적힌 푯말을 무심히 지나쳐 옥상으로 올라가면서 문득 그런 생각이 들었다. 출입금지란 말은 입구는 있지만 들어와서는 안 된다는 것이고, 그 말은 당연히 출구도 없다는 뜻이다. 일단 사막에 들어오고 나면 마음대로 나갈 수도 없고, 돌아갈 수도 없는 내 모습과 어쩐지 많이 닮아 있다는 생각이 들었다. 갈색 유리병 안의 모래시계에는 내게 허락된 사막의 시간이 아직도 많이 남아 있을 때였다.

욕망이라는 이름의 전차

사막에 도착했을 때만 해도 50도까지 올라가던 기온이 점점 내려가기 시작하더니, 피부에 와 닿는 기온이 하루가 다르게 느껴졌다. 급기야 아침저녁으론 점퍼를 입고 다녀야 할 정도가 되었다. 중동이라면 항상 뜨거운 곳으로만 알고 있었는데 그렇지 않았다. 6개월은 무척 덥지만, 나머지 6개월은 마치 우리나라 초가을과 같은 날씨가 이어졌다.

가을로 접어든 아부다비 시내의 모습은 사막의 풍경과는 사뭇 달랐다. 기껏해야 비쩍 마른 야자수밖에 볼 수 없는 현장과 달리 울창한 나무와 푸른 잔디가 깔린 공원에서 사람들은 바비큐를 즐기며 여유로운 시간을 보내고 있었다. 거리는 깨끗했고, 건물은 높았다. 화려한 레스토랑과 호텔, 카페들이 즐비했으며, 어떠한 건물이든지 냉방이 너무 잘 되어 있어 추울 정도였다. 심지어 오픈되어 있는 버스 정류장에도 에어컨이 나와 그 주변에만 가면 시원했다. 새삼 이것이 오일머니의 위력이구나, 하는 생각이 들었다.

　주말에 아부다비 시내로 가게 될 때마다 사막에서 벗어나 이런 곳에서 근무하면 좋겠다는 생각이 들었다. 사실 아부다비 시내에는 별도의 사무실이 있어서 직원 2명이 현지 발주회사와 현장의 요구사항을 전달하고 조율하는 업무를 담당하고 있었다. 모래 먼지 가득한 유니폼과 안전화가 아닌, 양복을 입고 구두를 신고 근무하는 그들이 부러웠다. 이상하게도 아부다비 시내를 다녀 온 다음날에는 건설현장에 모래바람은 더 강하게 불었고, 주위 환경은 더욱 삭막해 보였다.

　얼마 후 정기 인사이동에 즈음하여 아부다비 시내 사무실에 있던 직원 한 사람이 한국으로 돌아가게 되었고, 많은 현장 직원들이 그 자리에 지원한다는 얘기가 들려왔다. 무슨 일이 있어도 내가 아부다비 시내로 가야겠다는 생각을 했다. 더 이상 사막에서 버틸 힘도 없었기에 배수의 진을 치고 내 뜻을 관철시키고자 노력했다. 그 과정에서 다른 사람들에게 상처를 주기도 했다. 하지만 내 목적을 이루고 내 유익을 위해서라면 어쩔 수 없다고 생각했다.

　마침내 아부다비 시내로 발령을 받고 올라가는 날, 나를 태우러 온 차는 크고 깨끗했다. 유니폼과 안전화를 벗고, 한국에서 가져가긴 했지만 한 번도 입어볼 기회가 없던 양복을 처음으로 꺼내어 입고 구두를 신었다. 의기양양하게 차에 올라타고는, 부러

워하는 몇몇 동료들과 악수를 하고 손을 흔들었다. 이내 차가 출발하고 건설현장 부지를 벗어나자 고개를 돌려 뒤를 돌아보며 혼잣말을 했다.

'이곳과는 이제 작별이야. 그래, 다시는 이 사막을 쳐다보지 않을 거야.'

아부다비 시내의 삶은 예상대로 건설 현장과는 완전히 다른 삶이었다. 독특하고 유려한 디자인의 고층 건물들 사이로 고급 스포츠카들이 거리를 누비고, 거리의 쇼핑몰에는 놀랄 만한 가격의 명품들이 즐비했다. 어둠이 내리면 호텔과 고급 레스토랑들이 형형색색 조명들을 밝혀 화려하게 밤을 밝혔다. 당시 아부다비의 1인당 GDP는 5만 불 정도였지만, 외국인을 제외한 순수 자국민의 GDP는 9만 불 정도로 추산된다는 말이 실감 났다.

사무실 건물 로비는 바로 옆에 있는 호텔과 연결이 되어 있었기에 날마다 호텔로 출퇴근하는 것만 같았고, 16층에 있는 사무실에서는 아부다비 시내와 바다가 한눈에 들어왔다. 거대한 통유리로 된 사무실 창문 블라인드 사이를 통해 책상 위로 비스듬히 떨어지는 햇볕은, 정수리 바로 위에서 뜨겁게 작열하던 건설현장의 태양과는 달랐다. 외부일정으로 나가게 될 때면 현지 기사가 고급 승용차로 데려다주었고, 저녁에도 공식적인 일정이 생기면 기다렸다가 집까지 바래다 주는 편안한 생활이 이어졌다.

아부다비 시내로 간 지 얼마 되지 않아 한국에 있는 가족을 불러들였다. 아부다비에서 꽤 좋은 아파트를 미리 얻어 놓았고, 아이들이 다닐 국제학교 전학절차도 이미 마쳤다. 우리가 들어가 살 아파트 앞에는 아부다비가 자랑하는 건축물인 '그랜드 모스크'가 지척에 있었는데, 그곳은 죽기 전에 꼭 가봐야 할 명소 순위 안에 빠지지 않고 들어 있는 곳 중 하나였다.

그랜드 모스크의 내부는 세계에서 가장 큰 카펫이 깔려 있고, 역시 세계에서 가장 큰 크리스털 샹들리에로 아름답게 치장되어 있었다. 그러나 크림색의 대리석 기둥과 황금빛 돔으로 덮여 있는 외부의 아름다움에는 미치지 못했는데, 아침에 일어나서 거실 유리창의 커튼을 젖히면 그러한 풍경을 바로 마주할 수 있었다. 아름답고도 이국적인 풍경이 엽서처럼 앞에 나타났다.

현지 국경일이나 기념일이면 그랜드 모스크에서 거대한 불꽃놀이로 밤하늘을 아름답게 수놓았다. 노란빛과 푸른빛, 붉은빛의 폭죽들이 어둠 속으로 높이 솟구쳤다가 곡선을 그리며 하강하면서 모스크를 숨기기도 하고 드러나게도 하며 어우러지는 광경은 너무나 매혹적이었다. 그 장면을 보러 많은 사람이 몰려들었지만 우리 아파트 창문 발코니에서만큼 생생하게 볼 수 있는 곳은 없었다.

아파트 주민만 이용할 수 있는 야외수영장은 나무로 만든 데크와 멋스럽게 꾸민 조경, 그리고 무엇보다 수영하면서 바다를 볼 수 있었기에 마치 고급호텔 수영장에 온 듯한 느낌이었다. 수

영장은 낮보다 밤이 더 아름다웠다. 은은한 노란 빛의 간접조명이 주변의 나무와 화초들을 거쳐 투명한 수영장 바닥에 닿으면 그 빛이 반사되어 수면 위에 옅은 노란 빛을 닮은 그림자가 떠올랐다. 그럴 때면 나는 헤엄을 치지 않고 가만히 그 그림자 위를 떠다녔다. 그리고는 그 시간을 놓치고 싶지 않으며, 영원히 붙잡고 싶다는 생각을 했다. 주말에는 집에서 차로 20분이면 도착하는 해변에서 아름다운 일몰을 보았고, 집 앞에 푸른 잔디가 깔린 공원에서 아이들이 재잘거리며 뛰어 노는 모습을 보며 바비큐를 하기도 했다.

모든 것이 완벽해 보였다. 모든 상황이 순조로웠고 모든 여건이 풍족했다. 그러나 가장 위험한 순간은 순풍에 돛을 단 것처럼 잘나갈 때라는 사실을 망각하고 있었다. 시간이 갈수록 감사해야 할 것들은 넘쳐 났지만, 이상하게도 반대로 불만과 불평이 늘기 시작했다. 만족을 느끼기보다는 오히려 채워지지 않는 그 무엇에 대한 갈망은 점점 더 커졌고, 감사함이 사라졌다.

따지고 보면, 문제의 시작은 모든 것을 당연하게 여기는 마음에서 시작된다. 화려하고 풍족한 삶을 꾸려나가면서 언제부터인지 감사한 마음 대신에, 그 모든 것이 내 노력의 결과라는 생각이 들었기에 그런 대우를 받는 것을 지극히 당연한 것이라 여겼다. 더 이상 안전화와 안전헬멧을 쓰고 모래바람과 맞설 필요가 없고, 검문소 앞에서 긴 줄을 서야 할 필요도 없는 것이 당연한 일이었다. 또한 건설현장에서 함께 근무했던 동료들에게 집과 수영장을 구경시켜 주면서, 그들이 부러워하는 표정을 지을 때마다 나는 일종의 뿌듯함을 느꼈다. 그들이 5시간 가까이 걸려 다시 사막으로 돌아가야만 할 때 느꼈을 감정은 고려의 대상이 아니었다. 시간이 갈수록 점점 이기적이고 탐욕으로 가득해져 갔고, 그와 맞물려 불만도 커져만 갔다. 그러나 나 자신이 무언가 잘못되어 가고 있다는 건 전혀 눈치 채지 못하고 있었다.

"사람들이 욕망이라는 이름의 전차를 타고 가다가 묘지라는 전차로 갈아타라고 하더군요."

말론 브랜도와 비비언 리가 주연한 영화 〈욕망이라는 이름의 전차〉의 여주인공 블랑쉬는 영화 마지막 부분에서 이렇게 말한다. 그녀는 '욕망'을 따라 뉴올리언스에 왔지만 결국 그곳은 '묘지'였을 뿐임을 알고 허탈해 한다. 내가 그랬다. 난 항상 아홉을 갖고 있으면 열을 채우려 했다. 백을 채우면 천을 채우고 싶고, 천을 채우면 만을 채우고 싶었다. 그러기에 늘 여유가 없었고 늘 불안하고 바빴다. 그러는 사이 어느새 진정으로 소중한 것들은 모두 사라져 버렸다.

채워도 채워지지 않는 나의 욕망을 닮은 전차는 멈추지 않고 계속 달려만 갔다. 블랑쉬를 태웠던 그 열차는 다시 나를 태우고 브레이크가 고장 난 채 내리막길을 향해 가고 있었지만, 나는 그 사실도 모른 채 또 다른 욕망을 채우고자 주변을 두리번거리고 있었다. 그렇게 바라던 아부다비 시내에서의 화려한 삶을 누리고 있던 나는 일견 승자인 듯 보였다.

그러나 사실은 완전한 패자가 되어가고 있었다.

 # 보이는 것은 모래와 하늘뿐

겉으로는 멀쩡해 보일지 몰라도 견고함이 없는 모래성은 허약하기 짝이 없다. 언제든 허물어질 수 있기 때문이다. 아무리 튼튼하게 지은 것 같아도 모래로 지은 집에 불과한 우리 인생에는 통제할 수 없는 사건들이 일어난다. 그럴 때 우리가 유일하게 할 수 있는 일은 그 사건들이 우리 자신을 비켜 가기를 바라는 것뿐이지만, 매번 그럴 수만은 없는 법이다. 그러한 점에서 겉으로는 탄탄대로처럼 보이는 삶이라도 매 순간 한계를 느끼며 살아갈 수밖에 없다. 내가 손에 꼭 쥐고 있는 것들이 얼마나 허무하고 허약한 것들인지, 결국 그것들조차 손가락 사이로 빠져나가는 모래에 불과하다는 것을 깨닫게 된다.

영원히 지속될 것만 같던 아부다비 시내에서의 풍족하고 여유로운 삶에 먹구름이 끼기 시작한 건, 같은 사무실에 근무하고 있는 현지 직원으로 인한 문제가 복잡한 상황으로 치달으면서였다. 사실 내가 아부다비 시내 사무실로 들어가기 전부터 이미 고용되어 있던 현지 직원은 자질이 매우 좋지 않았다. 자신에게 맡겨진 업무를 제대로 이행하지 않았을 뿐더러, 무단결근을 밥 먹듯이 했다. 나중에 안 일이지만 그는 우리 회사 일과 별도로 몰래 개인 사업까지 하고 있었다. 핑계와 변명으로 일관하는 그와 일찌감치 계약을 해지하고자 했으나, 자국민의 해고에 대해 엄격하고도 편파적인 잣대를 들이대고 있는 아부다비 관청의 보호 탓에 어쩔 수 없이 계약을 유지하고 있었다.

U.A.E.는 전체 인구 중 순수 자국민은 10% 수준밖에 되지 않기에 국가 차원에서 철저한 자국민 보호를 여러 방법으로 시행하고 있었다. 그 일환으로 모든 외국계 기업들은 PRO(Public Relation Officer)라 불리는 자국민을 현지 직원으로 반드시 채용해야만 했고, 행정관청과 관공서와 관련된 업무를 담당하게 했다. U.A.E.는 대부분의 세금이 없는 대신 행정관청에 서류를 제출하고 인증을 받을 때마다 소정의 수수료를 내야만 했는데, PRO들이 각자의 회사를 대신해서 그러한 업무를 처리했다. 문제는 그러한 권한이 PRO로 채용된 자국민에게만 부여하도록 법제화되어 있다는 점이다. 이러한 시스템은 많은 문제점을 내포하고 있어서 많은 외국계 기업들이 불만을 제기했지만, 자국민 고용 확대라는 논리에 따라 무시되기 일쑤였다.

안타깝게도, 우리 회사의 PRO는 자신에게 주어진 책임과 임무를 마치 특별한 권한처럼 행사하고, 자신의 위상을 높이는 데 이용하고 있었다. 어차피 자신에 대한 해고가 어려울 거라는 걸 너무나 잘 알고 있던 그는 회사 일에는 도통 신경을 쓰지 않았다.

하루는 현장에서 필요한 허가를 행정관청으로부터 신속히 받아야만 했는데, PRO가 연락이 되지 않았다. 현장에서 올라온 회사 직원을 더 이상 기다리게 할 수 없어, 그럴 수 없다는 걸 알면서도 직접 행정관청에 가서 사정을 이야기하고 처리하려 했으나 역시 거절당했다. 간신히 어렵게 다른 회사의 PRO를 통해 허가서를 손에 쥘 수 있었는데, 나중에 나타난 현지 직원은 속이 타들어갔던 나에게 미안한 기색조차 하지 않았다.

이런 일이 지속해서 반복되자 현장은 제대로 업무가 진척되지 않는다고 불만이 터져 나왔고, 이러한 특수한 사정과 프로세스를 이해할 수 없는 현장의 많은 직원들은 현지 직원보다도 현지 직원을 관리하는 나를 원망하기 시작했다.

더 이상은 안 되겠다는 생각이 들었다. 무리가 따르더라도 현지 직원 문제를 어떻게든 매듭짓기 위해 구체적인 검토를 하고 있을 때였다. 결국, 우려했던 일이 발생하고 말았다. PRO가 적지 않은 공금과 회사 관련 서류를 들고 사라져 버린 것이다. 모든 행정관청 수수료를 현금으로만 납부해야만 했기에 어쩔 수 없이 그 직원에게 현금을 내어 줄 수밖에 없었던 것이 화근이었다. 게다가 몇몇 외부 기관에서 연락이 왔는데, 현지 직원이 우리 회사 명의로 외상 처리를 했다며 외상대금을 지급해 달라고 요구해왔다. 부랴부랴 현지 직원으로부터 받았던 수수료 영수증을 확인해보니 일부가 가짜였다. 어처구니가 없었다. 어떻게 이럴 수가 있는지 이해가 되지 않았다. 그저 게으르고 뻔뻔한 사람이겠거니 생각했던 내가 순진했다는 걸 깨달았지만 이미 늦은 뒤였다.

일단 현지 직원에게 연락부터 취했으나 이미 휴대전화는 정지된 상태였다. 백방으로 수소문을 해서 집에도 찾아갔지만, 가족들은 행방을 알 수 없다고만 했다. 급하게 진행해야 하는 건들을 다른 회사의 PRO에게 부탁하고, 경찰에 신고도 했지만 경찰은 애초부터 적극적인 의지는 없어 보였다.

잃어버린 서류와 관련하여 현장에 설명하고 양해를 구했으나, 그들은 이해하지 못했다. 오히려 그들은 나를 점점 불신하고 등을 돌리기 시작했다. 모래 먼지를 뒤집어쓰고 땀 냄새나는 유니폼을 입고 있는 현장 직원들이 말끔한 양복을 입고 승용차로 출근하는 나를 좋아할 리 없다는 것쯤은 알고 있었다. 그러나 나 역시도 답답한 상황과 형편을 이해하지 못하는 현장 직원들에게 지쳐갔고 불만이 쌓여 갔다. 문제해결을 위해 열심히 애를 쓰고 있는데 아무런 인정도 받지 못한다는 게 오히려 섭섭했던 나는, 점점 그들과 소통을 하는 대신 그들을 외면하고 무시하는 것으로 대응했다.

어느 날 현지 우체국 직원이 나를 찾아오더니 등기를 전달했다. 서명하고 받아 든 등기우편 안에는 현지 법원에 출석하라는 통지서가 들어 있었다. 공금과 서류를 들고 사라진 현지 직원이 회사를 상대로 소송을 제기했고, 회사 의견을 들어야 하니 정해진 일자에 관할 법원으로 나오라는 것이었다. 명시되어 있는 소송사유에는 현지 직원의 급여를 부당하게 중지한 불법행위가 있었으며, 내가 현지 직원의 사무실 출입을 막기 위해 출입증마저 강제로 빼앗아갔다는 내용이 명시되어 있었다.

어이가 없었다. 아무리 삼류소설을 써도 그렇지 이런 말도 안 되는 이야기에 분노가 들끓었지만, 한편으론 오히려 잘된 일이라는 생각이 들었다. 차라리 소송을 통해 현지 직원의 잘못이 밝혀지고, 드러나지 않았던 문제까지도 거론된다면 긍정적인 해결로 이어질 것 같았다. 무단결근으로 연락이 닿지 않아 출근을 수차례 독려하고 업무의 충실한 이행을 요청한 문자와 이메일만 해도 수십 통이 넘었기에 소송에서 증빙으로 사용될 자료는 차고도 넘쳤다.

현장과 본사에 자초지종을 보고했다. 아울러 확실한 승산이 있다는 얘기와 향후 대응계획까지도 곁들였다. 그러나 돌아온 대답은 뜻밖에도 지금은 소송을 진행해서도 안 되고 소송에 휘말려서도 안 된다는 것이었다. U.A.E. 특성상 아무리 근거와 자료가 넘쳐도 자국민에게 결코 불리한 판결을 하지 않을 가능성이 클

뿐더러, 세밀한 법리적 검토가 필요하다는 이유에서였다. 다른 방법을 강구하라는 지시에 따를 수밖에 없었지만, 너무나 막막했다. 적절한 다른 방법이 있었다면 여기까지 오지 않았을 것이 분명했기 때문이다.

이런 과정에서 현장의 시각은 더 냉담해지고 차가워져만 갔다. 현장의 다른 직원들은 세부적인 사항은 알지 못한 채, 접점이 없는 PRO를 탓하기보다는 그를 관리하는 나에 대한 비난을 쏟아냈다. 구체적인 상황을 아무리 설명해도 이해를 시킬 수 없게 되자 나는 언제부터인가 그들과 전화로 다투기 시작했고 담을 쌓았다. 차라리 그 편이 나았다. 사랑의 반대말이 증오나 분노가 아니라 무관심이라는 사실을 증명해 보이려는 듯 나는 그들을 철저하게 외면하였다. 어리석게도 그때는 그것이 내가 선택할 수 있는 전부라 여겨졌다.

잠을 이루지 못하는 날이 많아진 어느 날, 건설현장에서 연락이 왔다. 인사발령을 낼 예정인데 본사와 얘기가 다 되었으니 다시 사막으로 내려와야겠다는 짧은 내용이었다. 납득하기 어려웠지만, 어쩔 수 없었다. 차라리 잘된 일인지도 모른다는 생각도 들었다. 다만 가족과 다시 떨어져야만 하는 일이 걱정되었다. 그리고 그 순간에도 사막으로 다시 내려가야 하는 내 모습이 다른 이들에게 어떻게 비춰질지가 신경 쓰였다.

큰 가방에 대충 필요한 것들을 챙겨 짐을 싸고 보니 절반도 차지 않았다. 혼자 살아가는 데 필요한 짐은 생각보다 너무 단출했다. 결국, 올라올 때 다시는 사막을 쳐다보지 않겠다며 다짐했던 나의 각오는 물거품이 되고 말았다.

나를 다시 현장으로 태우러 온 차는 조그마한 픽업트럭이었다. 파키스탄에서 온 운전기사는 나를 보고 뒤에 타라는 시늉을 했다. 조수석에는 파키스탄에서 온 다른 직원이 이미 타고 있었다. 트럭 화물칸에는 먼지가 가득한 건축용 파이프와 깨진 타일들이 섞여 있었고, 운전석 뒷자리에도 쓰다 남은 배관 호스들과 작은 시멘트 조각들이 함께 엉겨 붙은 채 가득했다.

화물을 한쪽으로 치우고 간신히 앉을 자리를 확보하고는, 가방과 함께 몸을 구겨 넣었다. 자연스럽게 사막에서 올라올 때 타고 왔던 크고 깨끗한 차가 기억났다. 아파트 입구까지 나를 따라 배웅 나올 때만 해도 아무렇지 않게 표정관리를 하던 아내가 그런 모습을 보더니 갑자기 눈물을 터뜨렸다. 난 앞에 있는 기사에게 빨리 가자며 재촉했다.

4시간여를 달려 사막 한가운데로 나아갔다. 픽업트럭 한쪽에 자리를 간신히 하나 얻어 가는 내 모습이 차량의 창문에 비쳤다. 얼마 전까지만 해도 시내와 바다가 보이는 멋진 사무실에서 근무하며 양복을 입고 세단을 타고 다녔던 그 남자는 지금 영락없는 짐짝처럼 실려 가고 있었다. 트럭이 비포장 길로 접어들자 멀미가 심해져 토할 것만 같았다. 차창에 비스듬히 대고 있던 머리에는 울퉁불퉁한 도로의 표면이 그대로 전해졌고, 그때마다 연신 창문에 머리가 부딪혔다. 순간 내가 자유롭게 훨훨 날고 싶어하지만 결국은 날지 못하는 새와 같다는 생각이 들었다. 욕심과 집착으로 가득 채워 너무 무거워 날 수가 없는.

얼마쯤 지났을까. 따가운 햇볕이 눈을 찌르는 탓에 고개를 돌려 창밖을 바라보았다. 창문에 언뜻 눈물 자국이 스쳐 지나갔다. 보이는 건 붉은 태양과 구름 한 점 없는 푸른 하늘, 그리고 끝없이 펼쳐져 있는 황토빛 모래가 전부였다.

사막에서 별을 만나다

영화 〈지붕 위의 바이올린〉에서 당시에는 러시아에 속해 있던, 우크라이나 지방의 아나테브카라는 작은 마을에 살던 유대인들은 하루아침에 집을 떠나라는 명령을 받게 된다. 러시아 혁명으로 인해 그들은 오랫동안 살던 집과 땅을 그대로 놓고 떠날 수밖에 없다. 당장 필요한 짐만 챙기고 모든 것을 내려놓고 떠나야만 하는 상황에서도 그들은 그것을 운명으로 여기고 순응한다. 모든 짐을 마차 하나에 싣고 떠나는 아버지 테비에는 이렇게 말한다.

"왜 항상 머리에 모자를 쓰고 있냐고요? 그것은 우리가 늘 떠날 준비를 하고 있기 때문이지요."

떠날 준비를 하고 있었어야 했다. 그것이 더 초라해지는 것을 막는 길이었다. 현장을 떠나올 때 다시는 사막을 쳐다보지 않겠노라 했던 내 다짐은 이루어지지 않았고, 오히려 그때보다도 훨씬 볼품없는 모습을 한 채 사막에 서 있었다. 외형적으로는 그저 예전의 삶으로 돌아간 것 같지만, 그건 단순히 과거로 회귀한 것이 아니라 걷잡을 수 없는 퇴보를 의미했다.

다시 유니폼을 입고 그 위에 안전 조끼를 입었다. 먼지가 가득한 고글을 꺼내어 다시 쓰고, 뜨거운 태양을 피해 버프를 뒤집어썼다. 오랜만에 신는 안전화는 더 무겁게 느껴졌고, 작은 숙소는 여전히 창문 틈으로 모래가 들어와 지고 일어나면 알갱이 몇 알이 입에 씹혔다.

주말이 되면 버스를 타고 5시간 가까이 걸려 가족이 있는 아부다비 시내로 들어갔다. 퇴근하고 올라가면 밤 11시가 훌쩍 넘었지만, 아이들은 졸린 눈을 비비며 아빠를 기다리고 있었다. 그제서야 매일 퇴근 후 가족과 함께 할 수 있었던 이전의 일상이 얼마나 소중한 것인지를 새삼 깨닫게 되었다.

아내는 주중에 떨어져 있는 것을 힘들어 하는 것 같았다. 혼자모든 일을 처리해야 하는 것이 버거운 일이었겠지만, 특히 1학년에 갓 입학한 딸아이를 등교시키는 일은 인내를 요구하는 일이었다. 매일 아내는 학교 앞에서 한참 실랑이를 벌인 후에야 아이를 간신히 교실로 들여보낼 수 있었다. 학교에 도착하기 전부터 울기 시작하는 아이는 학교에 가까워질수록 울음이 점점 커졌고 엄마에게서 떨어지지 않으려 했다. 담임선생님을 비롯한 선생님들이 달려들어 아이를 떼어 놓는 일이 언제부터인가 일과가 되어버렸다.

그러나 무엇보다 아내가 힘들어 했던 일은 아이들을 통학시켜 주는 일이었다. 매일 학교까지 큰 도로를 운전해 가야만 했는데, 그것은 쉬운 일이 아니었다. 아부다비는 도로가 넓고 제한속도가 높아서 우리나라보다 차들이 훨씬 빠른 속도로 달렸다. 시내 제한속도가 대부분 90km이었지만, 그 속도를 준수하는 차들은 거의 없었다. 게다가 난폭하고 거친 운전으로도 유명해서, 나도 운전을 하다 위험한 순간들을 여러 번 경험하기도 했고 실제로 이곳저곳에서 교통사고 현장을 빈번하게 목격했었다.

아니나 다를까, 현장으로 다시 내려간 지 얼마 지나지 않아 아내는 교통사고를 겪었다. 그날도 역시 애들을 학교에 데려다주는 길이었는데, 갑자기 옆 차선의 차량이 과속으로 앞지르기를 하면서 충돌하고 말았다. 다행히 아내와 아이들 모두 다치지 않았고 차만 파손되었지만, 사고를 일으킨 당사자는 이미 사라지고 없었다. 뺑소니였다.

이른 아침에 전화가 올 때부터 아내의 목소리는 부들부들 떨리고 있었다. 나는 지금 당장 사고현장으로 가고 싶었지만, 그렇지 못한 현실 앞에 안타깝고 무기력했다. 이국땅에서 혼자 두려워했을 아내 생각에 마음은 아팠고, 이럴 때 내가 아부다비 시내에 계속 있었더라면 하는 생각이 간절했다.

그로부터 얼마가 지난 후 문득, 아내는 내게 농담인지 진담인지 알 수 없는 얘기를 했다. 일주일만 더 있다가 한국으로 돌아가겠다는 것이었다. 딱 일주일만 더 버텨보겠노라고. 한참동안 머릿속에서 그 말이 떠나지 않았다. 힘든 내색을 전혀 하지 않던 아내가 오죽하면 저런 얘기를 하는 걸까, 하는 생각이 들었다. 어쩌다 이렇게 되었을까. 아부다비에서 꿈같은 시간은 어디로 간 것일까. 모든 것이 나로 인해 엉클어진 것만 같았다.

주말을 집에서 보내고 다시 현장으로 내려가야 할 때면 발걸음이 떨어지지 않았다. 매번 딸아이는 울면서 나를 놓지 않았고, 난 그런 아이를 뒤로 한 채 얼른 뛰쳐나와야만 했다. 버스에 올라타면 5시간이 걸려야 사막의 현장에 도착했다. 자정이 다 되어 도착해서는 항상 그렇듯이 버스에서 내려 줄을 길게 서서 보안검사를 받아야만 했고, 숙소에 들어가면 버스에서 아무리 잠을 많이 잤다고 해도 달리 할 일이 없었으므로 잠을 자는 것 이외에는 달리 할 일이 없었다.

버스를 5시간이나 타는 것은 매우 지루하고 피곤한 일이었지만, 그 가운데에도 나를 설레게 하며 기다려지게 하는 유일한 순간이 있었다. 그건 바로 사막에서 별을 마주하는 일이었다. 기껏해야 10분 남짓한 그 시간은 내겐 너무나 소중한 시간이었다. 그 시간이 아니었다면 나는 일찌감치 그 사막을 견디지 못했을 것이다.

버스가 사막 한가운데서 잠시 숨을 고르고 쉬어가게 될 때, 나는 늘 하늘을 쳐다보고 별을 바라보았다. 사막에서 보는 별은 이루 말할 수 없을 만큼 빛나고 아름다웠다. 그 흔한 가로등 불빛 하나 없는 사막 가운데, 아무리 둘러봐도 아무것도 보이지 않는 적막 가운데 마주한 하늘의 별들은 금방이라도 쏟아질 것만 같았다. 그 별빛에 취해 아예 얇은 옷을 깔고 사막의 모래에 누워 내 머리 위로 흘러가는 은하수를 바라보기도 했다. 그럴 때면 그 중 가장 빛나는 별 하나가 내게 말을 걸어왔고, 그 별을 마주하고 있노라면 새삼 살아 있음을 느꼈다.

다시 시작된 사막의 시간은 예전과 똑같은 일상 속에 있는 듯 보였으나, 결코 과거와 같을 수만은 없었다. 유니폼을 입고 안전화를 신고 숙소와 사무실을 오가는 일상적인 모습은 변한 것이 없었지만, 나는 철저하게 혼자였다. 다시 현장으로 돌아간 것을 반갑게 맞아 주리라곤 기대하지 않았지만, 동료들 아무도 내 곁에 오질 않고 눈길조차 주지 않았다. 그들은 나를 외면하고 뒤에서 수군댔다. 회사 식당에서 혼자 밥을 먹어야 했고, 혼자 일을 했다. 어떤 날은 출근해서 퇴근 때까지 온종일 한마디도 하지 못한 날도 있었다. 그러다 불현듯 사무치게 외로움이 밀려올 때면, 어차피 인생은 누구나 혼자라고 다독이며 차라리 타인을 견디는 것보다는 외로움을 견디는 편이 나을지도 모른다고 스스로를 위로했다.

그런 와중에서 큰 힘이 되었던 건 나를 아주 예전부터 알고 지내던 동료 몇몇이었다. 그들은 아부다비에서의 나의 상황과 고충을 알고 있었고, 나를 이해하고 있었다. 그들과 잠깐이나마 퇴근 후 휴게실에서 대화를 나눌 때면, 누군가와 그저 이야기를 나눌 수 있으며 내 말을 경청해 주는 상대방이 있다는 것이 얼마나 감사한 일인지를 깨닫게 되었다. 특히 별 것 아닌 일에도 환하게 웃어주는 한 동료에게는 마음속에 있는 많은 얘기를 했으며, 그러고 나면 마음이 한결 가벼워지곤 했다.

유난히 모래 먼지가 심하게 불던 날이었다. 아침에 일어나니 컨디션이 좋지 않았다. 사무실까지 가는 버스 안에서 아직 모래 폭풍이 불 때가 아닌데, 하는 생각을 했다. 사무실에 도착하니 분위기가 어수선했다. 직원들이 모여 웅성대고 있었고 왠지 모를 비장함마저 사무실에 흘렀다. 잠시 후 아부다비 경찰차와 구급차가 연달아 도착했다. 정상적이지 않은 상황인 것이 분명했다.

이윽고 귀를 의심할 만한 이야기가 들려왔다. 간밤에 현장 밖 외곽에서 교통사고가 있었고, 우리 직원 몇 명이 그 사고로 사망했다는 소식이었다. 외부일정을 마치고 돌아오는 중에 현장 바로 앞에서 그들이 탄 차량이 전복되었다는 것이었다. 잠시 후 사고자 명단을 확인했을 때 나는 내 두 눈을 믿을 수 없었다. 휴게실에서 만나 환하게 웃으며 한참 내 얘기를 들어주던 그의 이름이 들어 있었다. 말이 되지 않는 일이었다. 있을 수 없는 일이었다.

한국 본사로 보내는 긴급 타전에 명시되어 있는 그의 명단을 다시 보면서도 무언가가 잘못된 것이고, 그럴 리가 없다고 혼잣말을 되뇌었다.

사막의 건설현장은 아무 일 없었다는 듯 예정대로 착실하게 진행되어 갔지만, 언제부터인가 나는 가슴이 울렁거리고 거북한 증상이 생겼다. 어느 날 밤에 가슴 부위가 바늘로 찌르듯이 아프더니, 얼마 지나고 나서는 낮에도 통증이 느껴지기 시작했다. 통증이 갑자기 시작되는 그 순간에는 아무것도 할 수 없었고, 그저 가슴을 손으로 부여잡고 통증이 지나가기만을 바랄 뿐이었다.

더구나 잠을 제대로 이루지 못하거나 잠이 들더라도 새벽에 깨는 날이 많아졌다. 어떤 날은 자다가 침대가 땅으로 갑자기 꺼지는 듯한 착각이 들어 한숨도 자지 못한 날도 있었다. 여러 사람이 모이는 곳을 가면 가슴이 이루 말할 수 없이 답답해지고, 나도 모르게 식은땀에 옷이 흠뻑 젖었다. 참고 벼르다 아무래도 병원에 가봐야겠다는 생각에 시내 병원까지 차를 타고 나갔다.

공황장애 판정을 받았다. 믿기지 않았다. 남의 일로만 여겼던 공황장애를 내가 겪게 될 줄은 꿈에도 몰랐다. 현지 의사는 앞으로 공황발작이 일어날 수 있으니 본국으로 돌아가 제대로 치료를 받는 것이 좋겠다며 일단 약을 처방해줬다. 다행스럽게도 처방받은 약을 먹으면 증상이 괜찮아졌다.

퇴근 후 숙소에 들어가면 불을 켜지도 않고 컴컴한 방 한구석에서 한참을 우두커니 있는 날이 많아졌다. 여전히 사무실 동료들은 나에게 다가오지 않았지만, 이제는 그런 것에 신경 쓰는 것조차 귀찮고 허무하게 느껴졌다. 그저 미동도 하지 않은 채 어둠 속에서 가만히 있노라면 갑자기 가슴이 턱 하니 막힐 때가 있었다. 마치 가슴 전체가 마비되는 것 같고 몇 번의 메마른 기침이 나오고 나면 잠시 후 깊은 곳에서 무언가가 솟구쳐 올라왔다. 더 이상 참을 수 없을 정도로 터져 나올 때면 얼른 욕실로 들어가 수도꼭지를 틀었다.

그 날은 수도꼭지를 여느 때보다 세게 틀었던 날이었다. 한참 후 거울 속에는 눈이 충혈된 채 얼굴이 퉁퉁 부어 있는 낯선 사람이 서 있었다. 그에게 위로를 하고 싶었지만, 어떻게 해야 할지 모른 채 그저 말없이 바라보았다.

그때였다. 문득 거울 너머 책상 한구석에 꽂혀있던 어느 책에 눈이 갔다. 성경책이었다. 성경책을 한국에서 가져왔다는 사실조차 잊고 있던 나는 먼지가 자욱한 성경책을 뽑아 들었고, 그 자리에서 무작정 읽어 나갔다. 교회를 다니긴 했지만, 그때까지 성경을 읽어 본 기억은 거의 없었다. 계속 읽어 나갈수록 마치 내게 하는 말처럼 여겨지는 구절들이 눈에 들어왔고, 알 수 없는 위로와 평안함을 얻게 되었다. 그렇게 읽기 시작한 성경은 어느덧 새벽의 중요한 일과가 되었고, 성경을 읽을 때마다 그전엔 알지 못했던 하나님의 은혜와 사랑을 느끼게 되었다.

그렇게 만났다. 주님을. 이리 치이고 저리 치여 아무것도 할 수 없고, 누구도 의지할 수 없는 때였다. 아니, 내가 주님을 만난 것이 아니라 주님이 나를 찾아오셨다. 길을 잘못 들은 것 같고 막다른 길에 다다른 것 같아 모든 것을 포기하려는 순간, 어둡고 캄캄한 사막의 밤에 가장 빛나는 별빛으로 내게 찾아오셨다.

그가 내 상처와 고통을 어루만지자, 나는 진정한 치유를 경험하게 되었고 내가 겪는 고통에 목적이 있음을 알게 되었다. 그는 내가 다시 일어나서 별을 바라보며 걸어가길 원했고, 무엇보다 그가 나와 동행한다는 사실을 깨닫게 하셨다. 사막의 어느 밤, 여전히 모래가 입에 씹히는 작고 어두운 숙소에서였다.

4장
—

흔들리는 건
나무만이 아니다

처음으로 롤러코스터를 타보았을 때를 기억한다.

놀이기구 타는 걸 좋아하지 않는 나로서는 출발 지점에 서는 순간부터

심장이 두근거렸고 무릎 위 안전막대를 잡은 손에는 땀이 배었다.

첫 경사를 향해 철컥철컥 올라가던 롤러코스터가

꼭대기에 닿고 멈춰 서면 내 심장도 따라 멈춰선 듯했다.

잠시 숨을 고르고 이내 바닥을 향해 곤두박질치는 순간,

내 몸은 튕겨 나갈 것 같았고 피는 거꾸로 솟는 것만 같았다.

죽을힘을 다해 매달렸던 그 시간이 너무나 길게 여겨지고

다시는 그러한 고통과 마주하고 싶지 않다고 느낄 때,

어느새 또 다른 오르막길이 앞에 다가오더니

그 뒤로는 더 급격한 내리막길이 이어졌다.

그러한 롤러코스터가 가장 맹렬한 속도를 내는 구간은

열차가 완전히 허공에서 뒤집히는 순간이다.

바로 그 순간, 거꾸로 매달려 바라볼 수밖에 없는 세상은 달라 보였다.

롤러코스터를 타기 전까지는 볼 수 없던 세상을 마주하게 될 때,

하늘과 땅이 뒤집히고 모든 것의 가치가 바뀌는 경험을 하게 된다.

남들보다 더 가져야만 하고,

남들보다 더 높아져야만 하는 것이 인생의 목표였던 나는

롤러코스터의 내리막길에 다다랐을 때

한 번도 경험해보지 못한 상실감과 난감함에 맞닥뜨렸고,

내가 믿었던 안전막대들이 보이지 않자 더욱 불안한 마음에 이리저리 흔들릴 수

밖에 없었다.

그러나 그때야말로,

속수무책으로 흔들리기 전에는 알 수 없었던 가치들이

비로소 눈에 들어오기 시작한 순간이었다.

돌아갈 곳이 없다

시간의 흐름을 전혀 의식하지 못하다가 어느 날 갑자기 계절의 완연한 변화 앞에 서 있음을 알게 될 때가 있다. 그때의 사막 현장이 그러했다. 그곳에도 겨울이 왔다. 중동의 겨울은 여전히 한낮에 25도까지 올라가기에 겨울이라 할 수도 없지만, 아침저녁으론 제법 쌀쌀한 것이 한기까지 느껴졌다. 팔꿈치까지 걷어 올렸던 옷소매를 내려 단추를 잠그고 점퍼를 꺼내 입었다.

가을을 닮은 그 겨울에 나는 무척이나 들떠 있었다. 어느 아침, 버스를 타고 사무실로 출근하면서 문득 하늘을 올려다보았는데, 하늘은 푸르고 구름은 하얬다. 그 푸른빛과 흰빛 사이에서 붉은 아침 햇살이 물결처럼 번져나고 있었다. 마치 팔레트에 서로 다른 물감이 섞여 또 하나의 새로운 색을 만드는 것처럼 느껴질 때, 새삼 이 풍경을 바라보고 있는 내가 존재한다는 사실이 감사했다.

그리고 오늘 이곳에서 바라보는 구름과 태양은 내일도 반복되겠지만, 나는 당장 내일 이곳에 머물지 않을 수도 있다는 생각이 들었다. 나는 그저 잠시 머무는 존재라는 사실이 분명해지자 영원히 머물 것 같지 않은 이곳의 아침 햇살이 더욱 아름답게 느껴지고 감사함이 솟았다.

사실 이러한 사소한 일상에 대한 감사는 예전에는 결코 가질 수 없는 감정이었다. 하나님을 만나고 난 후, 계절의 변화만큼 나 자신에게도 새로운 변화가 찾아왔다. 새벽 5시에 성경을 읽고 기도를 하고, 찬양을 부르기 시작했다. 찬양을 할 때면 음정도 맞지 않고 박자도 틀리고 심지어 원래 이 곡이 맞는가 하는 의심도 들었지만 아무래도 상관없었던 건, 찬양 가사가 새록새록 내 얘기만 같았기 때문이었다. 걷잡을 수 없는 눈물이 쏟아졌다. 처음 느끼는 감정이었다. 나의 교만했던 마음과 행동들이 생각났고, 나로 인해 다른 이들이 상처받은 것들이 떠올랐으며, 상처를 준 줄도 모르고 지나쳤던 상황들이 선명하게 기억났다. 후회와 회한이 파도처럼 밀려올 때면 고통스러웠지만, 그와 동시에 큰 위로와 평안함이 찾아왔다. 그러다 보면 시간을 놓치기 일쑤여서 어느새 시계는 셔틀버스가 출발하는 시간인 6시 반을 가리키고 있었다. 버스를 여러 번 놓칠 뻔했다.

주말에는 가족과 함께 아부다비 시내 한인교회를 나갔다. U.A.E.는 다른 이슬람 국가처럼 엄격하게 여타의 종교를 완전히 금지하지는 않지만, 기독교를 인정하는 것도 아니기에 한인교회는 간판도 없이 허름한 건물을 빌려 조용히 예배를 드리고 있었다. 드러내놓고 예배할 수도 없는 외로운 이국땅이라 개인들은 더 갈급한 마음과 뜨거운 믿음을 가지고 있었고, 더구나 이슬람이 국교이고 기독교가 태동한 이스라엘이 바로 지척이라는 점에서 그곳에서의 믿음은 특별했다. 그래서인지 그곳에 있는 적지 않은 사람들에게 뜨거운 성령의 은사가 임하기도 하였다. 아내 또한 내가 사막으로 다시 내려가고 혼자 남게 되었을 때 은사를 받았다. 물론 성령의 은사가 믿음의 크기를 의미하지 않다는 걸 알면서도, 한편으론 하나님의 임재를 느끼고 친밀한 교제를 나누는 아내의 모습이 부럽기도 했다. 결혼하고 나서야 교회를 다니기 시작한 아내의 믿음이 이렇게 성숙해지리라곤 전혀 예상하지 못했다.

그날도 여느 주말처럼 한인교회에서 예배를 마치고 여러 사람과 인사를 나누고 있을 때였다. 믿음이 신실하신 어느 여자 분이 내 쪽으로 다가오더니 느닷없이 무언가를 얘기했다. 그러나 잘 듣지 못했는데 그건 주변이 시끄러운 탓도 있었지만, 그분이 워낙 내성적이라 먼저 말을 걸리는 없다는 생각을 하고 있었기 때문이었다. 다소 놀란 나는, 다시 말씀해 주실 수 있냐고 양해를 구했다. 그분은 잠시 머뭇거리더니 내 옆에 있던 아내에게 다가가서는 다음과 같이 이야기를 했다.

"저기… 기도 중에 말씀을 전하라고 하셨어요. 전하라고 하시는 말씀은 전하지 않으면 안 되거든요. 하나님은 남편분이 사막에서 부르시는 찬양을 무엇보다 기쁘게 받으신대요. 그 찬양을 하나도 놓치지 않고 듣고 있음을 저에게 알려주라고 하셨어요."

그분은 그 말을 던지고는, 부끄러운 듯 서둘러 떠났다.

어떻게 받아들여야 할지 알 수 없었다. 나에 대해 자세히 알지도 못하는 분이 어떻게 그런 말을 하는지. 더구나 새벽마다 찬양을 부르고 있다는 것을 그분은 알 턱이 없었다. 교회를 나와서 주차되어 있던 차에 거의 다 왔을 때쯤 나도 모르게 주저앉았다. 놀란 마음을 진정시키려 애쓰며 차에 올라탔다. 이전에 경험해보지못한 감동과 기쁨이 물밀 듯 밀려왔다. 솔직히, 찬양을 부르긴 했지만 하나님이 들을 거라는 생각은 해보지 않았다. 혹시라도 옆방에 들릴까봐 작은 목소리로 불렀을 뿐이었다. 그런데 그것을 놓치지 않고 듣고 계신다는 그 말에 감격하지 않을 수 없었다. 그때 난 세상을 모두 가진 것만 같았다.

그러나 현실은 냉혹하리만큼 조금도 달라지지 않았다. 아니, 오히려 더 좋지 않은 쪽으로 흐르고 있었다. 당시 나는 승진할 수 있는 연차에 다다랐지만 명함도 내밀지 못하고 있던 상황이었다. 현장에서 승진에 도전했던 선배들이 모두 탈락했기에 나는 다시 뒷전으로 밀려날 수밖에 없었다. 승진에 도전할 수 있게 되는 것조차가 언제가 될지 몰랐다. 주위 동료들의 따가운 시선은 여전했고, 낯선 이국땅에서 주말부부로 사는 건 쉬운 일이 아니었다. 아빠와 떨어진 채 아내는 아내대로, 애들은 애들대로 지쳐갔다.

그러던 어느 날, 무슨 부귀영화를 누리겠다고 이래야만 하나 하는 생각에 마침내 모든 것을 접고 돌아가야겠다고 결심을 내렸다. 어느덧 아부다비 부임 조건이었던 3년의 시간이 다 되어가고 있었다. 원래는 이곳에서 승진까지 해서 의기양양하게 한국으로 돌아갈 계획이었지만 어쩔 수 없었다. 지금 돌아간다는 것은 승진을 포기한다는 것을 의미했지만 방법이 없었다. 누군가는 그래도 그나마 건설현장에 계속 남아 있어야 늦더라도 승진할 기회가 주어지지 않겠냐고 만류했지만, 아무래도 괜찮았다. 그때 나는 더 이상 사막에서 버틸 힘이 남아 있지 않았다.

정리를 하기 시작했다. 3년 동안의 일과 마음을 추스르고 하나둘 돌아갈 준비를 했다. 그리고 한국에 돌아갈 곳을 정하기 위해 이곳저곳에 연락을 했다. 처음엔 반갑게 환영하며 자리를 알아보겠다던 이들이 얼마 후에는 모두들 고개를 저었다. 내가 승진 연차에 진입한 상태이기에 이미 자리를 잡고 있는 다른 직원들이 반대하고 막으리라고는 예상했었다. 다만 이정도 일거라고는 생각하지 못했다. 현실이 섭섭하기도 했지만, 그것이 객관적인 내 상황이었다.

마지막으로, 직접 한국으로 가서 사람들을 만나 상황과 사정을 설명하면 달라질지도 모른다는 실낱같은 희망을 품었다. 그러한 노력마저 하지 않으면 나중에 내 자신에게 변명조차 할 수 없을 것 같았다.

　별안간 휴가를 내고 한국으로 가는 비행기를 예약했다. 아무런 약속도 없이 무턱대고 가는 그 길이 그저 막막하고 멀게만 느껴졌지만, 부디 사람들이 나를 잊지 않았기를, 나를 모른 체하지 않기를 바라는 것 말고는 다른 도리가 없었다.

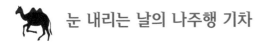 **눈 내리는 날의 나주행 기차**

　오랜만에 찾은 한국은 완연한 겨울로 접어들고 있었다. 그해 겨울은 춥고 메말라 보였다. 거리의 사람들은 손을 주머니에 깊이 찔러 넣고 옷깃을 세운 채 굳은 표정으로 땅만 바라보며 걷고 있었고, 얼만큼의 연한을 채웠는지 알 수조차 없는 나무들은 앙상한 가지를 드러내고 있었다. 초록빛을 찾아보기 어려운 도시의 겨울 풍경은 황토빛밖에 볼 수 없던 사막의 현장과 크게 다르지 않아 보였다.

　그 겨울이 더 춥게 느껴진 이유는, 뜨거운 사막에 있다 올라온 탓도 있겠지만, 돌아올 곳이 없다는 사실이 새삼 현실로 다가왔기 때문이었다. 한국으로 돌아오고자 이곳저곳 연락을 했지만 모두 난색을 보였고, 그렇다고 마냥 주저앉을 수만은 없어 무턱대고 들어오긴 했지만 막막할 따름이었다. 어디부터 찾아가서 어떻게 사람들을 만나 사정을 이야기해야 할지 아무런 계획과 뾰족한 방법이 없었다. 아무래도 본사가 있는 나주부터 찾아가 봐야할 것 같다는 막연한 생각만 갖고 있었을 뿐이었다.

그러나 그 전에 가야 할 곳을 염두에 두고 있었는데, 그곳은 파주에 있는 기도원이었다. 들어오기 전부터 그곳을 가려 했던 특별한 이유는 없었다. 그냥 그렇게 해야만 할 것 같았다. 달리 의지할 곳도, 하소연할 곳도 없었던 내가 할 수 있는 건 사막에서 만난 하나님께 매달리는 것뿐이었다. 내가 경험한 하나님이 길을 열어 주리라는 믿음을 절실하게 붙잡는 것 외에는 다른 선택지가 없었다.

한국에 도착한 다음 날, 바로 기도원으로 향했다. 생각보다 훨씬 큰 예배당과 평일인데도 그 안에 꽉 들어찬 사람들에 놀랐다. 여느 교회와 다를 바 없는 경건한 분위기 가운데 시작된 예배는 시간이 갈수록 점점 고조되어 갔고, 사람들은 손뼉을 치며 큰 소리로 찬양을 불렀다. 설교가 끝나고 기도시간으로 접어들자 분위기는 사뭇 달라졌다. 내용을 알 수는 없지만 두 팔을 벌리고 소리치듯이 기도하는 사람도 있었고, 어떤 이는 알아들을 수 없는 방언을 했으며, 또 다른 사람은 가슴을 치며 큰 소리로 울며 기도하기도 하였다. 무척 신기했던 건 바로 옆에서 큰 소리를 지르며 기도하는데도 모두가 전혀 개의치 않고 오로지 자신의 기도에만 집중하는 모습이었다. 그곳에 모인 사람들은 각자 혼자 존재하는 듯 보였다.

나도 그 틈바구니에서 찬양을 부르고 기도를 하고는 있었지만, 어색하고 적응이 되지 않았다. 애를 썼지만 다른 사람의 기도 소리에 정작 내 기도에 집중할 수가 없었다. 약한 믿음을 스스로 자책하고 있을 때쯤 입구 쪽에서 보았던 '기도굴' 표지가 기억났다. 그곳이라면 조용히 홀로 기도할 수 있을 것 같았다.

그곳에 가보니 왜 기도굴이라고 하는지 굳이 설명할 필요도 없는 것이, 혼자 들어가면 꽉 차는 조그마한 방들이 마치 동굴처럼 띄엄띄엄 떨어져 자리 잡고 있었다. 맨 끝에 있는 기도굴의 문을 열자 난방이 전혀 되지 않은 탓에 차가운 한기가 훅 느껴졌다. 시멘트 맨바닥에 깔려 있는 장판과 1인용 좌식 책상, 그 위에 걸려 있는 작은 십자가가 전부였다.

문을 걸어 잠그고 무릎을 꿇고는 찬송을 부르기 시작했다. 기도하다가 막히면 찬송을 불렀고, 다시 기도를 하다 지치면 또다시 찬송을 불렀다. 아무런 예배의 격식도 존재하지 않았고, 그 누구도 지켜보는 사람도 없었다. 그러는 가운데 어느 순간 폭포수와 같은 눈물이 쏟아졌다. 차가운 방바닥에 고개를 묻고는 한동안 기도를 잇질 못했다. 그때 내 입에서 나온 말은 "하나님, 내가 할 수 있는 것이 없습니다. 방법이 없습니다. 도와주세요."가 전부였다. 어떻게 해야 품위 있고 격식 있게 기도를 할 수 있는 건지 알지도 못했지만 그건 중요하지 않았다.

밤이 깊어지자 기도굴 밖에는 어떠한 소리도 들리지 않았고 아무런 인기척도 없었다. 어떻게 시간이 흘렀는지 알 수가 없었다. 때로 기도굴 뒷산에서부터 불어오는 차가운 칼바람 소리가 문을 할퀴고 지나가고 나면, 방바닥에서 올라오는 한기로 무릎은 시리고 다리는 저려 왔다.

이미 새벽으로 접어든 시간에 기도굴을 나서며 무슨 까닭인지 그저 감사한 마음이 가득했다. 보잘 것 없는 나를 사랑하시는 하나님, 나를 이곳으로 부르신 하나님이 느껴졌다. 마음 한구석에서 은근히 기대했던, 하나님의 응답이라 할 만한 그 어떤 것도 없었지만 아무래도 괜찮았다. 그렇게 기도원의 밤이 지나갔다.

다음 날 나주행 기차에 몸을 실었다. 해외에 있는 동안 서울 본사가 지방으로 옮기게 되면서 처음 가보게 되는 나주였다.

서울역에서부터 조금씩 날리기 시작한 눈발은 시 경계를 넘어설 때쯤 제법 많은 눈으로 바뀌었다. 기차가 조금 더 나아가자 도심의 회색 콘크리트 건물들 대신 수확이 끝난 너른 논밭이 펼쳐졌다. 그곳에 사뿐히 내려앉고 있는 눈은 제법 운치가 있었고, 그 뒤로 언뜻언뜻 보이는 나지막한 산들도 하얗게 물들고 있었다.

그러나 그 풍경이 내 눈에 전혀 들어오지 않았던 이유는, 내 머릿속은 오로지 본사에 도착하면 어디부터 찾아가야 할지, 무슨 얘기부터 꺼내야 할지의 생각들로 가득했기 때문이었다. 문전박대를 당할지도 모른다는 두려움과 함께 아부다비에서 여기까지 왔는데, 아무런 결실도 없이 돌아가면 어쩌나 하는 생각에 입술이 바짝바짝 말랐다.

그렇게 창밖을 내다보며 번민에 잠겨 있을 때였다. 갑자기 누군가 내 팔을 조심스레 찔렀다. 놀라 쳐다보니 옆자리 아주머니가 환하게 웃으며 귤 몇 개를 권하고 있었다. 그러고 보니 나는 옆자리에 누군가 탄 것도 알지 못하고 있었다. 아주머니라 부르기도 그렇고, 할머니라 부르기에도 모호한 그분은 대뜸 자신의 얘기부터 꺼냈다.

"20년 만이에요. 정말 오랜만이죠. 시골 친정집에 가고 있어요. 근데 너무 경치 너무 좋지 않아요?"

그분은 계속 말을 이어갔고, 나는 얼떨결에 귤 몇 개를 건네받았다.

"옛날엔 몰랐어요. 우리나라가 이렇게 아름다운지. 이런 풍경은 미국에서는 볼 수 없어요. 어쩜, 이렇게 예쁠 수가!"

마치 연극 대사를 내뱉듯이 그분은 쉬지 않고 계속 이야기를 이어나갔다.

"저는 시애틀에 있어요. 맞아요, 한국은 많이 달라졌어요. 제가 맨 처음 미국 갔을 때 그 사람들은 한국이 어디 있는지도 몰랐다니까요. 그런데 이제는 한국을 모르는 사람이 없죠. 하하. 하지만 이제 나이가 드니까 내 나라 내 고향이 제일 좋더라고요."

마치 20년 만에 한국을 방문하는 것이 아니라, 20년 동안 말 한마디 하지 못한 사람같이 느껴졌다. 이후에도 미국에서 어떠한 일을 하는지, 미국에는 어떻게 가게 되었는지에 대해 몇몇 단어는 영어를 섞어가며 말을 계속 이어나갔고, 나는 예의상 건조한 단답형 대답과 질문으로 몇 마디를 거들 수밖에 없었다.

제법 많은 승객을 태운 기차의 창밖으로는 크고 탐스러운 눈송이가 세상을 온통 하얗게 덮은 채 아름다운 모습을 자아내고 있었지만, 그것과 나는 아무런 상관이 없었다. 그때의 내 마음은 그저 잿빛 하늘을 닮아 있었고, 많은 사람 가운데에서도 철저하게 혼자였다. 아무리 비슷한 목적지를 가고, 같은 풍경을 바라보고, 같은 대화의 공간 안에 있다 하더라도 어떠한 마음의 상태이냐에 따라 모든 것이 다르게 보일 수 있다는 사실을 새삼 깨달았다. 결국, 그 무엇의 공유가 이어지고, 그 어떤 것의 공감이 형성되려면 서로의 마음부터 열려 있어야 가능한 것이다.

그러나 한편으론 그 여자 분이 부럽기도 했다. 처음 보는 누군가에게 자신의 이야기를 스스럼없이 할 수 있는 넉넉한 삶의 자세로 보건대, 그분은 구태여 누군가로부터 위로받지 않아도 스스로 충분히 자신을 위로하며 살아갈 것만 같았다.

우리는 자신의 얘기를 일방적으로 들어주고, 무조건 사랑해 줄 누군가를 갈구한다. 설사 자신의 얘기가 틀렸다고 하더라도, 자신이 사랑받을 자격조차 없는 불완전한 사람임이 명백하더라도 "당신은 이미 충분해, 넌 가치 있어."라고 말해 줄 사람을.

그날 나는 눈 내리는 나주행 기차 안에서 나의 헛헛한 마음을, 나만의 고단한 이야기를 누군가에게 하고 싶었다. 비록 처음 보는 사람일지라도.

그러나 아무런 말을 할 수 없었다. 기차가 나주에 도착했음을 알릴 때까지.

아부다비를 떠나다

내가 잘 믿지 않는 말 중 하나는, 헤어질 때 "나중에 우리 또 만나자."라는 말이다. 그 만남이 다시 일어날 거라 기대하지도 않으면서 우리는 허공에 손을 흔들며 의례적으로 인사를 주고받는다. 실제로도 그 이후에 다시 만났다는 얘기를 별로 들어 본 적도 없다.

그런 의미에서 "좀 지켜보자."도 매한가지이다. 그것은 진짜 상황을 주시해보자는 의미라기보다는, 앞으로 예상치 못할 정도의 상황이 급변하지 않는 한 어쩔 수 없다는 의미에 가까운 문장으로 해석하면 틀림이 없다. 결국, 지켜보자는 말은 상황이 바뀔 일이 거의 없으니, 바라는 바가 이루어질 가능성이 적다는 것을 에둘러 말하는 것이다.

본사에 도착해서 여러 사람을 만났다. 오랜만에 정겹게 맞이하는 사람들도 있었지만, 혹시라도 나와 승진을 경합하게 될 것을 우려하는 사람들은 노골적인 눈총을 보내거나 눈길조차 주지 않았다. 마치 영업사원처럼 이곳저곳 사무실을 돌아다니며 인사를 할 때 가장 많이 들은 얘기가 "좀 지켜보자."라는 말이었다. 예상은 했지만, 본사 자리에 대한 벽은 너무나 높고 두터웠다.

여기까지 왔는데 아무런 결실을 보지 못하고 돌아갈 것을 생각하니 씁쓸했다. 결과적으로 본사로 들어가는 것이 현실적으로 불가능한 일임을 두 눈으로 확인하기 위해 나주까지 내려온 셈이 되어버렸지만, 어쩔 수 없었다. 이제 모든 것을 단념하고 그냥 회사에서 가라는 데로 가야겠다는 결론을 내릴 수밖에 없음을 인정하고 나자 마음은 한결 편해졌다. 그러나 여전히 한 번도 가본 적없는 지방의 먼 곳으로 가야 할지도 모른다는 생각에 머리가 아파왔다.

세렌디피티(Serendipity)라는 말은 예기치 않은 행운이나 우연을 가장한 행운을 의미하는 단어이다. 본사를 떠나기 전, 마지막으로 어느 선배를 만난 것을 설명하기에 이보다 더 적절한 단어는 없어 보였다. 평소 나는 행운을 잘 믿지 않지만, 결정적인 순간에 예기치 않은 행운이 찾아올 수도 있음을 실감했다. 그는 나를 보더니 마치 기다렸다는 듯, 대뜸 서울본부에 자리가 날지도 모르니 연락을 한번 해보라고 했다. 본사는 승진 연차 때문에 다시 들어오기 어렵겠지만, 사업소는 가능하지 않겠냐는 말과 함께 의외로 그곳에 지원을 많이 하지 않을 것 같다는 얘기를 귀띔해

주었다.

사실 본사가 나주로 옮기면서 서울에서 근무하는 것은 많은 사람들의 희망 사항이 되어 있었다. 나 또한 가족과 떨어져 생활해야 하는 나주 본사보다도 서울본부에서 근무하는 것이 훨씬 더 나았지만, 경쟁이 너무 치열할 것으로 보여 감히 쳐다보지도 못하고 있었다. 그런데 선배는 그러기에 오히려 기회가 더 생길 수 있다는 얘기였고, 나는 선배의 말을 따르기로 했다.

아부다비로 다시 돌아왔다. 떠날 것을 어렵게 결심하고 작정했지만, 돌아갈 곳조차 없는 나는 사막 건설현장의 보안 검색대 앞에 서 있었다. 그날도 항상 그렇듯 기다란 작대기로 가방 안의 짐들을 이리저리 들쑤시는 것을 멍하니 보면서 불현듯 '내 힘으로 할 수 없는 문제가 너무나 많고, 인생은 결코 내 뜻대로 되는 것이 아니구나.' 하는 생각에 잠겼다. 그 탓에 보안 검색직원의 가라는 얘기도 듣지 못하고 한참을 더 서 있었다.

현장으로 돌아와서 서울본부로 짧은 편지를 썼다. 서울본부에 가기를 희망한다는 것과 그곳에서 어떠한 일을 할 수 있을 것인지에 대한 내용을 손으로 직접 써서 국제우편으로 보냈다. 그리고는 우편을 보냈다는 사실조차 잊힐 때쯤 서울본부에서 전화가 왔다. 긍정적인 답변과 함께 해외에서 언제쯤 들어올 수 있느냐는 내용이었다. 어리둥절했다. 이것이 어떻게 가능한 일인지 믿기지 않았지만, 그 이후의 모든 절차가 일사천리로 이어졌다.

얼마 후 정기 인사이동 때, 정말 서울본부로 발령을 받게 되자 건설현장의 많은 사람들이 놀랐다. 한국으로 돌아갈 곳이 없는 상황에서 모두가 선호하는 서울본부로 가게 되고, 그것도 주요 보직을 맡게 될 거라곤 실로 예상하지 못한 일이었다.

짐을 싸다 보니 올 때보다 짐이 훨씬 많이 늘었음을 알게 되었다. 갑작스레 다시 돌아갈 줄 알았다면 이렇게 많은 짐이 필요 없었을 것이다. 늘어난 짐만큼 내 인생의 무게도 따라 늘었지만, 정작 소중한 것은 담지 못한 채 세상의 가치가 요구하는 짐으로만 채워져 있음을 그때쯤 경계했더라면 좋았을 것이다. 버려야 하는데도 미련스럽게 내려놓지 못한 것들로 짐은 가득 차 있었고, 정작 버리지 말았어야 하는 것들은 놓치고 있었다. 그때는 정말이지 가득 채우려 하면 할수록 아무것도 채우지 못한다는 사실을 알지 못했다.

모든 마지막은 아름다운 추억으로만 기억되길 바라는 법이다. 공항에 들어가기 전 풍경들을 마지막으로 둘러보며 가슴에 담았다. 그동안 지겹게 보아왔던 야자수도 더 이상 볼 수 없고, 황토빛 건물들과 그 뒤로 보이는 짙은 남빛의 페르시아 만도 마지막이구나 하는 생각에 자꾸만 뒤를 돌아보게 되었다.

3년이라는 시간 동안 가슴 아팠던 기억들보다는 행복했던 순간들이 떠올랐고, 한 걸음씩 발을 내디딜 때마다 그 기억들은 내

발걸음을 붙잡았다. 이제 저 앞 출입국 사무소에 여권을 제출하고 스탬프를 받은 후 얄팍한 유리문을 넘어서면 아부다비와는 완전한 작별이었다.

'나는 지도를 보면서 하룻밤을 꼬박 새웠다. 하지만 다 소용없는 일이었다. 내가 어디에 있는지 알 수가 없었기 때문이다.'

생텍쥐페리가 말한 것처럼, 세상의 기치들과 눈에 보이는 것들만 바라보며 걸어온 나는 인생의 길목에서 나 자신이 어디쯤 서 있는지를 전혀 알지 못하고 있었다. 내 한계를 절감하고 내 뜻대로 되는 것보다 그렇지 않은 것이 훨씬 많다는 것을 깨닫고, 내 힘으로 아무것도 할 수 없는 상황이 되어서야 비로소 눈에 보이지 않는 가치들을 바라보게 되었다. 아부다비에서의 시간은 내가 어디쯤 와 있는지 나의 좌표를 확인하게 되는 전환의 시기였다.

한국에 들어온 지 1년 만에 승진하였다. 최단기간이었다. 해외를 다녀오고, 선배들에게 밀려 후순위 평가를 받고도 바로 승진한다는 것은 불가능에 가까운 일이었다. 분명 기쁜 일이었지만, 그 기쁨이 오래가지는 않았다. 그건 단지 승진이 가져다주는 이익과 열매만을 바라보는 데에서 나온 기쁨이었기 때문이었다.

이곳저곳에서 비결과 방법을 묻는 사람들이 많았고, 여러 사람들로부터 주목과 인정을 받았다. 그리고 이내 나는 역경을 뚫고 다른 사람들이 쉽게 하지 못한 일을 해냈다는 도취감에 단단히 사로잡혔다. 권한과 비례해 책임도 커진다는 사실을 묵과한 채 내가 갖고 누리는 것에 대해서만 주목했다. 마치 내가 높아진 것만 같았고, 모든 성과를 내 자신이 이룬 것이라는 착각이 들었다.

그렇게 나 자신과 세상을 바라보는 시선이 왜곡되어 갈 때, 롤러코스터의 내리막길은 시작되었다. 그곳을 향해 빠르게 질주해 가고 있음을 전혀 눈치채지 못하고 있었다

사막은 그렇게 잊혀가고

'오늘 엄마가 죽었다'로 시작하는 『이방인』의 저자 알베르 카뮈는, 마치 주인공 뫼르소처럼 죽음 자체도 평범하지 않았다. 그의 삶이 절정을 달리고 있을 때 유명을 달리했다. 노벨문학상을 타고 그 상금으로 파리 외곽에 근사한 별장을 구입한 그는, 그곳으로 자동차를 몰고 가던 도중 불의의 사고로 삶을 마감했다. 만약 그가 노벨상을 받지 않았더라면 어떻게 되었을까?

그의 삶은 절정의 순간 허무하게 끝났지만, 모든 인생에는 오르막이 있으면 반드시 내리막이 있다는 사실은 변함없는 진리이다. 특히 그 내리막은 소중한 것들을 더 이상 기억하지 못하고 망각하게 될 때 더욱 걷잡을 수 없는 속도로 시작된다.

승진을 하고 경북 구미로 발령을 받았다. 가족과 함께 이사를 했다. 승진 후 첫 발령지는 대부분 더 남쪽으로 가는 법인데 운이 좋다고들 했다. 억세고 투박한 경상도 억양이 낯설긴 하지만 그리 마음에 두지 않았던 것은, 그때만 해도 내가 경상도에서 3년이라는 시간을 꼬박 보내게 될 거라곤 생각조차 못 했기 때문이었다. 당시 난 많이 변했고, 전혀 다른 사람이 되었다고 자신을 평가하고 있었다. 사막에서의 소중한 시간과 경험을 통해 새로운 가치에 눈을 떴고, 무엇보다 하나님을 만난 이후 내 삶은 완전히 바뀌었다고 여기고 있었다.

그러나 난 변한 것이 아니었다. 다만 변했다고 스스로 착각하고 있었을 뿐이었다. 상황과 환경이 변하니 나 자신도 변한 줄로만 알았던 것이다.

"세상에서 가장 단단한 것 세 가지는 강철과 다이아몬드, 그리고 그보다 더 단단한 자신에 대한 인식이다."

미국 건국의 아버지 벤저민 프랭클린이 개인의 정체성은 변하기 어렵다며 얘기한 말이다. "사람은 잘 바뀌지 않아."라는 그 흔한 말은 나에게 적용되는 말이었다.

외형적으로는 모든 것들이 순조롭고 아무런 이상이 없는 듯했지만, 실상은 그렇지 않았다. 오히려 욕심과 자만심이 가득해지면서 회사와 가정의 여건과 상황은 점점 나빠져만 갔고, 난 그것을 대수롭지 않게 남의 일처럼 여기고 있었다.

따지고 보면, 문제의 시작은 자만심이었다. 권한이 커지고 위상이 높아진 만큼 내 안에 있던 자만심도 함께 커졌으며, 사정상 다른 부서도 함께 맡게 되어 관리하는 직원만 50명이 넘다 보니 마치 대단한 자리에 있는 것과 같은 착각이 들었다. 어느덧 나는 직원들이 순조롭고 원활하게 일을 할 수 있도록 도와주고 지원해 주어야 할 본분은 잊은 채 군림하고 대접받기를 원했다.

자만심이 나쁜 이유는 완전하지도 않은 내 생각과 계획을 타인에게 강요하고, 그렇지 않으면 잘못된 것이라 단정 짓기 때문이다. 내가 원하는 방향으로 가는 것만이 올바른 것이라 생각하는 순간, 다른 목표와 방법은 더 이상 고려의 대상이 되지 못하고 부정되고 마는 것이다. 그것은 매우 위험한 생각이었다.

신앙생활 또한 중심을 잃고 흔들거리고 있었다. 여전히 교회에 나가고는 있었지만, 어느새 하나님은 후 순위로 저만큼 밀려나 있었다. 세상의 기쁨과 즐거움에 빠져 있다보니, 눈물 흘리며 찬송하던 시간과 기도하던 간절한 마음은 온데간데없이 사라졌다. 굳건했던 믿음의 자리는 어느새 세상이 가져다 주는 가치들로 채워져 있었으며, 내가 누리는 모든 것들은 나의 능력에서 비롯된 것이라는 착각을 하고 있었다.

그러는 사이 아내와도 사이가 멀어졌고, 가정에도 문제가 생기기 시작했다. '행복한 가정은 다 고만고만하지만, 불행한 가정은 제각각이다.'라는 말로 시작되는 톨스토이의 『안나 카레리나』의 첫 문장이 틀린 것이 아니라면, 불과 얼마 전까지 행복했던 가정이 그렇게 되지 않게 된 것에 대해서도 어떠한 설명이 있어야만 했다. 아부다비에서 사막을 오가며 주말 부부를 하면서도 서로를 격려하며 위로가 되어 주었던 나와 아내였다. 어려운 환경 가운데에서 서로를 붙잡고 기도하며 행복한 가정을 이루고자 했던 우리였다. 나는 아내와 크고 작은 일로 다투게 될 때마다 내게는 아무런 문제가 없고 잘못도 없는데, 왜 이런 상황을 감내해야 하는지 이해가 되지 않았다. 오히려 나를 알아주지 않는 아내가 섭섭했고, 그럴 때면 상처가 되는 말들로 아내를 아프게 했다.

나중에 안 사실이지만, 아내는 나로부터 받은 상처를 감당하지 못하고 힘들어했으며, 그 상처를 들고 하나님께 눈물로 호소하고 매달렸다. 그럴 수밖에 없었을 것이다. 얘기할 사람 하나 없는 낯선 곳에서 아내가 의지할 수 있는 유일한 분은 하나님뿐이었을테니. 그래서였는지 아내의 믿음은 더욱 신실하고 굳건해졌다. 그러나 정작 나는 아내에게 상처를 주었는지도 알지 못했다. 오로지 나 자신만 바라보았고, 내 욕망을 충족시키는 것만을 갈구하고 있었다. 단기 해외연수 프로그램으로 미국에 다녀오게 될 때만 해도, 선발 과정에서 영어 발표와 인터뷰로 많은 사람들의 주목을 끌게 된 것에 우쭐하며 여전히 자만심에 빠져 있었다.

집안의 냉랭한 분위기가 계속되던 어느 날, 퇴근하고 들어오니 아내가 뜬금없이 이런 말을 했다. 눈이 부은 것으로 보아 눈물을 흘리며 기도를 한 흔적이 역력했다.

"당신, 미국 2주 후에 간다고 했죠? 근데…."

아내는 잠시 머뭇거리더니, 말을 이어갔다.

"이번에 갔다 오면 큰 변화가 있을 것 같아요."

"큰 변화라니? 무슨 변화 말이야?"

"잘은 모르겠어요. 그냥 그럴 것 같아요."

"그런 말이 어디 있어? 밑도 끝도 없이 그게 무슨 말이야?"

모처럼 대화를 하게 된 상황을 나는 조금이라도 더 끌고 나갈 요량이었다.

"그냥, 기도하는 중에…. 그런 음성이 들렸어요. '내가 이제 그 아들을 변화시키고 단련시킬 것이다.'라는 말씀이요. 확실하지는 않지만, 그래도 당신에게 얘기는 해 줘야 할 것 같아서요."

무슨 뚱딴지같은 말이 어디 있냐며 핀잔을 줄까도 했지만, 진지한 아내의 표정을 보고는 아무 말도 하지 않았다. 다만 최근 들어 아내가 지나치게 기도에 매달리는 것이 걱정이 되기 시작했고, 마음 한구석에서 '큰 변화'가 의미하는 바가 조금은 궁금하기도 했지만, 이내 까맣게 잊어버렸다.

미국에 다녀왔다. 저녁에 인천공항에 도착해서는 바로 구미까지 오는 버스를 타고 내려왔다. 어두운 창밖으로 구미 버스터미널을 알리는 노란 네온사인 표지가 눈에 들어왔다. 구미에서 보낸 시간도 1년이 다 되어 가니, 어느덧 익숙한 편안함마저 느껴졌다. 버스터미널에 내려 다시 택시를 타고 집으로 향했다. 자정이 가까운 시각, 무뚝뚝한 말투의 경상도 기사분이 모는 택시 안에서 보이는 어두운 거리의 풍경은 아무것도 변한 것이 없어 보였다.

그러나 변하지 않은 건 그 도시만이 아니었다. 나의 내면은 여전히 세상의 가치에 매몰되어 있었고, 더욱 크게 자라난 욕심은 나의 영혼을 갉아먹고 있었다. 아내가 얘기한 '큰 변화' 따위는 이미 박제가 되어 기억조차 하지 못하고 있었다.

라틴어에서 진실(veritas)의 반대말은 거짓(falsum)이 아니라 망각(oblivio)이라고 한다. 그 말은 진실한 것은 잊을 수 없으며 잊어서도 안 된다는 것을 의미한다. 그런 점에서 소중한 무언가가 망각 되어 더 이상 기억되지 못할 때 진실에서 멀어지는 것이고, 한편으론 불행이 시작되는 것이다. 사막에서의 소중한 시간과 하나님을 만난 기억은 그 겨울, 차가운 도시에서 그렇게 잊혀져 갔다.

그분의 이름을 다시 부르다

인생을 살다 보면 때로는 길을 잃어 오도 가도 못하는 상황에 빠지기도 하고, 때로는 내가 허락하지 않은 문제들로 인해 삶이 송두리째 흔들리기도 한다. 맞닥뜨린 문제 자체의 충격으로 처음엔 옴짝달싹 못 할 수밖에 없지만, 궁극적으로는 그 문제로 인해 삶의 방향이 전환되고 인생의 가치들이 역전되는 경험을 하게 된다.

그러나 자신의 뜻과 계획을 철저하게 의지하고 살아온 인생이라면, 그 문제와 상처에서 벗어난다는 게 결코 쉬운 일이 아니다. 나의 의도와 무관한 외부의 힘이 삶의 일상을 멈춰 세우고, 한 발짝도 나아가지 못하게 만드는 현실에 결국 무너지고 좌절하고 만다. 그것이 자신의 어리석은 실수와 잘못에서 비롯된 것이라면 더더욱 그렇다.

어느덧 구미에서 보낸 시간이 2년째로 접어들었다. 그곳에서의 2년의 세월을 보내고 나서, 나주 본사로 들어가거나 아니면 다시 해외로 나갈 계획을 세우고 있었다. 더 높은 자리로 올라가기 위해서라면 아무래도 본사로 들어가야 할 것 같았고, 아이들이 더 크기 전에 다시 해외로 나가는 것도 괜찮을 것 같았다.

그때만 해도 인생의 전부라 여겼던 직장에서, 내 뜻대로 계획을 세우고 목표를 정한다는 건 지극히 당연한 일이었다. 그 까닭은 내가 정한 목표들이 노력에 의한 것이든, 혹은 운이었든 간에 대부분 현실로 이루어져 왔기 때문이었다. 차장 승진시험은 첫해에 합격했고, 대학원 과정에 선발되어 석사학위를 이수했으며, 해외 파견근무를 다녀와서는 최단기간에 부장으로 승진을 했다. 결과적으로만 보면 모두 내 뜻대로 내 계획대로 이루어진 셈이다. 그러니 원하는 대로 이루어지는 삶이 축복이 아니라, 오히려 독이 될 수도 있다는 생각을 하지 못하는 것도 그리 이상한 일이 아니었다.

내가 정한 목표를 이루고 달성하는 것이 곧 능력이자 역량이라 여겼다. 그렇지만 그러한 목표가 이루어지더라도 만족과 감사보다는 더 큰 욕심이 어느새 단단한 요새로 자리를 잡았다. 남에게 그럴듯하게 포장되고, 내가 원하는 대로 이루어 나가는 것이야말로 진정 행복에 가까운 것이라 여겼다. 만약 원하는 대로 이루어지는 삶이 행복이라면, 나는 시간이 갈수록 훨씬 행복한 모습으로 남아 있어야만 했다. 그러나 현실은 내가 원하는 것을 이루고 성취하게 될수록 더 큰 낙심과 부족감만 남아 있을 뿐이었다.

어렸을 때 보았던 동화책이나 만화의 결말은 하나같이 비슷했다. 바로 주인공들이 간절히 원하는 것을 이루게 되는 순간 이야기는 끝이 난다. 그리고 그 결말은 항상 '그들은 그 후로 행복했다.'라는 마지막 문장으로 이어진다. 하지만 공주와 왕자가 그후로 정말 계속 행복했을까? 라는 의심은 그러한 이야기를 대하게 될 때마다 계속되었다. 나중에 좀 더 머리가 굵어지고 나서는, 반드시 그렇지 않을 수도 있다는 생각이 들었다. 그건 어쩌면 우리가 그렇게 믿고 싶은 것인지도 모른다. 자신들이 원하는 대로 모든 걸 이루는 것이야말로 '그 후로 계속 행복해지는 길'이라고 말이다. 적어도 내가 그러했다. 나의 어리석은 실수와 잘못으로 인해 황량한 광야를 걷게 되기 전까지는.

6월 말의 날씨치고 무척 더웠던 그 날은 여느 때의 아침과 다를 것이 없었다. 아직 무더위가 시작되기 전인데도 우렁찬 매미 소리는 한가로운 지방 도시의 여름을 더욱 평화롭게 만들어 주고 있었다. 오후가 되어 갑자기 사무실이 어수선해지면서 그 한가로운 평화는 자취를 감추었다. 본사 감사실에서 조사를 나왔다는 말을 들을 때만 해도 무슨 일인가 싶었다. 그리고 잠시 후에 특정인을 조사하기 위해 나온 것이라는 얘기에도 그저 남의 일로만 여겼다.

그렇게 나에 대한 조사가 시작되었다. 제대로 상황파악도 되기 전이었고, 무엇보다 다른 사람이 아닌 내가 조사받는 사실 자체가 믿어지지 않았다. 무언가 크게 잘못되었다는 생각이 들었다.

정말 그랬다. 적어도 무언가를 특별히 잘못하거나, 회사에 손해를 끼치거나 해야 할 텐데 나는 이유조차 알 수 없었다. 어쩔 수 없이 조사를 받으러 2층에 마련된 조사실로 올라가는 그 순간까지도 그러한 의문은 떠나지 않았다.

그것이 문제였다. 스스로가 무엇을 잘못하고 있는지를 모른다는 건, 자신에게 한없이 관대한 잣대를 가지고 있음을 의미했고, 다른 사람을 엄격한 기준으로 바라보면서도 정작 자신의 잘못에 대해서는 눈을 감고 외면하고 있는 것과 맞닿아 있었다.

그때 나는 회사의 일부 예산을 사적인 이익을 추구하는 데 전용을 했다. 회사업무를 위해 사용해야 할 자금을 아무 관련도 없는 나 자신을 위해 사용하고는 그 사실조차 잊고 있었다. 그건 분명 어리석고도 어처구니없는 잘못이었다. 당시 무엇엔가 홀리지 않았다면 정녕 그럴 수는 없었다. 입이 열 개라도 할 말이 없고 변명할 수가 없는 실수였다. 그러나 그 사실조차 잊고 있었던 것이 더 큰 문제였다. 잊고 있었다는 얘기는 나를 제외하고는 아무도 알지 못할 것이며, 그 정도는 큰 문제가 되지 않을 거라는 안일한 판단이 존재하였음을 의미했다.

심리학자 카를 구스타프 융은 모든 사람이 갖고 있지만, 누구나 숨기고 싶어 하는 성격의 총합을 '그림자'라고 설명했다. 나의

'그림자'는 위선과 가식이었다. 혼자 깨끗하고 당당하게 보이는 겉모습과 너무나 다른 속 모습이 항상 나를 그림자처럼 따라다녔다. 다른 사람에게 보여질 때의 나와 다른 사람이 보지 않을 때의 나는 전혀 다른 사람이었다. 융의 말을 더 빌리자면, 그림자는 완전히 제거될 수 없기에 건강한 내면을 갖기 위해서는 그림자와 화해해야 한다고 한다. 하지만 나는 나 자신의 그림자를 누군가가 볼까 봐 철저히 숨기고 감추기 급급했었다.

조사를 받으면서, 무엇보다 가장 힘든 것은 수치심이었다. 둘째 가라면 서러울 만한 높은 자존심을 가지고 있었던 터라 수치심에 얼굴을 들 수가 없었다. 창피하고 부끄럽기 짝이 없었다. 같은 사무실 직원들을 이제 어떻게 쳐다본단 말인가, 하는 자괴감에 서둘러 이 상황을 벗어나고 싶었지만 오히려 조사는 더 길어져 5일 동안이나 이어졌다.

특정인에 대한 조사가 그렇게 장기간으로 이루어지는 건 매우 드문 일이었다. 모든 과거의 일부터 현재에 이르기까지 낱낱이 조사를 받으면서, 지극히 개인적인 일까지 들춰지는 상황이 수긍이 되지 않았지만 어쩔 도리가 없었다. 그저 조사받는다는 사실 자체가 너무나 수치스러웠고, 마치 맨살이 드러나는 듯한 부끄러움에 오직 피하고 싶은 생각밖에 들지 않았다.

많은 사람이 뜻밖의 사실에 놀라고 믿기지 않아 했다. 불과 얼마 전까지 부러움의 대상이었던 자가 경멸의 대상이 되는 것은 일순간이었다. 다른 사람의 시선을 너무나 중요하게 여기던 나 자신은 한없이 초라한 모습으로 서 있었고, 조사관들이 부서의 모든 직원을 하나하나 불러 나에 대한 추가적인 문제 사항은 없는지를 물어봤다는 얘기에 몸을 부르르 떨 수밖에 없었다. 나의 자존심은 땅에 나뒹굴었고, 사람들이 내 머리를 밟고 다니는 것만 같았다.

그때 잊고 있던 아내의 말이 갑자기 생각났다. 미국을 다녀온 후 '큰 변화'가 있을 거라는 얘기가 머리에 떠올랐다. 과연 큰 변화가 이것이란 말인가? 만약 그렇다면 이 모든 것이 미리 계획된 것이란 말인가? 그럴 리가 없는 게 하나님은 나를 사랑한다고 하지 않았던가? 미국을 다녀온 지도 이미 6개월이나 지나지 않았던가? 많은 질문과 의구심이 한데 엉키면서 머릿속은 복잡해져만 갔다. 한동안 정신을 차리지 못하고 나서 돌아보니 아무것도 보이지 않았다. 할 수 있는 게 아무것도 없었고, 모든 길이 막혀버렸다.

물에 빠진 사람이 간절히 공기를 원하는 것처럼, 소중한 것을 잃고 난 뒤에야 우리는 가장 중요한 것이 무엇인지를 알게 된다. 우리가 더 이상 잃을 것이 없음을 알게 될 때, 역으로 우리는 항상 그 자리에 있어서 소중한지조차 알지 못했던 것을 그제야 다시 바라보게 된다.

아부다비 사막에서 만난 그분을 다시 바라보았다. 어둠과 절망 속에서 내가 할 수 있는 거라곤 그것이 전부였다. 어느새 저만큼 밀려났던 그분의 이름을 나도 모르게 불렀다. 모든 것이 순조롭고 배가 부를 땐 절대로 떠오르지 않았던 그분 앞에 다시 무릎을 꿇었다.

그러자 누렇게 바랜 사진첩의 소중한 옛 기억들이 살아나더니, 내 머릿속에서 선명하고 생생한 빛처럼 다가왔다. 사막의 작은 숙소에서 수도꼭지를 세게 틀던 그날 저녁과 음정도 박자도 맞지 않는 찬양으로 채웠던 무수한 사막의 새벽들, 그리고 문을 할퀴고 가는 차가운 칼바람 속에 매달렸던 무릎 시린 기도원의 밤이 다시 떠올랐다.

🐪 광야를 걸으며

아부다비에 있을 때 한인교회에서 주관하는 사막 기도회에 참석한 적이 있다. 황혼이 찾아오면 금방이라도 타들어 갈 것만 같던 뜨거운 태양의 열기도 고개를 숙이기 시작하고, 사막은 고요한 적막에 싸인다. 마침내 어둠이 내려앉은 사막의 밤은 한 치 앞도 보이지 않고, 아무런 소리도 들리지 않는다. 그리고 혼자라는 생각에 일종의 공포감마저 찾아든다.

그때 의지할 수 있는 건 높이 떠 있는 별빛이거나 휴대전화의 작은 플래시뿐이다. 한낮의 태양 아래서는 그 존재가치를 결코 알 수 없던 그 작은 불빛은 어두운 사막을 건너는 데 유용하고도 유일한 등불이 된다. 사막에서는 그런 보잘것없는 것들이 중요한 의미를 갖기 시작하고, 모든 가치들의 우선순위가 뒤바뀐다. 풀한 포기 없는 황량한 사막을 닮은 광야에서는 1캐럿짜리 다이아몬드보다 생수 한 모금이 더 귀한 법이다.

내가 광야에 들어섰다는 사실조차 깨닫지 못할 무렵, 방향조차 알지 못했던 나는 막막하고 당황스러웠다. 모든 길이 막힌 것 같았고 내 힘으로 아무것도 할 수 없으며 그 누구도 의지할 수 없었다.

그제야 나는 주님을 기억하고 그분의 이름을 다시 불렀다. 마치 사막에 밤이 찾아오기 전에는 그 가치를 알 수 없던 불빛처럼. 염치없이 주님께 다시 나아가자, 항상 그 자리에 빛으로 계셨던 그분은 기다렸다는 듯 내 손을 잡아 주셨다. 놀라운 사실은 내가 그분을 찾은 것이 아니라, 그분이 나를 기다려 주셨고, 목마름과 외로움에 처해 있던 내 삶 속으로 걸어 들어오셨다는 것이다.

사막을 걸어본 사람은 작은 그늘이 얼마나 귀한 것인지 알게 된다. 가족들의 소중함이 그러했다. 조사를 받게 되면서 어머니와 누나에게 사실을 터놓을 수밖에 없었다. 그들은 부끄러운 잘못을 저지른 나를 질책하면서도 내가 겪고 있는 시련에 힘이 되어 주지 못하는 것을 안타까워 했다. 그리고는, 아침저녁으로 나를 위해 간절히 기도하기 시작하였다. 온 가족이 공동의 제목으로 함께 기도하게 된 것은 아마도 그때가 처음이었으리라.

그리고 얼마 후 누나로부터 연락이 왔다. 하나님의 마음을 내게 전하라 하셨다고 했다. 나의 교만을 깨닫게 하려고 하나님이 채찍을 드셨고, 다시 환란에서 건질 것이라 했다. 그리고는 고통 가운데 있는 나를 애통해 하며, 나를 많이 사랑한다고 하셨다.

아부다비에서 처음으로 나의 새벽 찬송을 기뻐하신다는 하나님 마음을 전해 들었을 때처럼, 나는 그 말씀을 듣고 감격에 겨워했다. 나를 향한 무한한 사랑에 대해 이루 말할 수 없는 깊은 감사와 회개의 눈물을 흘렸다. 헛된 것을 좇아 주님에게서 멀어졌던 나를 잊지 않고 치유와 회복을 주시는 주님만이 유일한 소망이라는 고백이 저절로 나왔다.

'끝나기 전까지는 끝난 것이 아니다.'라는 말은 새로운 시작을 도모하려 할 때뿐 아니라, 반대의 경우에도 유효한 말이다. 기도 응답을 받고 오래되지 않아 마침내 징계결과가 나왔다. 중징계였다.

받아들이기 힘들었다. 잘못은 인정했지만, 그 정도의 결과가 나올 것이라고는 생각지도 못했다. 내 자존심과 명예는 땅바닥에 떨어졌고, 절망감에 앞이 캄캄했다. 다른 사람들의 시선을 어떻게 견뎌낼 수 있을지 자신이 없었고, 앞으로도 계속 주홍글씨를 달고 살 수밖에 없다는 생각에 깊은 좌절과 상실감이 들었다. '자신의 미래에 대한 믿음을 상실한 사람은 살 수 없다.'라고 빅터 프랭클이 『죽음의 수용소』에서 말한 것처럼, 앞으로의 시간을 감당해야 할 믿음이 송두리째 흔들렸다.

동해 바다를 찾았다. 해안가를 따라 걸었다. 무작정 걷고 또 걸었다. 어디쯤 왔는지 문득 주위를 둘러보니 무심한 바다와 푸른 하늘, 하얀 구름밖에는 보이지 않았다. 간간이 파도 소리만 귓가에 들려왔다. 군사지역이라는 나무로 된 경고 표지판과 철책이 눈에 들어왔고, 출입금지라는 푯말 뒤로 조금 멀리 떨어진 곳에는 군 초소가 보였다. 모래사장에 서 있는 내 머리 위로는 한 여름 정오의 뜨거운 태양이 내리쬐고 있었고, 바다는 크나큰 파도를 몰고 와서는 허옇게 거품을 뱉어 놓았다.

"내가 그 인간을 용서하기도 전에 어떻게 하나님이 먼저 용서할 수 있어요?"

영화 『밀양』의 주인공 신애가 자신의 어린 아들을 살해한 범인이 있는 교도소에 면회를 갔다가 나오면서 울부짖던 목소리가 내 마음 어디에선가 들려오는 듯했다. 결코, 용서할 수 없는 사람을 품으라고 하는 하나님 말씀에 순종하려 했지만, 그 하나님께 깊은 배신감을 느꼈을 신애의 마음이 파도에 휩쓸려 내 발을 적셨다.

다시 만난 하나님을 신뢰할 수가 없었다. 하나님이 주신 말씀과 너무나 다른 결과를 어떻게 받아들여야 할지 혼란스러웠다. 왜 중징계란 말인가? 채찍을 거둘 거라 하지 않았던가? 환란에서 건질 것이라 하지 않았던가? 이것이 나를 많이 사랑한다던 하나님의 방법이란 말인가? 허공뿐인 하늘을 향해 소리를 질러댔다. "하나님, 이제 저는 하나님을 신뢰할 수가 없습니다. 앞으로 어떻게 제가 하나님을 믿겠습니까?"

파도 소리에 목소리가 묻힐 때마다 마치 술 취한 사람처럼 고래고래 소리 질렀다. 목이 쉬도록, 얼굴에 경련이 일도록 하나님께 묻고 따졌지만, 파도 소리 외엔 아무것도 들리지 않았다. 여전히 태양은 하늘 높이 떠 있었고, 해안으로 들어온 파도가 다시 바다로 쓸려나갈 때마다 모래가 한 움큼씩 딸려 들어갔다.

얼마나 시간이 흘렀는지 알 수 없지만, 한참 후 나는 눈을 감고 죽은 듯이 모래사장 위에 누워 있었다. 이윽고 가늘게 눈을 뜨고는 태양을 바라보았다. 눈이 부셨다. 그 순간 모래알갱이가 잔뜩 붙어 있는 입술에서 나도 모르게 작은 소리의 찬양이 나왔다.

"나 같은 죄인 살리신 주 은혜 놀라워. 잃었던 생명 찾았고 광명을 얻었네."

이해가 되지 않았다. 왜 그런 찬양이 나왔는지 알 수가 없었다.

사실, 응답이 절실할 때 침묵 속에 계신 하나님께 실망하며, 존재 자체를 의심하던 나는 하나님을 온전히 믿고 있는 것이 아니었다. 루마니아 정권으로부터 12년간 지하 감옥에서 말할 수 없는 고난을 받은 리처드 범프란트 목사는 '이 세상엔 2가지 부류의 그리스도인이 있다. 한 부류는 하나님을 믿는 그리스도인이고, 다른 한 부류는 하나님을 믿는다고 믿는 그리스도인이다.'라고 했다. 눈앞의 문제 해결에만 매달리다 유익한 응답만을 구하고는, 어느덧 목적이 달성되고 문제가 해결되면 다시 하나님을 떠나는 내 모습은 분명 '하나님을 믿는 그리스도인'의 모습은 아니었다. 하나님을 따르겠다고 말하면서도, 어쩌면 나는 하나님을 바라본 것이 아니라, 눈에 보이는 표적과 응답만을 믿고 있었는지도 모른다.

누나의 기도 응답과 현실의 결과가 다를 때조차 하나님은 온전하게 순종하기를 원하셨고, 비록 머리로는 이해할 수 없는 순간이라 하더라도 하나님을 신뢰할 것을 요구하셨다.
그 이유는 명확했다. 흔들리지 않는 굳건한 믿음이란, 기적을 바라보는 데에서 나오는 것이 아니라 주님 자체를 바라보는 눈에서 나오기 때문이다. 대신에 하나님은 내게 가장 확실한 약속을 주셨다. 주님을 바라본다면, 내 죄를 위해 십자가에 달리셔야만 했던 주님이 나와 항상 동행한다는 사실을.

돌이켜보면 하나님은 징계라는 방법을 통해 나의 가장 약하고 모난 부분을 다루셨다. 목숨처럼 여겼던 나의 자존심이란 실상은 교만함이었고, 하나님은 그것을 내려놓길 원하셨다. 몇 번의 경고에도 불구하고 내려오지 않자, 그 교만의 자리로부터 강제로 내려오게 하셨다. 그리고 내가 의지했던 세상의 방법과 기준들이 얼마나 부질없는 것인지, 얼마나 내가 보잘것없는 존재인지를 깨닫게 하기 위해 광야로 이끄셨다. 바위보다 더 단단한 내 자아의 껍데기를 깨기 위해서는 다른 방법이 없었을 것이다.

고통스러운 광야로 내던짐으로써 나를 변화시키시고, 단련시키시며, 회복시키시는 주님의 변함없는 사랑과 자비하심이 삶의 골짜기를 지나는 연약한 내 인생에 가장 큰 위로가 됨을 이제야 깨닫게 된다.

잊힐 때 다시 눈이 내리다

그해 겨울은 유난히 추웠다. 세밑 한파로 체감온도가 영하 20도에 육박한다며 동상과 빙판길 낙상을 유의하라는 멘트가 TV 뉴스에서 계속 나왔지만, 거리에는 크리스마스와 송년 분위기로 들떠있는 사람들로 넘쳐 났다. 그 주변을 멀찌감치 겉돌고 있던 나는 그 해를 며칠 남겨놓지 않은 어느 날, 회사로부터 갑작스레 구미에서 안동으로 옮기라는 통보를 받았다. 느닷없는 통보에 당황스러웠지만, 어차피 약 2개월 후 있을 정기인사 발령 때 서울 쪽으로 올라갈 계획이었기에 문제가 되지 않을 것 같았다. 많은 사연을 겪었던 구미에서의 2년을 마감하고, 잠깐 동안 낯선 곳에서 새로운 변화를 갖는 것이 오히려 필요할 지도 모른다는 생각도 들었다.

그러나 그러한 마음은 오래가지 못했다. 여하한 사정으로 인해 정기발령 때까지는 별도의 사무실에서 혼자 근무해야 한다는 연락을 추가로 받았기 때문이었다. 특별한 일도 없이 혼자 있어야 한다는 것은 또 하나의 사막을 건너야 함을 의미했다. 사람의 온기라곤 찾아볼 수 없는 책상 하나, 컴퓨터 한 대가 전부인 사무실은 상상하기도 싫지만 어쩔 수 없었다. 그건 내가 감당해야 할 몫이고, 그 정도의 시간은 빠르게 지나갈 거라 생각했다.

더 이상 아내와 아이들을 데리고 다닐 수 없기에 가족들을 집이 있는 곳으로 올려 보내기로 했다. 이사가 예정되어 있던 그 날은 아침부터 눈발이 날리더니 제법 많은 눈이 내렸다. 초등학생인 아이들은 좀처럼 보기 힘든 눈을 보며 마냥 뛰어다니며 좋아했지만, 나는 이사하는 데도 시간이 오래 걸릴뿐더러 올라가는 길이 혹시라도 얼면 어쩌나 하는 걱정이 먼저 밀려왔다. 내 얼굴에서 수심을 읽었는지 사다리차를 조작하던 중년 남자가 웃음을 띤 채 담배에 불을 붙이며 말했다.

"눈 오는 날 이사하면 그 집은 대박 난데요."

"그래요? 비 오는 날 이사하면 그렇다는 얘기는 들어보긴 했는데 눈 오는 날도 그런가요?"

"눈도 마찬가지예요. 제가 아는 사람은 눈 오는 날만 골라서 이사한다니까요. 하하하."

웃을 때 그의 하얀 덧니가 더 도드라져 보였다. 나는 대답 대신 가벼운 눈웃음을 지어 보였다. 실없는 줄 알면서도 정말 그랬으면 좋겠다는 생각을 했다.

가족을 보내고 홀로 안동 땅에 머무르게 된 나는 항상 떠날 것을 기약하는 나그네였다. 나그네 인생은 필연적으로 외로울 수밖에 없다. 그러나 돌이켜보면 그러한 외로움을 느끼는 때가 바로 하나님과의 관계가 회복되었던 시간이었다. 마치 아부다비 시내에서 사막의 건설현장으로 다시 내려갔을 때처럼, 안동으로 가게 되자 찬양과 기도를 다시 시작할 수 있게 되었다. 출근 전에 찬양을 부르는 것이 일과가 되었고, 퇴근하고 들어가자마자 텅 빈 집에서 혼자 무릎을 꿇고 기도를 했다.

　기도와 찬양을 하다 보면 잊고 있던 과거의 일들이 새록새록 기억이 났다. 나의 말과 행동으로 상처받고 가슴 아파하는 사람들이 생각났다. 그들이 느꼈을 아픔이 고스란히 내 마음에 전달이 되었고, 그 아픔은 가시가 되어 내 가슴을 찔렀다. 그때마다 비록 그들에게 들리지는 않겠지만 진심으로 용서를 구했다. 겉으로 드러난 나의 잘못은 빙산의 일각에 불과하며, 아무도 몰래 행한 은밀한 죄는 바다를 덮고도 남는다는 생각이 들면 고개를 들수가 없었다.

　그리고 어느 순간부터 그러한 회한은 감사함으로 바뀌었다. 낡은 사택이라도 주어진 것이 감사했고, 아침마다 어디론가 나갈수 있다는 사실이 감사했으며, 책상 하나가 전부인 사무실이지만 창문너머 보이는 전망이 제법 훌륭하다는 것도 그러했다. 그리고 무엇보다 나를 기억하고 계신 하나님을 다시 만나게 된 것이 감사했다.

그렇게 감사가 넘쳐났지만 단 하나, 사람들에게 잊혀져 가고 있음을 실감하는 건 여전히 마음 아픈 일이었다. 모든 연락이 끊겼다. 나를 아는 사람들로부터 전화 한 통이 없었다. 빈번하게 연락하며 지내던 지인들조차 아무런 연락이 없었다. 이해가 되었다. 나와 이야기를 나누는 것이 편치 않았을 것이다. 어떤 얘기를 꺼내야 할지, 어떻게 지내는지, 뻔하고 형식적인 안부와 어설픈 위로와 같은 말들은 오히려 안 하는 것만 못할 거라는 생각이 들었을 것이다. 그러나 나에게는 그 뻔한 이야기들이 뻔한 것이 아니었다. 그 흔한 말뿐인 위로라도 누군가로부터 받고 싶었고, 그 누군가에게 못다 한 이야기를 무작정 떠들어 대고 싶기도 했다. 먼저 연락하려 하기도 했지만, 이내 그만두었다. 친했던 동료나 선후배들에게 전화기를 들었다가 다시 놓길 여러 번이었다.

잊힌다는 것은 불행한 일이다. 누군가의 기억 속에서 지워진다는 것은 그 사람의 존재가 현실에 마땅히 설 자리가 없다는 것이고, 기억해주지 않는다는 것은 더 이상 그의 인생이 다른 이들에게 의미를 갖지 못한다는 것이다.

동독 시절 수용소에 오랫동안 억류되어 있다가 풀려 난 어느 미국인 선교사는 혹독한 추위와 배고픔보다도 가장 힘든 것은 언어 고문이라며, 잊힌다는 사실을 인식하게 되는 것이 얼마나 희망과 의지를 꺾는 일인지 고백했다. 매일 아침 수용소에서 "모든 사람이 너를 사랑하지 않는다."는 말을 반복적으로 들려주는 이유를 잘 알면서도 들을 때마다 크게 낙심했고, 자기 전에 "더 이상 너를 기억하는 사람은 아무도 없다."라는 말을 스피커로 듣게 될 때마다 아픔과 절망은 이루 말할 수 없었다고 했다.

　유난히 추웠던 겨울이 가고, 봄이 지나고 다시 여름이 왔지만 이동 발령은 이루어지지 않았다. 잠시 머물 거라 예상했던 시간이 길어지자 외로움이 밀려왔다. 다행히 직원 한 사람과 같이 근무할 수 있게 되었지만 같이 있는 직원이 휴가라도 가게 되면 혼자서 텅 빈 사무실을 지키다 퇴근하기도 하였다. 그렇게 서서히 다른 사람들의 관심과 기억에서 멀어지고 있었다.

　삶과 죽음이라는 주제를 흥미롭게 다룬 애니메이션 영화 『코코』에는 이런 말이 나온다.

　"진정한 죽음이란 단지 이 세상을 떠나는 것이 아니라, 죽은 자의 기억을 가진 사람이 아무도 없게 되는 것이다."

　더 이상 기억되지 않게 되는 상태, 그것이 진짜 죽음이라는 것이다. 나는 어쩌면 그것이 두려웠는지 모른다.

　그러나 한편으론 잊혀지는 것이 꼭 필요한 일이었다는 생각이 든다. 적어도 그때의 나에겐. 기억되지 않는다는 건 분명 슬픈 일이지만, 자신이 드러나고 주목받으며 내가 원하는 대로 무언가가 이루어질 때를 경계해야 한다. 또다시 자만과 교만의 자리에 오를지 모르기 때문이다. 반대로 얘기하면, 나 자신이 주목받지 않고 보잘것없는 존재로 느껴지며, 도무지 내 뜻대로 이루어지는 것이 아무것도 없어 보일 때가 오히려 축복이고 감사한 일인지도 모른다. 누구나 언젠가는 어차피 잊혀질 수밖에 없는 운명이라면, 기억되고 유명해지기 위해 소중한 삶의 에너지와 시간을 애쓰는 것은 부질없는 일이다.

미슐랭 별 하나짜리 레스토랑을 경영하는 여자는 30년째 어떤 전화를 손꼽아 기다린다. 해마다 그맘때면 올지 모를 '미슐랭 별을 추가한다.'라는 연락 때문이다. 30년째 따지 못한 샴페인을 준비하고는 전화를 기다리던 어느 날, 마침내 오랫동안 그녀를 지켜보던 남자가 다가와 샴페인을 따면서 말한다.

"더 이상 기다리지 말아요. 당신의 레스토랑은 결코 잊혀진 것이 아니에요. 당신이 잊지 않았다면 그걸로 충분해요. 당신이 별이에요."

영화 〈로맨틱 레시피〉의 이야기다.

2개월 정도 머물 줄 알았던 안동에서 결국 6개월을 보냈다. 그리고 다시 경북 상주로 옮겼다. 집 근처로 가지는 못했지만, 그래도 아주 조금이나마 집과 가까운 곳으로 가게 되었다. 상주는 모든 것이 풍족하게 넘쳐나는 곳이었고, 그곳에서 감사하게도 상실과 아픔들이 많이 회복되었다. 6개월이 다시 지나고 나서야 드디어 가족이 있는 곳으로 발령을 받았다. 돌고 돌아왔다. 단출한 짐

몇 가지를 차에 싣고 상주 직원들과 이별을 하며 올라올 때, 문득 짧은 시간이었지만 그들과 정이 많이 들었음을 가슴에서 알았다.

손 흔드는 그들을 뒤로 한 채 올라오며, 언젠가는 그들에게도 잊힐 거라는 생각이 들었다. 상주를 떠나는 날 눈이 내렸다. 일부러 눈이 내리는 날을 골라 떠난 것은 아니었다.

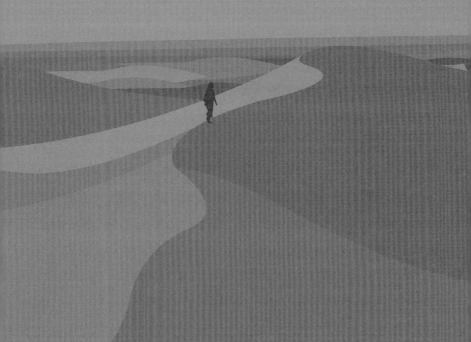

5장

———

흔들리지 않는
꿈을 꾸다

인생은 산을 오르는 것이라기보다 사막을 건너는 것과 같다.
정상이라는 분명한 목표를 향해 올라가는 산보다는
어디로 가야 할지 막막하고 방향조차 가늠할 수 없는 사막이
어쩌면 인생과 더 닮았다는 것을 깨닫게 된다.
마치 산을 오르듯이 남들보다 더 높고 더 빨리 정상에 도달하는 것을
인생의 목표로 삼았던 나는,
인생이라는 사막을 걸어오면서 때론 길을 잃기도 했고,
때론 이러지도 저러지도 못하는 상황에 빠지기도 했으며,
오아시스인 줄 알았지만,
막상 신기루에 불과하다는 것을 알고 좌절하기도 했다.
그 흔한 길 하나 없어 어디로 가야 할지 모르는 사막을 건널 때에는
산을 오를 때와는 다른 계획과 방법을 가져야 한다.
정상에 오르는 것이 아니라
무사히 사막을 건너는 것이 목표가 되기 위해서는
인생의 무거운 짐들을 버려야 한다.
욕심과 집착을 내려놓고 눈에 보이지 않는 가치들을 바라볼 때
성공이 아닌 승리의 삶을 살아갈 수 있게 된다.
그러한 사막에서는 땅이 아닌 하늘을 쳐다보고 가야 한다.
수시로, 끊임없이 변하는 그곳에서 땅을 쳐다보고 가노라면
결국 길을 잃을 수밖에 없다.
밤하늘의 별이 가리키는 방향을 향해 나아가야 한다.
그 별을 따라가다 보면,
길이 끝나는 곳에서 길은 다시 시작되고
그 길은 새로운 여행의 시작으로 이끌기 마련이다.

보이지 않는 것을 주목해야 할 때

아부다비에서 잊을 수 없는 기억 중 하나는 사막 사파리라고도 불리는, 사막 투어를 했을 때였다. 아무것도 거칠 것이 없는 광활한 황금빛 모래사막 위를 사륜구동 차량을 타고 질주할 때의 전율은 색다른 경험이었다. 최대 60m가 넘는 모래언덕의 완만한 경사면을 최고속력으로 올라 반대편으로 내려갈 때면 몸이 붕 뜨면서 무중력 상태에 놓인 듯 짜릿한 긴장감을 경험하게 된다. 찰나의 무중력이 존재하는 그 순간 모래언덕 사이로 언뜻 보이는 사막의 일몰은 형용할 수 없는 감동으로 다가온다. 한낮의 열기가 지난 자리에 오묘한 빛으로 가득한 저물녘 사막의 모습은 전혀 기대하지 않았던 아름다움이었다.

사막 사파리는 타이어의 바람을 빼는 것부터 시작된다. 사륜구동 차량 바퀴의 접지 면적을 넓혀 차가 모래에 빠지지 않도록 하기 위해서다. 타이어에 바람을 가득 채우는 게 좋을 것 같지만,

만약 바람을 빼지 않으면 단단한 땅에서 운전할 때와는 달리 얼마 가지 못해 모래에 빠지게 된다.

들뜬 마음으로 처음 사막 사파리를 하게 되었을 때, 우리 일행이 탄 차량은 이미 타이어 바람을 뺐음에도 불구하고 모래 구덩이에 빠지게 되어 난감했던 적이 있었다. 그 경우에도 필요한 일은 타이어 공기압을 더 낮추는 것이었다. 단단하고 평탄한 땅에서 운전할 때 필요한 기술은 부드러운 모래 위를 운전할 때에는 아무짝에도 쓸모가 없어진다.

인생이라는 사막을 건너는 데 필요한 것은 자신의 힘부터 빼는 일이다. 자신의 생각과 방식대로 무언가를 이루려 할수록 상황은 더 복잡해지고 문제해결은 오히려 더뎌진다. 나의 뜻과 계획을 내려놓고 조금은 떨어져서 상황을 보려 할 때 오히려 자연스럽게 문제가 해결될 뿐만 아니라, 사막에서의 석양과 같은 기대하지 않은 삶의 아름다움을 선물로 받을 수 있다.

사막 투어를 하다보면 사막에서 장막을 치고 사는 사람들의 집을 구경하는 체험을 할 수 있다. 지금도 여전히 양을 치며 사막에서 살아가는 사람들이 있다. 바로 베두인이다. 낙타와 양 몇 마리가 소유의 전부인 그들은 장막을 짓고 살아간다. 양의 털과 가죽으로 만든 장막은 생각보다 훨씬 크고 훌륭했다. 통풍이 잘되어 덥지 않을 뿐더러, 추울 때는 스스로 오그라들어 바람이 통하지 않는다고 한다.

조금만 벗어나면 높은 건물들과 최첨단 문명의 이기들이 가득한데, 그들의 삶은 너무나 간단하고 단순했다. 세상 문명과는 아무런 관심도 없는 듯, 사막에 해가 뜨면 일어나고 해가 지면 잠자리에 드는 그들에게 있어서 소유는 큰 의미가 없어 보였다. 땅도 없고 집도 없다. 사막 한가운데 아무 데나 장막을 치면 그곳이 자신들의 집이 된다. 그렇게 장막을 치고 살다가 양들과 낙타에게 먹일 것이 떨어지면 미련 없이 장막을 거두어 다른 곳으로 이사를 한다. 어느 한곳에 정착하지 않고 평생 이동하면서 살기 때문에 그들은 최소한의 짐만 갖고 다닌다. 사람들을 만나면 항상 환하게 웃는 그들은 옷 몇 벌과 신발 몇 켤레면 그것으로 충분한 삶이다.

몇 년 전 이사를 하면서 커다란 이삿짐 차 2대를 불렀지만 다 싣지 못했다. 결국, 먼지가 자욱한 책들과 유행이 지난 옷가지들을 버려야만 했는데 그 양만 해도 어마어마했다. 더 이상 쓰지 않는 것이 분명한데도 자꾸만 쳐다보게 되는 건 아까운 마음이 들었기 때문이다. 만약 다 쓰지도 못하면서도 많은 것을 가지려 하는 이런 나를 베두인이 본다면 무엇이라 얘기할까?

사막과 같은 인생을 통과하기 위해서는 미련 없이 짐을 줄이고 집착을 버리는 것이 필요하다. 인생의 무거운 짐을 지고 힘겹게 살아가는 이유는 단연 욕심 때문이다. 욕심을 채우기 위해 우리는 끙끙거리면서도 무거운 짐을 지고 간다. 욕심을 부려 많은 짐을 진 채 더 멀리 가려고 하고, 남보다 더 빨리 가려 한다면 결국 감당하지 못해 쓰러질 수밖에 없다.

나는 인생을 높은 산에 오르는 것으로 생각해 왔다.

'어떻게 하면 더 높은 산에 오를 수 있을까?' '남보다 더 빨리 산에 올라가려면 어떻게 해야 하나?' 하는 질문이 인생의 목표였다. 그러나 인생은 산을 오르는 것이 아니라 사막을 걷는 일이다. 그러기에 인생이라는 사막에서는 정상에 오르는 것이 아니라 무사히 빠져나가는 것이 목표가 되어야 하고, 성공이 아니라 승리하는 삶이 목적이 되어야 한다.

그런 점에서 빅터 프랭클이 "성공을 목표로 하지 말라, 성공을 목표로 겨냥할수록 빗나갈 가능성이 커진다. 성공은 억지로 되는 일이 아니다. 저절로 따라오게 해야 한다."라고 말한 것도 성공을 목표로 하는 삶이 반드시 승리의 영광을 가져다주진 않는다는 의미이다.

직장에 입사하는 것보다 보람 있는 직장생활이 더 중요하며, 결혼 그 자체보다 참된 결혼생활을 만들어 가는 것이 더 가치 있다. 아이를 낳는 것으로 끝나는 것이 아니라 아이를 바르게 키우는 것이 훨씬 더 중요하다.

결국, 어떤 순간에 더 높고 화려한 곳에 도달하는 것보다, 끝이 보이지 않는 긴 호흡으로 사막을 건너는 것이 승리자의 모습이다. 어렵고 힘들게 산 정상을 오르고 나면 남아 있는 일은 내려가는 일뿐이다. 더 이상 좁은 정상에 서 있을 수 없다. 언젠가는 다른 누군가에게 길을 비켜주어야만 한다. 정상에 빨리 가려 애쓴다는 건 결국 더 빨리 내려와야만 함을 뜻하는 건지도 모른다.

시간을 지체하는 것을 몹시도 싫어하는 나는, 약속장소나 목적지를 가기 위해 가급적 지름길로 가로질러 가는 방법을 택했다. 대부분 일찍 도착하긴 했으나, 그렇다고 아주 큰 차이를 보이지도 않았다. 그러나 때로는 완전히 길을 잘못 들어 예정된 시간보다 많이 늦는 낭패를 겪기도 하였다.

돌이켜보면 서두를수록 길을 잘못 들어섰고, 바삐 가려 할수록 막다른 길에 다다르기도 했으며 벼랑 끝에 몰리기도 했다. 그러기에 길이 안 보이거나 막막해서 돌아 갈 수밖에 없는 순간이 오히려 더 유익할 수도 있겠구나 하는 것을 깨닫게 된다. 구미와 안동, 상주 등 여러 도시를 전전하며 돌아와야만 할 때 길을 잘못 들었다고 생각했지만, 그곳을 거치는 시간이 반드시 나에게 필요했음을 알게 되었다.

빨리 가는 것이 능사가 아니라 조급한 마음을 버리고 천천히 가야 사막을 건널 수 있다. "나의 지대한 관심은 당신이 성공하느냐의 여부가 아니라 당신이 실패에 머물러 버리느냐의 여부이다."라는 링컨 대통령의 말은 높은 곳을 빨리 도달하는 가시적인 성공보다 보이지 않는 내면의 의지와 다시 일어서는 승리의 삶이 훨씬 가치 있음을 역설하고 있는 것이다.

'성공'이 아닌 '승리'의 삶을 위해서는 보이지 않는 것에 주목해야 한다. 확실하게 눈에 보이는 그 무언가를 바라보며 채우고 채워도 부족하게만 느껴지는 것들에 목말라 할 것이 아니라, 비록 보이지 않지만, 보다 근원적인 것을 갈망하는 것이 필요하다. 부나 명예는 산 정상을 오르는 데 필요한 가치들일 뿐이다.

만약 인생이 사막과 같음을 알게 되는 순간이 온다면, 그러한 가치들에 이끌리지 않게 됨을 경험하게 된다. 사막에서는 오히려 동행, 배려, 헌신 등의 가치들이 중요해진다. 화려하고 비싼 장신구를 걸치고 혼자 사막을 건너는 것은 불가능에 가깝지만, 누군가와 함께라면 남루한 옷을 입었더라도 사막을 건너는 것이 훨씬 쉬운 까닭이다.

"나는 한 알의 사과로 파리를 놀라게 하리라."

화가 폴 세잔이 한 유명한 말이다. 그렇다면 그는 어떤 사과를 그려서 파리와 세상을 놀라게 한 것일까? 세잔은 대상을 있는 그대로 그린다는 것이 불가능하다는 것을 일찍이 깨달았다. 세잔이 그린 사과는 마치 사진처럼 사과의 모습을 현실에서 똑같이 구현하는 것이 목적이 아니었다. 기하학적인 형태와 대담한 색채를 통해 바로 자신의 마음과 생각이 해석한 사과였다. 만약 눈에 보이는 대로, 보이는 모습에 충실한 것을 목표로 했다면, 세잔이 그린 한 알의 사과에 결코 파리는 놀라지 않았을 것이다.

보이는 것은 잠깐이고, 보이지 않는 것은 영원한 법이다. 마음의 눈으로 세상을 바라보게 될 때 보이는 성공에 머무는 것이 아닌, 보이지 않는 승리의 삶을 살아내게 된다. 사막을 건너는 데 값비싼 옷과 명품 구두는 오히려 거추장스러운 짐이 될 뿐이다.

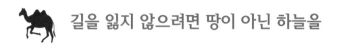 ## 길을 잃지 않으려면 땅이 아닌 하늘을

아부다비로부터 두바이까지 걸쳐 있는 리와 사막 한복판에는
'모립 듄'이라는 거대한 모래언덕이 있다. 사막에 있는 유일한 호
텔인 리와 호텔로부터 길이 끝나는 지점에 있는 그 모래 둔덕은
언덕이라기보다는 차라리 산에 가깝다.

때때로 사막 투어를 가게 되면 그 모래언덕을 이정표로 삼아
방향을 파악했다. 사막에서 자칫하면 길을 잃게 되는 것은 어느
각도에서나 보이는 장면이 똑같아서다. 가장 높이 솟아 있는 모
립 듄을 바라보면 출발했던 위치로 돌아올 수 있기에 길 잃을 염
려가 없었다. 다른 모래언덕들도 많았지만 기준점으로 잡을 수
없는 이유는, 모래 폭풍이 한번 지나가면 여지없이 모양이 바뀌
기 때문이었다. 작은 모래언덕의 경우에는 아예 자취를 감춰버
리는 일도 있었다. 분명 오늘 있던 모래언덕이 내일이면 사라지
고 없다.

그러나 더 큰 문제는 확실하고 틀림없다고 믿고 있는 것조차 절대적이지 않다는 사실에 마주하게 될 때이다. 한 번은 가이드 도 없이 가족들을 데리고 사막 투어를 간 적이 있다. 지도에도 없 는 길을 가야 하는 사막임을 알고는 있었지만, 미리 정해 놓은 이 정표들을 의지한다면 문제가 없을 거라 생각했다. 그러나 웬일 인지 그날 모립 듄을 찾으래야 찾을 수 없었다. 분명히 있어야 할 곳이라 생각했는데 없었다. 생각해 놓은 다른 이정표를 찾으면 되겠지, 하고 사막 안으로 더 들어갔다.

그러나 가장 큰 기준점을 잡지 못한 채 출발한 것은 타격이 컸 다. 어느덧 사막 깊숙이 들어왔지만 어디가 어디인지 방향감각을 완전히 놓쳐버렸다. 되돌아 가려 해도 왔던 길을 찾는 것 자체가 어려웠다. 난감했다. 완전히 길을 잃어버리고 말았다. 주위를 아 무리 둘러봐도 내가 어디쯤 와 있는지 알 수가 없었다. 주변의 모 래언덕은 다 비슷비슷할 뿐 내가 알고 있던 이정표가 아니었다.

휴대전화에 있는 지도 애플리케이션을 찾아 부랴부랴 GPS를 연결했다. 화면상의 현재 위치는 사막이 아닌 전혀 엉뚱한 위치 를 가리키고 있었다. 우리나라와 달리 잘 잡히지 않는 GPS가 사 막에서는 더욱 그러할 것이라 생각했지만 별다른 대안이 없었다. 속이 타들어 갔다. 차량을 반복해서 앞뒤로 느리게 움직이며 제 발 위치가 잡히기를 바라고 또 바랬다.

얼마쯤을 반복했을까? 어느 순간 드디어 위치가 잡혔다. 나의 위치가 휴대전화의 지도에서 따라 움직이고 있음이 확인되는 순간, 기뻐서 소리를 지르지 않을 수 없었다. 안도의 한숨을 쉬면서도 동시에 어렵게 잡은 GPS를 행여 놓칠까봐 노심초사 GPS가 가리키는 방향으로 길을 만들어가며 천천히 사막을 빠져나가기 시작했다.

그런데 신기하게도 사막을 빠져나오기까지는 얼마 걸리지 않았다. 저 앞에 나타난 리와 호텔을 보고는 휴대전화로 내 경로를 확인해 본 나는 아무런 말을 할 수가 없었다. 오도 가도 못하는 사막 한복판에 있을 거라 생각했던 내 위치는 겨우 사막 초입에 있었던 것이다. 그곳에서 같은 구간을 계속 돌고 돌았던 것이다. 당시 내 눈에 보이는 사막은 그 크기를 가늠할 수 없을 정도로 광대하고 막막해 보였다. 두려움이 앞서자 사막이 실제보다 더 크게 다가왔던 것이다.

사막과 같은 인생길에서 길을 잃는 이유는 현재 나의 위치를 알지 못하는 것에서 출발한다. 둘러봐도 온통 똑같은 풍광에 지금 어디쯤 와 있는지를 가늠할 수 없기 때문이다. 낮은 건물 하나 없고, 길도 나 있지 않은 사막을 걸어가노라면 지금 가는 이 길의 방향이 맞는지 불안하고, 또 얼마나 더 가야 목적지에 도착할 수 있는지 알 수 없다. 그러기에 위치를 알고 방향을 가늠하는 것이 무엇보다 중요하다. 내가 지금 서 있는 곳이 어디인지, 내 자신이 진정 원하는 것이 무엇인지, 그리고 내 삶의 방향은 어디로 향하는 것인지를 알아야 길을 잃지 않는다. 계속해서 걷다 보면 언젠간 오아시스를 만날 것이라는 막연한 희망은 뜨거운 태양 아래에서는 별다른 위력을 발휘하지 못한다. '인생은 흘러가는 것이 아니라 채워지는 것이다. 우리는 하루하루를 보내는 것이 아니라 내가 가진 무엇으로 채워가는 것이다.'라는 존 러스킨의 충고는 그래서 더욱 의미 있게 다가온다.

지금 내 앞의 현실이 어려워 보이고 도저히 해결될 것 같지 않지만, 두려움을 내려놓은 채 다시 바라보면 어느 순간 커다랗게 짓누르던 문제에서 벗어날 수가 있다. 내가 사막에서 길을 잃고 두려움이 앞설 때 방향을 알려주는 기준점이 되었던 건, 거대한 모래언덕이 아니라 GPS였다. 길을 잃지 않으려면 밟고 있던 땅이 아닌 저 높은 곳에 있는 하늘을 바라봐야만 했다.

어느 대장장이가 먼 길을 떠나며 같이 일하는 직원에게 말편자 100개를 만들어 놓으라 하고는 본(本)을 주고 갔다. 나중에 돌아와 보니 직원이 만들어 놓은 말편자는 모두 제각각이었다. 본을 주고 갔는데도 왜 그렇게 되었는지 도무지 이해가 되지 않았다. 나중에야 알고 보니 그 직원은 주인이 주고 간 본 대신 자신이 만든 바로 앞의 편자를 보고 다음 편자를 만들었기 때문이었다. 3번째 편자는 2번째 편자를 보고 만들었고 50번째 편자는 49번째 편자를, 100번째 편자는 99번째 편자를 기준으로 만들었다. 바로 앞뒤의 편자는 큰 차이가 없었지만, 그렇게 만든 100번째 편자는 첫 번째 편자와는 완전히 다른 편자가 되어 있었던 것이다.

사막에서는 앞서가는 사람을 따라갈 필요가 없다. 어차피 길이 없기에 다른 사람이 가는 그 길이 맞는 것인지 확신할 수도 없다. 내가 걸어왔던 길도 돌아보면 어느새 사라져 버리고 없기에 다시 돌아갈 수도 없다. 사막에서는 더욱 분명하고 변하지 않는, 최초의 본과 같은 확실한 기준을 바라보고 가야 한다. 남의 발자국을 따라가면 아무 발자국도 남기지 못하는 법이다.

아부다비에 있을 때 나는 현지 TV 방송을 거의 보지 않았다. 처음엔 호기심에 채널들을 돌려보기도 했지만, 하나같이 재미없고 따분했다. 물론 언어와 문화의 차이의 탓이 크겠지만, 드라마나 영화의 경우 배우들의 연기가 너무 엉성했고, 음악 프로그램은 리듬이 너무 생소해 채널을 고정하기가 어려웠다.

유일하게 나의 흥미를 자아내는 채널이 있긴 했는데, 그것은 바로 낙타경주(Camel racing) 방송이었다. 마치 경마장의 말들처럼 낙타들이 트랙 안에서 경주를 하는 장면을 보고 있노라면 손에 땀을 쥐고 시간이 가는지도 몰랐다. 그때 난 낙타도 달릴 수 있다는 사실을 처음 알게 되었다. 연신 콧김을 내뿜으며 뒷다리를 앞다리까지 끌어 올려 힘차게 내딛는 모습은 지금 뛰고 있는 이 동물이 원래 낙타가 맞는지 의심스러울 정도였다.

그러한 낙타가 사막에 접어들면 우리가 아는 본래 낙타의 모습으로 돌아온다. 천천히 먼 곳을 바라보며 느릿느릿 걸어간다.

숨이 찰 정도로 달리지도 않고 헐떡이지도 않는다. 자신이 가진 수분이 증발하는 것을 막으면서 적당한 속도로 걸어간다. 달릴 수 있지만 달리지 않기 때문에 큰 사막을 헤쳐 나갈 수 있는 것이다.

인생은 단거리 경주가 아니다. 숨 가쁘게 똑같은 트랙을 반복적으로 도는 일도 아닐 것이다. 그러나 나는 좁은 트랙 안에 자신을 스스로 가두어 놓고, 어떻게든 경쟁에서 이기고 빨리 가는 것이 인생의 목표라 생각했다. 조급하게 서둘렀던 나는 어느 정도까지는 제법 빨리 갈 수 있었는지 모르지만, 결국 그 좁은 트랙 안에서 길을 잃고 말았다. 빨리 가는 것만 생각하다 보니 출발점이 어디였는지, 목적지는 얼마나 더 가야 하는지, 심지어 내가 왜 트랙을 뛰고 있는지 그 이유조차 잊어버렸다.

사막을 건너기 위해서는 빨리 달리는 '말'이 아니라 천천히 오랫동안 걷는 '낙타'가 필요하다. 페이스를 유지하며 걸어야 한다. 짐도 너무 많이 지려고 하지 말아야 한다. 수시로 변하는 땅을 쳐다보지 말고 하늘을 바라보아야 한다. 높은 하늘 위에 홀로 빛나는 북극성처럼 흔들리지 않는 기준을 바라보는 것만이 길을 잃지 않는 유일한 방법이다. 적어도 우리는 트랙을 달리기 위해 존재하는 것은 아니며, 트랙 안이 우리에게 예정된 인생의 전부는 아닐 것이다.

고난 중에 미소를

한 소년이 나뭇가지에서 고치 하나를 발견했다. 나비가 고치를 뚫고 나오려고 용을 쓰는 중이었다. 나비가 불쌍해 보인 소년은 주머니칼로 고치를 찢고 나비를 꺼내주었다. 나비를 손바닥에 올리고는 날아갈 것을 기대했다.

하지만 나비는 꼼짝도 하지 않더니 몇 분 뒤에 죽고 말았다. 고치를 찢고 나와야 하는 과정이 사라지자 날개가 강해질 기회가 없어진 것이다. 물기도 채 마르지 않은 약한 날개로는 살아남을 수가 없다. 날아오르기 위해서는 어쩔 수 없는 고난과 시련이 필요하다.

열정(Passion)이라는 단어의 라틴어 어원이 고통(Passio)에서 나왔다는 것도, 결국 어려움 없이는 성장할 수 없음을 의미한다. 벼랑 끝이라 생각했던 순간들이 기회가 되는 경우도 역시 고난의 때인 것처럼, 시련 없이 진정한 나를 발견하는 것은 불가능한 일인지도 모른다.

문제는 누구도 그러한 고난 앞에 서게 되는 것을 원치 않는다는 사실이다. 시련이 찾아왔을 때 그것을 기뻐하며 감당할 수 있는 사람은 흔치 않다. 고난을 만나게 되면 우리는 일단 피하고 돌아서길 원한다. 그것이 지극히 자연스러운 것이지만, 고통은 때로 우리에게 숨을만한 공간조차 허락하지 않는다.

그러나 피할 수 없는 고통이라 하더라도 그 고통에 대한 반응은 어디까지나 우리의 몫이다. 시련 때문에 행복해지거나 비참해지기보다는, 어떻게 받아 들이냐에 따라 그 고통 속에 머물러 있게 되기도 하고, 상처가 치유되기도 한다. 모든 문제의 해결책은 문제로부터 도피하는 것이 아니라 그것을 직시할 때 얻어지는 것처럼, 고통을 극복하는 것 또한 고통을 피하려고만 하는 것이 아니라 그러한 아픔을 충분히 느낄 때 가능해진다.

조지 베일런트의 『행복의 조건』에는 인간을 행복하게 만드는 일곱 가지의 조건을 구체적으로 설명하고 있다. 책에서는 건강과 교육, 대인관계 등 다른 여섯 가지의 행복 조건보다 훨씬 더 중요한 것으로 꼽고 있는 것은, 바로 '고통에 어떻게 대처했는가?'이다. 조지 베일런트는 다년간의 연구를 통해 고통 그 자체의 경중보다 고통에 대한 대응이 행복과 불행을 갈라놓는 가장 중요한 요소임을 밝히고 있다.

어쩔 수 없는 고통에 효과적으로 대응하는 우리의 자세 중 하나는 '미소를 짓는 일'이다. 고난 가운데 미소를 잃지 않는 것은 미소 자체가 고난의 시기를 버티는 원동력이 되기 때문이다. 그것은 즐거워서 유머를 하는 게 아니라, 유머마저 없다면 즐거움이 없기 때문이라는 마크 트웨인의 말과도 닿아 있다.

나는 아부다비에서 가장 어려운 시기에 본의 아니게 미소를 짓고 있었다. '본의 아니게'라는 말은 내가 특별히 의도하거나 작정하지 않았다는 말이다. 그러나 그것이 본의이든 본의가 아니든, 결과적으로 그 미소가 시련과 어려움을 버티게 해준 크나큰 힘이 되었다.

아부다비 한인교회의 가장 큰 행사는 여느 곳과 마찬가지로 성탄절이다. 이슬람 국가에서 성대하고 떠들썩한 행사를 할 수는 없지만, 트리와 반짝이는 장식품들, 겹겹이 쌓아놓은 선물상자들은 크리스마스 기분을 내기에 충분하고, 그날만큼은 교회를 다니지 않는 사람들과 다양한 국적의 외국인들도 함께 어울려 기뻐하는 날이기에 더욱 의미 있는 날이다.

성탄절을 축하하기 위한 여러 프로그램이 마련되지만, 그 중의 백미는 조별 어울림 마당이다. 모든 교인이 조를 나누어 참여하는 어울림 마당은 코믹한 율동과 만담 등 숨겨왔던 재능과 끼를 마음껏 발산하는 시간으로, 각 조는 경쟁적으로 행사준비에 여념이 없었다.

하지만 내가 속한 조는 아직 아무것도 정하지 못하고 있었는데, 불쑥 어느 한 분이 색다르게 연극을 한번 해보는 것이 어떻겠느냐고 제안을 했다. 그리고 내가 연극을 했었다는 것을 이미 알고 있던 그는 나에게 연출을 부탁해왔다.

비록 정식 연극은 아니더라도 짧은 연극을 하자는 제안에 가슴이 설레고 두근거렸지만, 그 당시 나는 다른 곳에 신경을 쓸 겨를이 전혀 없었다. 내가 있던 사무실의 현지 직원이 공금과 서류를 갖고 사라져 난감한 상황에 빠져 있었기 때문이었다. 백방으로 그를 찾으려 했으나 연락조차 되지 않았고 얼마 후 그 직원은 오히려 일방적인 착취를 당하고 정당한 급여를 받지 못했다며, 반대로 나와 회사를 노동법원에 제소까지 했다. 게다가 연극 얘기가 나오기 바로 이틀 전, 나는 법원으로부터 출석통지서를 받은 상태였다. 답답하고 어처구니없는 상황을 넘어서서 분노와 좌절의 시간을 보내고 있던 상황이었다.

어쩔 수 없이 일단 연출을 맡기로 했다. 상황은 예상치 못한 길로 데려가지만, 때로는 머리가 아닌 가슴이 원하는 길로 가는 것이 필요하다는 생각이었다. 사무실에서는 혼자 틈틈이 소송준비를 위한 자료들을 수집하고 정리했다. 한국 본사와 건설현장에 수시로 상황을 보고하고, 현지 직원이 사고 친 일을 뒷수습하기 위해 이곳저곳을 다녔다. 그러나 본사와 현장은 일이 잘 진행되지 않는 것에 대한 불만이 점점 커져 나갔고, 여전히 현지 직원은 연락이 닿지 않았으며, 이해해 줄 사람은 없었다. 나는 점점 사면초가에 몰리고 있었다.

녹초가 된 채 퇴근을 하고 돌아오면 바로 연극준비를 했다. 각본을 각색하고 배역을 정하고 연기 동선을 짰다. 몸은 피곤하고 마음은 심연 아래 가라앉아 있었지만, 책상에 앉아 연극 대본을 펼치면 어디선가 힘이 솟았다. 대사를 읽으면서 상황을 떠올리면 모든 것을 잊을 수 있었고, 무대를 상상하면 무력감이 사라졌다. 신기했다. 낙심하고 침체되어 있던 당시의 나를 끌어 올린 것은 정해진 일정 안에 연극을 올려야 한다는 새로운 목표였다. 비록 대단한 과업과 목표는 아니지만, 나를 믿고 따라와 주는 교인들이 생각날 때마다 팍팍한 삶의 현실에서 벗어날 수 있었다.

그러나 무대경험이 전혀 없는 사람들을 이끌고 나간다는 것이 쉬운 일은 아니었다. 대사는 하나도 들리지 않았고, 움직임은 로봇처럼 딱딱했다. 앉아서 연습할 때는 세부적인 무대 동선과 취해야 할 모든 동작을 완벽하게 이해한 듯 보였지만, 막상 연습을 위해 무대에 오르면 그 순간 신기하게 깨끗이 잊어버렸다. 아무리 얘기해도 관객석을 등지고 뒤돌아 대사하는 건 고쳐질 기미가 보이지 않았다.

다행히 무대에 올릴 날짜가 점점 다가오면서 연극 완성도는 점점 높아져 갔고, 배우들도 자신감이 쌓여갔다. 그러나 현지 직원과 관련된 문제는 아무런 진전이 없었고, 오히려 상황은 더 좋지 않은 방향으로 흐르고 있었다. 그런 상항 속에서 내가 태연하게 연극이나 할 때인가 하는 자괴감이 들었고, 아무래도 양해를 구하고 연극준비를 그만둬야겠다는 생각이 들었다. 각본도 정해졌고, 연기지도도 끝났으니 각자가 꾸준히 연습만 한다면 될 듯싶었다.

하지만, 그러한 생각을 곧 저버렸다. 연극을 그만둘 수가 없었다. 그것은 순전히 그들의 웃음소리 때문이었다. 연습 무대에 오를 때면 냉동인간처럼 뻣뻣하고 딱딱하던 그들은, 무대에서 내려오면 너무나 환하게 웃었다. 깔깔대며 크게 웃는 모습은 교회에서는 평소 결코 볼 수 없는 모습들이었다. 그들은 저마다 열정을 다해 무언가를 함께 만들어 간다는 사실에 스스로 자부심과 만족감을 느끼고 있었다. 서로의 연기를 조언하고 격려해 주며, 난생처음 경험해보는 연극에 대한 기대와 설렘으로 가득한 그들의 모습 속에서 나는 저절로 미소가 지어졌다. 회사 사무실에서 좌절할 수밖에 없는 순간이 찾아올 때 나는 그 웃음소리를 떠올렸다. 그들의 웃음소리가 들릴 때 나도 따라 미소를 짓고 있었다. 그 미소는 나에게 커다란 힘과 위안이 되었다. 그리고 깨달았다. 만약 연극이 아니었다면 나는 그 시기를 버티지 못했을 거라는 걸, 미소 짓는 그 시간이 아니었다면 결코 이겨내지 못했을 거라는 걸.

모든 조별 행사의 시간이 마무리되었고 드디어 결과가 발표되었다. 우리 조가 맨 마지막에 호명되었다. 대상이었다. 박수를 받으며 무대에 올라간 조원들은 어린애처럼 뛰며 기뻐했다.

조개 안에 모래 알갱이 하나가 쑥 박히면 연한 조갯살에 상처가 나고 진물이 나온다. 조개는 처음에는 그 모래 알갱이를 밀어내려고 용을 쓰지만, 나중에는 포기하고 만다. 결국, 모래를 감싸고 품에 끌어안고 현실로 받아들인다. 오랜 시간이 지나 마침내 그 상처가 굳어지면 그것이 바로 진주가 된다. 진주는 상처의 아픔을 극복하고 나온 선물이다.

인생을 살다 보면 누구나 한 번쯤 사막을 경험하게 된다. 그러나 나만 사막을 걷고 있는 것은 아니다. 나만 시련과 고통을 당하고 있는 것이 아니다. 누구에게나 어려움이 있고, 시련과 고통이 있다. 조엘 살츠먼은 '선구자란 등에 꽂힌 화살의 숫자로 알아볼 수 있다'고 했다. 세상을 살다 보면 정말 여러 우여곡절을 겪게 된다. 그때 우리가 해야 하는 건 상처를 보듬고 견뎌내는 것뿐이다. 환한 미소를 짓고 내 등에 꽂힌 화살의 무게를 충분히 이겨내는 것이다. 천둥소리가 들려오고 번개가 내리칠수록 미소를 지어야만 한다. 기쁜 일이 있기에 미소를 짓는 것이 아니라, 미소를 짓기에 고난을 버틸 힘을 얻는 것이다. 아름답고 진정한 진주는 그렇게 만들어진다.

나를 둘러싼 작은 세계에서 내가 행복할 수 있다면 그건 내가 미소 짓고 있기 때문일 것이다. 한 치 앞도 모르는 세상 가운데 짓게 되는 한 줌의 미소는, 여전히 내 앞에 놓인 날들이 설레는 이유이기도 하다.

마지막으로 당신을 본 적은?

어느 한적하고 호젓한 시골에라도 가게 되면 밤하늘을 올려다보곤 한다. 혹시라도 별을 볼 수 있을까, 하는 기대감에서다. 운 좋게 별을 보게 되면 그날 하루를 다 가진 것만 같은 기분이 든다.

무엇보다 잊을 수 없는 별은 사막에서 바라본 하늘에 있었다. 도시의 불빛 하나 없는 적막한 어둠 속에서 빛나는 수백, 수천의 보석들을 바라보는 그 시간만큼은 나 혼자 존재하는 것 같았다. 마치 다른 70억 지구인들은 모르는 세계를 홀로 마주하는 착각마저 들었다. 그리고 이내 정지화면처럼 캄캄한 밤하늘에 고정되어 있던 시선이 나 자신에게로 향하게 되는 순간이 온다. 그럴 때면 전혀 예상하지 못했던 원천적인 질문 앞에 서게 된다.

'나는 어떠한 삶을 살 것인가?'

'무엇을 위해 나는 존재하는가?'

어차피 명확한 답이 없는 질문을 던진다는 것이 그리 현명한 일은 아닐지 모르지만, 적어도 밤하늘을 한 번이라도 바라본 사람은 고민하게 된다. 그리고 그 고민에 대한 출발은 하나로 귀결된다. 더 자세히 밤하늘을 보기 위해서는 전파 망원경을 통해 봐야 하는 것처럼, 어떠한 삶을 살아야 하는지, 추구하는 삶의 목적이 무엇인지를 알기 위해서는 자기 자신을 먼저 바라보아야 한다는 것이다.

만화영화 〈라이언 킹〉에서 내가 가장 좋아하는 장면은 주인공 심바가 온갖 고난을 극복하고 마침내 왕좌에 오르는 멋진 장면이 아니다. 오히려 연약하고 어린 시절의 심바가 갈팡질팡하며 방황하는 장면이다. 심바는 누명을 쓰고 죄책감과 두려움에 아무도 없는 황량한 벌판으로 도망을 친다. 왕이 되려는 꿈을 접고 모든 것을 포기한 채 황야에서 방황하던 어느 날, 아버지 무파사가 환상 중에 나타나 말한다.

"심바야, 너는 날 잊었구나."

심바가 대답한다.

"아니에요. 아빠, 아빠를 어떻게 잊을 수 있겠어요?"

그러자 아빠가 이렇게 말한다.

"넌 네가 누군지 잊어버렸구나. 그렇다면 날 잊은 거야. 네가 누군지 기억하렴. 너는 내 아들, 진정한 왕이란다."

사실 나름대로 열심히 살아온 인생인 것 같지만, 나는 인생의 목적과 의미를 알지 못하고 있었다. 내가 어떠한 존재인지를 잊고, 삶의 좌표를 몰랐기에 자신의 정체성을 잃어버렸다. 대부분 우리는 겉으로 보이는 모습이 정체성이라고 생각한다. 자신을 소개하라고 하면 우리는 대개 출신과 배경, 하는 일에 관해 이야기 한다. 특히 직장은 생계의 수단을 넘어 나 자신을 나타내는 정체성의 근본이었다. 나의 직업이 곧 나의 인생이었다. 그러나 그것은 내가 어떤 존재인지를 설명하는 전부가 될 수 없으며 단지 현재의 내게 주어진 역할에 불과한 것이다. 나아가 사회가 부여한 역할과 지위가 자신의 존재라고 착각할 때 공허가 싹트며, 이 공허감은 더 많은 외부의 것들로 채워져야 한다. 그래서 권력이나 지위를 이용해서 자신을 치장하려 하는 것인지도 모른다.

나는 사람들이 몰려다니는 커다란 대열에 합류하는 것이야말로 최선이라고 생각해 왔다. 크고 넓은 길에서 예측이 가능한 삶을 살아가는 것이 가장 중요한 가치였기에, 공기업이라는 안정적인 직장에 들어간 것에 큰 안도감을 가졌던 것도 사실이었다.

그러나 시간이 흐르면서 그 뜨거운 욕망과 기대가 조금씩 사라졌다. 모든 것을 태울 것만 같았던 불빛은 점점 어두워져만 갔다. 직장생활 20년이 넘는 시간 동안 가슴 뛰는 일을 한 적이 과연 몇 번이었던가? 라는 질문에 오래 머무르게 되는 까닭은 그저 수동적으로 의무감에서 일을 해왔기 때문이다. 하루하루 바쁘게는 살았지만, 시간이 흐른 후 되돌아보면 별로 손에 잡히는 게 없다는 건 간과할 수 없는 문제다.

더 큰 문제는 바쁘긴 했는데 왜 그렇게 바빴는지 기억조차 나지 않는다는 것이다. 게다가 정작 중요한 일은 급하지 않다는 이유로 항상 뒷전에 밀려 있었다. 그러한 시간 속에서 난 체중도 늘었고 보이지 않던 새치도 생겼다. 앞으로도 이래저래 늙어갈 것이다.

최근 입사한 직원들을 보면 하나같이 너무나 뛰어난 자질과 스펙을 갖추고 있다. 외국어와 컴퓨터 활용은 기본이고, 자격증도 저마다 하나쯤 갖고 있다. 수십 대, 수백 대 일의 경쟁을 뚫고 들어와야만 하는 상황에서 그러한 자질과 능력을 갖추는 건 당연한 일이 되어 버렸다.

그러나 정말 신기한 것은 입사한 이후에는 그 뛰어난 자질과 능력을 발견하기가 쉽지 않다는 것이다. 어느 정도의 시간이 지나고 나면, 그들은 그저 평범한 조직 구성원의 역할에 머물고 만다. 초롱초롱한 눈빛과 패기 넘치던 몸짓이 사라지기까지는 그리 긴 시간이 걸리지 않는다.

사실 뛰어난 능력을 갖추고자 최선을 다해 노력한 그들이 잘못한 거라곤 전혀 없다. 안정적인 조직을 선호하는 것이 문제는 아닐 것이다. 그래서 공기업에 들어온 것이 더더욱 문제가 될 리는 없다. 그러나 그들의 뛰어난 능력과 자질이 안개처럼 사라지는 것이 바람직하지 않다는 건 분명하다.

그것은 내가 그러했듯 생활이 안정되었기 때문이다. 생활의 안정은 변화를 필요로 하지 않는다. 가랑비에 옷 젖듯 안정감이 서서히 삶을 적실 때, 비범함은 평범함으로 바뀌고 안정감은 현실 안주로 변한다. 많은 사람의 인생 목표가 안정감이지만, 아이러니하게도 그 안정감이 확보될 때 불꽃은 사그라지고 만다. 수많은 경쟁자를 제치고 안정적인 기업에 들어가는 것이 지상과제인 인생은, 그것이 확보되는 순간 더 이상 다른 목표가 존재하지 않으며 가슴이 뛸 만한 다른 일이 생겨나지 않는다. 그러한 삶은 열망과 희망이 없다. 자기 자신을 잃어버리고 타인에 의해 끌려가는 시간 속에 살아갈 수밖에 없기 때문이다.

최근에 다시 리메이크 된 영화 〈빠삐용〉을 보았다. 영화를 보고 나서 한동안 어느 한 장면이 잊히질 않았다. 수용소에 갇히게 된 주인공은 남에게 한 번도 해를 입힌 적도 없는 자신이 도대체 무슨 죄를 지었냐고 강하게 항변한다. 그때 심판관은 '삶을 낭비한 죄'라고 대답한다. 그것은 바로 나에게 해당하는 말이었다. 자신을 진심으로 사랑하지도 않았고, 삶을 아까워하지도 않은 나를 두고 하는 얘기처럼 들렸다.

죽음을 무릅쓰고 탈출을 감행한 빠삐용과 수용소에 남아 현실적인 안정감을 선택한 드가의 삶 중 어떠한 삶이 궁극적인 성공에 가까운 것인지 단정지을 수는 없다. 그러나 분명한 사실은 꿈이 없는 현실은 껍데기에 불과하다는 것이다. 꿈이 없어지고 비전이 사라지는 순간 미래는 암울해질 수밖에 없다. 그래서 빠삐용의 탈출에 대한 도전은 성공 여부를 떠나 그 자체로 의미를 갖기에 충분한 것이다. 마침내 탈출에 성공해 뗏목에 누워 바다 위를 저어가는 마지막 장면에서, 그는 더 이상 자신의 삶을 낭비하지 않겠다는 각오와 새로운 삶에 대한 열망으로 가득했을 것이다.

꿈과 비전은 자신을 바라보는 것에서 출발한다. 자신을 마주해야만 마음속 깊은 곳에 있는 열망을 더 이상 외면하지 않을 수 있게 된다. 단지 오늘을 살아내는 것이 목적이 아닌 삶을 위해서는 내면의 소리를 들어야 한다. 다른 누군가의 인생을 사느라 시간을 낭비하지 말라는 스티브 잡스의 연설도 그러한 맥락이다.

그러나 정작 돌이켜 보면 나 자신을 바라본 시간은 얼마 되지 않는다. 어렸을 때는 학교 다니느라 그러했고, 어른이 되어서는 직장에 묶여 있고, 집에서는 가족들과 나누어야 하는 시간에 매여 있다. 해야 할 일들에 시간을 쪼개 쓰다 보면 정작 자신을 위해 쓴 시간은 너무나도 적었음을 깨닫게 된다.

시인 릴케는 "당신에게 필요한 오직 한 가지는 고독이다. 위대한 내면의 고독 말이다. 얼마의 시간만큼은 아무도 만나지 않고 자신 속에 머물러야만 한다."라고 했다. 자신이 누구인지 정체성을 찾고 내면의 자유를 구축하는 데는 그 누구의 도움도 필요치 않다. 혼자 있는 것만으로 충분한 일이다.

그래서 나는 일부러 자신을 바라보기 위한 시간을 갖는다. 일주일에 적어도 서너 시간 가량은 아무런 방해도 받지 않고 혼자 지낸다. 그때는 가족들에게 양해를 구하고 집을 나선다. 전화도 받지 않고 인터넷에도 접속하지 않는다. 얼마 떨어져 있지 않은, 발길이 뜸한 나지막한 숲으로 가서 일정 시간 지내다 내려온다. 걷고 싶으면 걷고, 쉬고 싶으면 아무 벤치에서나 앉아 쉰다. 그저 그렇게 가만히 앉아 있다가 내려온다. 정상을 향해 걸어가지도 않고, 운동을 위해 일부러 계단 길을 올라가지도 않는다.

가끔은 집에서 멀지 않은 카페에 간다. 하늘이 보이는 창가 쪽에 자리를 잡고는 아무것도 하지 않고 멍하니 창밖을 바라본다. 그 흔한 책 한 권 들고 가지 않는다. 창문에 비치는 세상과 커피한 잔, 그리고 메모지 한 장과 펜 한 자루가 전부다. 어제 회사에서 있었던 일이 생각나기도 하고, 오늘 아침 부재중 전화가 궁금하기도 하지만 그냥 내버려 둔다. 일부러 잡념들을 내쫓으려 하지도 않고, 어떠한 계획과 생각을 정리하려 하지도 않는다. 그저나 자신의 얘기에 귀 기울인다. 나 자신이 하고자 하는 말을 들으려 한다. 그렇게 시간을 보내다 노을이 앉기 시작하면 부풀어 오른 삶의 의지를 가득 안고 집에 들어온다. 나 자신을 오롯이 마주한 후에 가족들을 만나는 그때가 가장 행복한 순간이다.

내 삶은 나의 것이다. 내 인생은 내가 결정하는 것이다. 다른 사람이 아닌 내 삶을 살기 원한다면 자신을 먼저 바라보아야 한다. 인생이란 내가 하고 싶은 일을 위해 주어지는 것이라는 진리를 잊지 않기 위해서는, 인생이 자신에게 말하고자 하는 것에 귀 기울여야 한다. 가슴이 원하는 삶을 살기 위해 자신의 존재를 마주해야 한다. 이 지상에서의 여행은 지속적인 자기 확인의 여정이기 때문이다.

오늘 밤 북두칠성 부근에 있던 아틀라스 혜성(C/2019Y4)이 태양에 가장 가까이 근접한다는 뉴스가 있었다. 혜성 꼬리와 유성우를 육안으로 볼 수도 있다고 한다. 밤을 기다릴 것이다. 책상 서랍 속에서 먼지가 자욱한 오래된 망원경 하나를 들고 집 앞을 나설 것이다.

운이 좋으면 내 마음 깊은 곳 어딘가에서 반짝이는 설렘과 기대들을 마주할 수 있을 것이고, 더 운이 좋다면 현실에서 유예하고 이루지 못했던 꿈과 행복을 만날 수도 있을 것이다.

누군가에게 그늘이 되기를

"넌 아직은 나에겐 수많은 다른 소년들과 다를 바 없는 한 소년에 지나지 않아. 그래서 난 너를 필요로 하지 않고, 너 역시 마찬가지일 거야. 하지만 네가 나를 길들인다면 나는 너에겐 이 세상에서 오직 하나밖에 없는 존재가 될 거야."

생텍쥐페리 『어린 왕자』에서 여우가 어린 왕자를 처음 만났을 때 건넨 말이다.

길들인다는 건, 본래 서로가 서로를 필요로 하며 익숙해지는 것을 말한다. 그러나 우리가 살아가는 현실 속에서는 서로에 대한 존중과 배려가 사라진 채 일방적인 강요만 남은 의미로 변질되고 만다. 그러한 의미에서 나 또한 다른 이들을 길들이길 원했다. 그것이 행복인 줄 알았다. 내 생각과 주장을 주입해 내가 원하는 대로 행동하게 하고, 다른 사람을 조정하고 움직이면 행복에 가까워질 거라 생각했다. 그러나 그럴수록 반대로 내 영혼은 점차 숨이 막혀왔다.

사람들이 행복하지 못한 이유 중 하나는 이상과 현실의 괴리감 때문이다. 하고 싶은 일이 있지만 마음대로 하지 못하며, 상황을 통제하고 싶지만 그렇지 못할 때 행복은 멀게만 느껴진다. 다른 사람을 마음대로 조정하고 싶은 욕구가 좌절되고, 오늘을 살고 있는 현실과 자신이 바라는 기대의 차이가 클수록 행복감은 낮아질 수밖에 없다. 그렇기에 일방적인 통제가 아닌 서로의 이해가 바탕이 되어야만 진정한 행복이 될 수 있다. 서로를 필요로 하고 서로에게 익숙해지는 관계에서 행복은 비롯된다.

그러나 그러한 이상적인 행복조차 가만히 들여다보면 그 안에 감춰져 있는 전제조건이 있음을 알 때가 있다. 바로 '나 먼저'라는 생각이다. 당신이 먼저 나에게 다가와야 하고, 우선 나부터 바라봐 주어야만 하며, 내가 먼저 행복해야 다른 사람의 행복을 고려해 볼 수 있다는 암묵적인 생각이 깔려 있다.

내가 딱 그러했다. 모든 일에 있어서 내가 먼저 존중받아야만 했고 나의 필요부터 먼저 채워져야 했다. 적어도 그들을 만나 나의 가치가 전도되는 경험을 하게 되기 전까지는.

그들을 처음 만났을 때, 그들의 표정과 눈동자를 마주하고는 시선을 어디에 두어야 할지 난감했다. 무슨 말을 건네야 할지도 모르겠고, 잘 알아들을 수는 없지만 나를 환영하고 있는 건 분명해 보였다. 그렇게 '아름 예배'에 첫발을 내디뎠다.

아름 예배는 지적 장애인들을 위한 교회의 예배공간이다. 마음대로 움직일 수 없는 몸과 일반인들에 미치지 못하는 지능을 갖고 있는 그들이 함께 모여 '아름다운' 예배를 드린다. 읽고 쓰기는커녕 간단한 의사 표현조차 어려워하는 사람도 있고, 누군가의 부축이 없으면 화장실도 가지 못하고, 한번 쓰러지면 한동안 일어나지 못하기도 한다. 발작이 일어나면 이유 없이 주변에 있는 사람을 발로 차기도 한다.

온 가족을 데리고 처음 아름 예배를 찾았을 때 나는 전쟁터에 나가는 사람처럼 굳은 의지를 다졌었다. 두려움이 크기도 했지만, 그들에게 다가서는 것이 쉽지 않았기 때문이었다. 그들은 아무에게나 마음을 쉽게 열지 않는다. 아마도 이래저래 받은 상처들이 크기 때문일 것이다. 그랬던 그들이 나에게 점점 마음을 열고, 나를 의지하기 시작했다. 이제는 나에게 먼저 아는 척을 하고, 환한 웃음으로 반기며 먼저 다가온다. 몸과 마음이 불편한 그들을 문득 인식하게 될 때면 안타깝고 마음이 무너지기도 하지만, 그들이 팔을 뻗어서 닿을만한 곳에 내가 있다는 사실은 세상이 가져다주지 못하는 기쁨으로 가득해진다.

다운증후군을 앓고 있는 그분은 올해 환갑이다. 그분은 시도 때도 없이 운다. 찬양할 때도 기도할 때도 심지어 대화중에도 운다. 의사소통이 자유롭지 않다는 것을 알면서도, 어느 날엔가 그분이 또 울 때 무엇이 그리 슬픈지를 넌지시 물어보았다. 그러자 그분은 울다가 나를 쳐다보고는 더듬거리며 말했다. "원래 슬프다."

별다른 의미가 없는 얘기일 수 있지만, 잠시 생각해보니 한편으론 맞는 말이었다. 어쩌면 애당초 모든 사람의 인생은 슬픈 것인지도 모른다. 적어도 그분은 자유로운 영혼을 지닌 분이다. 슬픈 것을 슬프다고 느끼는 것, 그것은 지극히 당연한 것이다. 그런데도 우리는 슬픈 것조차 슬프다고 표현 못하고 살지 않는가. 그것을 감추기에 급급하지 않던가.

올해 27살인 다른 친구는 예배를 오기 전에 반드시 의식처럼 치르는 것이 있다. 마트에 들렀다 오는 것이다. 물건이 필요해서가 아니라 모든 시식 코너의 음식을 하나도 빠지지 않고 먹고 온다. 시식대 바로 앞에서 이쑤시개를 들고 기다리는 그의 모습은 더 이상 낯선 장면이 아니다. 얼핏 겉으로 보기엔 멀쩡해 보이지만 그는 지적 장애를 갖고 있다. 지능이 초등학생 수준에도 미치지 못한다. 그러니 음식 앞에서 자제하는 것이 그 친구에게는 너무나 힘든 일이다. 그 친구로서는 먹을 걸 앞에 두고 먹는 일이 전혀 이상한 일이 아니지만, 사람들은 그것을 이상하게 쳐다본다. 겉으로 보이는 모습만으로 평가받는 세상에서 그가 설 자리는 점점 좁아진다.

나와 일대일로 매칭이 된 친구 역시 27살의 청년이다. 항상 웃음을 잃지 않는 그 친구는 가장 먼저 예배시간에 와서 전기 주전자에 물을 가득 받아온다. 언제부터 그랬는지는 모르겠다. 그저 그것이 자기의 일이라 생각한다. 그리고는 내 옆에서 예배시간 내내 쉬지 않고 나에게 재잘댄다. 솔직히 잘 알아듣지 못할 때도 많지만 난 연신 고개를 끄덕여준다. 그러면 그 친구는 신나서 더 큰 목소리로 나에게 얘기를 하고, 때로는 다른 사람들로부터 눈총을 받기도 한다. 예배시간에 큰 목소리로 떠들면 당연히 안 되는 일이지만, 난 일부러 모른 척 내버려 둔다. 말할 사람이 변변히 없는 그가 말하는 것을 꺾고 싶지 않아서이다.

또 다른 다운증후군을 앓는 한 친구는 20살이지만 아직 영락없는 소녀다. 그림 그리는 것을 좋아하는 그 친구는 예쁜 물건을 보면 늘 눈이 휘둥그레진다. 찬양시간이 되면 무대 위로 올라가 보물 1호인 노래방 마이크를 들고 율동을 하는데, 그 친구가 나가면 다른 친구들도 앞을 다투어 무대로 뛰어 올라간다. 무대 위에서 개구리처럼 폴짝폴짝 힘껏 뛰어오르는 친구도 있고, 무대를 마구 휘저으며 다니는 다른 친구도 있다. 그들 사이에서 조용히 있다가 갑자기 마구 소리를 질러대는 친구도 있다.

그들은 마음껏 자신의 감정을 표현한다. 다른 사람의 시선을 의식하느라 그럴듯하게 꾸미지도 않고 숨기지도 않는다. 거창한 말도 필요 없고 빼곡한 논리도 부질없는 그곳은 그 어떤 공간보다 솔직하고 아름다운 언어로 채워진다.

　전문가들은 우리가 하는 의사소통의 80%가 표정, 손짓, 몸짓 등 비언어적인 것이라고 말한다. 그러고보면 누군가와 전화로 말할 때, 전하려는 내용의 약 20% 정도만 표현되는 셈이다. 그래서 애당초 말보다는 맥락을 이해하는 일이 더 중요하다.

　지난여름 교회에서 그들과 함께 1박 2일 수련회를 다녀왔다. 가평의 맑고 깨끗한 물이 흐르는 곳에서 물놀이도 하며 게임도 하며 즐거운 시간을 보냈다. 몸은 어른이 되었지만, 마음은 아직 어린아이에 머물고 있는 그들은 너무나 즐거워했다. 밤이 되어 세족식을 하는 시간에 매칭 관계에 있는 친구의 발을 닦아 주었다. 27살의 청년의 발이라고 하기엔 너무나 하얗고 아기 같은 발이었다. 아직 남아 있는 물기를 수건으로 닦고 나서 그를 힘껏 안았다. 그 친구의 심장 소리가 전해졌고 호흡이 느껴졌다. 나보다 덩치가 훨씬 큰 그 친구의 눈에 눈물이 잠시 고였다. 나에게도 말할 수 없는 평화와 행복감이 밀려왔다.

　자신의 몸 하나 제대로 가눌 수 없는 가장 힘없고 여린 그들을 통해 난 내 자신이 얼마나 감사한 존재인지를 새삼 알게 되었다. 더구나 채워지지 않던 허무함과 고갈되어가던 에너지가 그들로부터 충전되는 경험을 하게 되었다. 그것은 내가 어떤 특별한 도움이 되어서가 아니라, 단지 그들 옆자리에 서 있기만 하면 되는 것에서 비롯된 것이다. 그들을 섬기고 봉사하겠다는 생각이 얼마나 어리석은 것인지를 깨닫게 되는 순간, 오히려 그들로부터 섬김과 위로를 받고 있는 나 자신을 발견하게 되었다.

무엇보다 아름 예배를 통해 내 마음이 풍요로워진 것은 내가 그들을, 그들이 나를 길들일 필요가 없기 때문이었다. 그들은 나에게 돌려줄 것이 없다. 그러기에 나는 그들에게 그 무언가를 바라지 않는다. 내가 이만큼 했으니 저만큼을 받을 것이라 기대하지 않는다. 그들의 옆에만 그저 있어 주면 되는 일이다. 그것이 전부다. 그렇다면 다른 사람을 길들인다는 것은 얼마나 덧없는 것인가, 누군가를 통제하려 하는 것은 얼마나 숨 막히는 일인가.

나무는 자신을 위해 그늘을 만들지 않는다. 남을 위해서 그늘을 만든다. 그 그늘을 만들기 위해 나무는 무더위를 참고 견딘다. 마치 어린 왕자가 여우에게 그랬던 것처럼 상대방이 먼저 다가오기만을 바랐던 나는, 이제 누군가의 옆에 서 있는 나무가 되기를 원한다. 그래서 그 누군가가 쉴 수 있는 그늘을 만들 수 있게 되길 바란다. 그것으로 충분하다. 그것이야말로 진정 길들여지는 것임을 알았기에.

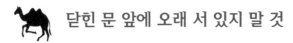 # 닫힌 문 앞에 오래 서 있지 말 것

아부다비에서 알게 된 낙타의 습성 중 하나는, 작은 그늘조차 없는 사막에서 잠시 쉬게 될 때면 오히려 얼굴을 해가 비치는 쪽으로 향한다는 것이다. 뜨거운 해를 피하려고 등을 돌리면 몸 전체가 뜨거워지지만, 해를 마주 대하면 얼굴은 화끈거리더라도 전체 몸에는 그늘이 만들어진다는 것을 알기 때문이다.

한낮의 사막에도 쉬지 않고 걷는 낙타가 더 이상 길을 가지 않을 때가 있다면, 그건 바로 모래 폭풍이 몰려오는 순간이다. 낙타는 그때 조용히 무릎을 꿇는다. 그리고는 모래 폭풍이 지나가기를 하염없이 기다린다.

인생이라는 사막을 건널 때도 마찬가지이다. 걷잡을 수 없는 모래 폭풍이 다가올 땐 얼굴을 묻고 잠잠히 기다려야 한다. 그때 잊지 말아야 할 것은 언젠가는 반드시 모래 폭풍이 지나간다는 사실이다.

어느 날, 나는 굳게 닫혀버린 문 앞에 서게 되었다. 세상적인 욕망에 사로잡혀 성공이 승리의 삶이라 여기며 살아왔던 내게 그 것은 어쩌면 필연이었다. 크고 육중한 문이 닫히는 순간 내 인생은 할 말을 잃었다. 나의 실수와 과오로 인해 닫힌 문 앞에서 후회하기도 하였고, 자신을 원망하기도 하였지만 도통 그 문은 다시 열리지 않았고 곁을 주지 않았다. 상심으로 가득하고 좌절할 수밖에 없었다. 더 이상 일어설 수 없을 것만 같았고, 모든 길이 막힌 것만 같았다. 적어도 그때는.

그러나 이미 닫혀버린 문 앞에 오래 서 있는 것은 현명한 방법이 아니다. 문이 닫힐 때면 한계를 인정하고 그 경험이 주는 가르침을 발견하는 것으로 족하다. 닫힌 문 앞을 서성거리거나 미련을 가져서는 안 된다. 굳게 닫힌 문을 앞에 두고 좌절하는 대신, 걸어보고 싶었으나 아직 걸어보지 않은 길을 바라보아야 한다. 문이 닫힌다는 것은 다른 새로운 가능성이 영혼 앞에 열린다는 의미이다. 그때 우리가 해야 할 일은, 이미 새로운 길 위에 서 있음을 깨닫고 그저 몸을 돌려 다른 문을 열고 들어가기만 하면 되는 것이다.

아부다비에서 첫 휴가를 얻고 한국으로 들어오기 전에 가족들을 초청했었다. 3박4일간의 일정을 마치고 함께 한국으로 떠나는 날 모래 폭풍이 밀려왔다. 아니나 다를까 우리가 타야 할 비행기가 지연되었다. 공항에서 수속을 밟으며 카운터에 문의를 했지만, 모래 폭풍이 잠잠해질 때까지 기다릴 수밖에 없다는 답변만 돌아왔다.

모든 문제는 방심한 틈을 타서 찾아온다. 너무 많은 연착 방송에 무덤덤해져 갈 때쯤 잠깐 잠이 들었다. 그런데 눈을 뜨고 다시 모니터를 바라보았을 때 표시되어 있어야 할 우리 비행기가 사라지고 없었다. 정신이 번쩍 들었다. 무언가 잘못된 것이 분명했다. 일행 모두 캐리어를 끌고 게이트로 뛰기 시작했다. 숨을 헐떡이며 게이트로 들어서자마자 입구에 서 있던 공항직원에게 티켓을 보여주었더니, 방금 전에 출발했단다. 순간 망치로 머리를 맞은 것 같은 기분이었다.

그는 어디론가 전화를 걸더니 사무실로 우리를 안내했다. 잠시 후 사무실 앞에 앉아 있던 직원은 전적으로 우리 잘못이기에 항공료 전액을 지불해야만 다음 비행기를 탈 수 있다는 말을 했다. 항공편 시간이 변경된 것에 대해 아무런 공지를 받지 못했다는 내 주장에 그 직원은 "그러면, 왜 당신 일행만 못 탔는가?"라고 되물었다.

말문이 막혔다. "수속을 밟은 시간을 확인해 보면 알지 않느냐? 우리는 분명히 일찍 공항에 도착했다. 만약 공지를 제대로 받았다면 비행기를 놓칠 이유가 전혀 없다."라는 내 항의에, 그는 우리 일행만 타지 못한 납득할만한 이유를 대라는 원론적인 말만 되풀이했다. 침이 마르고 머리가 아파왔다.

무척이나 심각했던 그 순간은 언젠가 TV 코미디 프로그램에서 보았던 한 장면을 닮아 있었다. 중년의 아버지와 사춘기 아들이 저마다의 말을 하지만 소통이 전혀 이뤄지지 않아 우스꽝스러웠던 그 장면처럼 나와 그 직원은 각자 똑같은 이야기만 반복할 뿐이었다.

그렇게 30분 가량 똑같은 얘기를 반복했다. 끝이 나지 않는 공방에 서로가 지쳐갈 무렵, 무슨 일인지 갑자기 분위기가 확 바뀌었다. 모자를 쓴 책임자가 내게 다가오더니 정중하게 사과를 했다. 자신들이 공지를 충분히 하지 못했다며 내일 비행기를 탈 수 있도록 모든 조치를 하겠다고 한다.

그들의 태도가 갑자기 바뀐 것에 놀랐고, 그들이 제공한 호텔이 너무나도 좋은 호텔이라 다시 놀랐다. 무슨 일이 일어난 건지 나는 지금도 알지 못한다. 그저 그렇게 하루를 더 머물게 되었다. 빽빽한 여행일정으로 많이 지쳐 있던 우리는 그곳에서 충분한 휴식을 취할 수 있었고 일정상 방문하지 못했던 곳도 다녀올 수 있었다. 물론 아침 식사도 훌륭했다. 돌아오는 비행기 안에서 그 일은 우리에게 잊을 수 없는 추억으로 남게 되었다.

인생의 어느 지점에 서 있든, 그곳은 마땅히 있어야 할 곳이지만 동시에 잠시 지나가는 곳이기도 하다. 닫힌 문 앞에 있는 것도 그 역시 잠시 지나가는 곳일 뿐이다. 그곳에서 우리가 해야 할 일은 아직 걸어보지 않은 길을 바라보고 새로운 곳을 바라보는 것이다. '참된 여행은 새로운 풍경을 찾는 게 아니라 새로운 눈을 갖는 것'이라는 마르셀 프루스트의 말은 그래서 더욱 의미가 있다.

문이 닫힌 곳은 상처에 좌절하고 외로울 수밖에 없는 곳이지만, 한편으론 외로움 가운데 나 자신을 더 집중해서 바라볼 수 있는 곳이기도 하다. 나는 그곳에서 나 자신이 열망을 애써 외면해 왔으며, 다른 사람의 욕망과 목표를 나의 것으로 착각하고 살아왔음을 알게 되었다. 그리고 헛된 것이 아닌 영원한 것에 대한 소망을 품게 되었다.

그때쯤이었다. 오래전부터 마음 깊은 곳에 두고 있던, 책을 읽고 글을 쓰는 열망을 다시 바라보게 된 것은. 그것들은 손을 펼치면 닿을만한 거리에 늘 있었지만, 고루한 현실 가운데 망각되고 유예되어 왔었다. 난 책을 읽으면서 위안을 받았고, 글을 쓰면서 나 자신을 발견했다. 잊고 있던 나의 열망에 새롭게 눈을 뜨게 되었고, 그것이 가져다주는 기쁨에 행복해 했다.

창문 사이로 비치는 햇살 아래, 책과 나 사이의 두 뼘 정도의 그 거리는 누구도 침범할 수 없는 공간이 된다. 그 공간에서 가슴이 벅차기도 하고, 때론 숨이 가빠지기도 한다. 기껏해야 손바닥보다 조금 큰 책 한 권이 그토록 즐거움을 줄 것이라 알지 못한 까닭은, 그동안 내가 읽고 싶은 책이 아니라 읽어야만 하는 책들을 마주해서이다. 가슴이 아니라 머리로 접해야 하는 책들이 우선되어 왔기 때문이다.

"책 속에서 우연히 발견한 의미 있는 한 구절은 곧 나의 분신이 된다."라는 서머셋 모옴의 말처럼, 힘들고 어려울 때 상황과 맞아 떨어지는 한 문장을 만나는 것만으로 크나큰 위로와 가슴의 울림을 얻게 된다. 한 발짝 더 나아가 헤르만 헤세는 "인간이 영혼을 바쳐서 창조한 여러 세계 가운데 가장 위대한 것은 책의 세계이다."라고 단정짓는다. 그렇듯 책이 주는 감동과 위안은 상처를 치유하고 정화시키며 살아있음을 느끼게 한다. 책 속에 담긴 넓은 세상과 가슴 벅찬 인생은 새로운 문을 주목하게 만든다.

닫힌 문을 마주하고서야, 나는 내 안에 잊고 있던 '글을 쓰는 존재'를 마주할 수 있게 되었다. 글을 쓰는 열망이 현실적인 선택에서 밀려날 수밖에 없었던 이유는 명백하고 단순했다. 생존 문제들을 해결하는 측면에서 쓸모가 없고 비효율적이기 때문이다. 그러나 글을 쓰는 순간만큼은 철저하게 나 자신을 만나게 된다. 비록 글을 쓴다는 것이 어쩔 수 없는 고통을 수반하긴 하지만, 무엇을 좋아하고 어떠한 것에 가슴이 뛰는지 자신을 알아가고 발견하게 된다. 그래서 글을 쓰는 건 설레고 행복한 순간이다.

때때로 해결할 수 없는 문제들이 찾아올 때, 그것에 따른 분노와 슬픔 등의 감정들도 함께 따라오게 된다. 그럴 때 가장 좋은 대처 방법은 글을 쓰는 것이다. 그것에 대한 느낌과 그 감정이 주는 영향이 무엇인지 글로 적어가다 보면 어느새 생각이 정리되고 안정감이 찾아오게 된다.

더구나 내가 발견한 의미와 가치가 글을 통해 누군가에게 위로가 되고 공감이 된다면 말할 나위 없이 기쁜 일이다. 같은 방향을 보고 같은 꿈을 꾸며 같은 생각을 하게 된다는 건, 영혼과 마음을 나누는 사람을 가까이 두게 된다는 것이다. 『연금술사』의 작가 파울로 코엘류는 글을 쓴다는 건 내 가슴과 영혼을 보여주면서 독자들에게 이렇게 말하는 것이라고 했다.

"당신은 혼자가 아니에요."

독서를 하고 글을 쓰게 되면서 시간 확보를 위해 자연스레 새벽에 일어나게 되었다. 매일 4시 40분에 일어나면 제일 먼저 거실 커튼을 열고 창밖을 둘러보고 라디오의 볼륨을 작게 켠다. 그 시간의 세상은 전혀 다른 얼굴을 하고 있다. 동트기 전의 고요한 시간, 라디오에서 흘러나오는 음악을 배경으로 책을 읽고 글을 쓰는 그 순간에는 다른 것이 개입할 소지가 전혀 없다. 새로운 희망으로 충만해진다.

강원도 고성에서 잠깐 근무할 때였다. 통일전망대 안쪽으로는 일반인들에게 공개되지 않는 별도의 전망대가 있다. 우연히 방문할 기회가 있었는데 철저한 보안검사를 한 후에야 들어갈 수 있었다. 출입문을 지나니 또 다른 문이 있었다. 5미터쯤 되는 거리를 두고 두 문이 마주하고 있었다. 자동문이었던 두 번째 문은 첫 번째 출입문이 완전히 닫힌 후에야 열렸다. 첫 번째 문이 열려 있는 한, 두 번째 문은 절대 열리지 않았다. 그렇다. 우리의 길을 가로막는 것은 앞에 있는 장애물이 아니라 이미 지나간 과거의 문일지 모른다. 이미 끝나버린 절망과 상처로 인해 머뭇거린다면 앞으로의 문은 절대로 열리지 않을 것이다. 지나간 것들은 지나간 시간의 강물에 흘려보내야 새로운 문이 다시 열리는 법이다. 마치 우리 가족이 비행기를 놓쳤지만, 다음 날 새로운 비행기에 몸을 실었던 것처럼.

지금 나는 집 근처 카페에 앉아 글을 쓰고 있다. 블라인드 사이로 들어오는 한 줌의 햇살이 노트북을 훑고 지나간다. 모니터에 한 글자 한 글자 채워질 때마다 여백의 공간 언저리에는 미처 다하지 못한 이야기가 수줍게 서 있다. 아직 못다 한 이야기가 있다는 건, 이루지 못한 것이 남아 있다는 것이고 아직 삶에 채워 넣어야 할 것이 여전히 존재한다는 것이다.

앞으로 가게 될 곳은 지금 어떠한 문을 바라보느냐에 따라 달라진다. 문이 닫히더라도 그 앞에서 춤을 추는 인생의 넉넉함을 가져야 한다. 문이 닫힐 때 새로운 문이 열리는 것을 알고 미리 축하해야 하기 때문이다. 그 문을 열고 인생 본연의 아름다움과 경이로움을 잊지 않는 길을 향해 새로운 여행을 시작하는 것, 그래서 아직 못다 한 이야기를 채워 넣는 것, 그것이 삶이 내게 말하려 하는 것이다.

카페 밖의 서 있는 작은 은행나무 이파리를 가볍게 흔들던 바람이, 어느덧 반쯤 열린 창문을 타고 들어와 나를 감싼다. 나도 모르게 폴 발레리의 『해변의 묘지』 마지막 시구가 흘러나왔다. "바람이 분다…. 살아야겠다!"

기다려야 한다는 건 아름다운 선물이다

'희귀 금속의 일종이며 무겁고 흰 색깔을 띔. 색소로 사용될 때도 있고 유리와 자기를 만드는 데도 종종 사용되긴 하나 별로 중요하게 사용되지 않는 금속임.'

1940년 판 대백과 사전에 나오는 어느 금속에 대한 설명이다. 바로 '우라늄'이다. 원자탄이 무엇인지, 얼마나 위력이 있는지 잘 모를 때의 이야기이다. 우라늄이 지금과 같은 가치를 받기까지는 많은 시간이 걸려야만 했다. 상자에 가지런히 누워 있는 초는 아직 완전한 초가 아니다. 심지에 불꽃이 타올라야 온전한 촛불이 된다.

이 땅에 살아가는 이유를 발견하고 비전을 갖고 살 때 인생은 의미 있어진다. 그러나 그러한 꿈과 비전이 이루어지기 전에는 반드시 기다려야만 하는 시간이 있다. 그것은 내 안의 깊은 곳 어딘가에서 반짝이는 꿈들이 만드는 설렘과 기대들로 그 시간을 꾹 꾹 채워 놓아야만, 그 꿈이 얼마나 진정하고 소중한 것인지를 알 수 있기 때문이다.

인생의 어느 시점에서 빙 돌아서 가야만 하는 때가 있다면, 그 때 조급해하지 말아야 한다. 기다려야만 하는 시간에는 의미가 있기 때문이다. 인생의 목적이 많은 것을 성취하는 데 있다고 생각했던 나 같은 사람에게는 그 시간이 견디기 어려운 일이지만, 결국 그 시간을 통해 성장해 가는 것이다. 천 년을 견딘 나무는 천 년 이상을 쓰임 받고, 뜨거운 용광로를 견뎌 낸 그릇이 오랫동안 견고한 법이다.

터키의 시인 나짐 히크메트는 『신과의 인터뷰』에서 신이 인간에 대해 놀라워하는 점에 대해 다음과 같이 얘기한다.

> 시절이 지루하다고 빨리 어른이 되는 것,
> 그리고는 다시 어린 시절로 돌아가기를 갈망하는 것.
> 돈을 벌기 위해 건강을 잃어버리는 것,
> 그리고는 건강을 되찾기 위해 돈을 다 잃는 것.
> 미래를 염려하느라 현재를 놓쳐 버리는 것,
> 그리하여 결국 현재에도 미래에도 살지 못하는 것.
> 절대로 죽지 않을 것처럼 사는 것,
> 그리고는 결코 살아 본 적이 없는 듯 무의미하게 죽는 것이다."

인간의 근원적인 문제 중 하나가 바로 성급함이라는 말이다. 어리석게도 그 조급함으로 인해 본질적인 진리와 문제해결에 다가서지 못하는 것이 바로 인간이라는 것이다. 조급하게 눈앞에 보이는 유익만 추구하는 삶은 언젠가는 반드시 고난을 만나게 된다. 그리고 고난을 만나 기다릴 수밖에 없는 상황이 되어야 진정한 꿈과 소망을 품게 된다.

역사적인 인물들도 큰 난관을 만나 시련을 겪고, 오랜 시간을 기다린 후에야 비로소 문제가 해결되는 경우들이 적지 않았음을 우리는 안다. 그렇지만 무엇보다 그러한 사례를 가장 많이 발견할 수 있는 곳은 성경이다. 성경 속의 숱한 인물들은 뜻대로 되는 것 하나 없이, 좌절과 낙심에 빠져 자신의 의지와 관계없이 기다리는 시간을 겪어야만 했다. 그것은 기다리는 시간을 통해서 낮아지게 하고, 다시 회복시키려는 하나님의 철저한 계획이었음을 나중에 가서야 그들은 깨닫게 된다.

그런 성경 속 인물 중에 '야곱'을 빼놓을 수 없다. 나중에 이스라엘이라 불리게 되는 야곱은 성경 인물 중 내게 가장 애착이 가는 사람이기도 하다. 배고픈 형 '에서'에게 팥죽 한 그릇으로 장자권을 빼앗고 형의 저주를 피해 도망친 야곱은 원래가 약삭빠르고 교활한 사람이었다. 아버지가 형에게 줄 축복마저 가로챘던 그는 오직 자기만 잘 먹고 잘 사는 걸 원했던 사람이었다.

그런 야곱은 어느 날 부모님과 생이별을 하고 형에게 쫓기는 신세가 되고, 삼촌의 집으로 도망가는 길목에서 홀로 쓸쓸한 밤을 맞이한다. 중동의 겨울밤은 우리의 생각보다 훨씬 춥다. 밤이 되어 더 이상 못 걷게 되자 그는 이불도 없이 딱딱한 돌베개를 베고 잠을 청한다. 도망치느라 지친 그의 주변엔 아무도 없고, 스스로도 자신의 처지를 생각하니 눈물이 왈칵 쏟아졌다.

바로 그때 야곱은 하나님을 만나게 된다. 춥고 컴컴하고, 외롭고 두려운 사막의 밤에 하나님께서 야곱을 찾아오셨다. 그리고 하나님은 야곱의 이름을 부르시고 위로하시며 이렇게 말씀을 주신다.

"내가 너와 함께 있어 네가 어디로 가든지 너를 지키며 너를 이끌어
이 땅으로 돌아오게 할지라.
내가 네게 허락한 것을 다 이루기까지 너를 떠나지 아니하리라 하신
지라."

– 창세기 28:15

어느 날 밤, 하나님은 야곱에게 그러하셨던 것처럼 고통 가운데 있던 나를 찾아와 다독이고 위로해 주셨다. 사막에서 하나님을 만난 것은 내 인생의 가장 중요한 전환점이었다. 내가 만난 그분은 사랑이 넘치지만, 한편으론 인내하며 기다리게 하시는 분이었다. 때로는 고통 가운데 보내야만 하는 시간을 이해할 수 없을 때도 있었지만, 결국 그 시간조차 훗날 축복이고 선물이었음을 알게 되었다. 기다리는 시간을 통해 나를 낮추고 주리게 함으

로써 회복시키시려는 하나님의 깊은 사랑이었음을 깨닫는다. 그리고 마침내 내 인생을 향한 하나님의 소명과 비전이 무엇인지를 갈구하게 하시고, 새로운 소망을 품게 만드신다.

형 에서로부터 도망쳤던 야곱은 20년이 지나 다시 형을 대면해야 하는 순간이 왔다. 형 에서는 복수의 칼날을 세우고 야곱을 죽이려고 그 긴 시간 동안 단단히 벼르고 있었다. 야곱은 두렵고 답답할 수밖에 없었다. 그런 야곱에게 다시 밤이 찾아온다. 외로운 밤에 홀로 남은 야곱은 알 수 없는 누군가와 씨름을 하게 되고, 그 사람이 야곱의 정강이를 치는 순간 골절이 되어 절뚝거리게 된다. 중요한 순간을 앞두고 낭패가 아닐 수 없었다.

그런데 형을 만나는 날 놀라운 반전이 일어난다. 예상과는 달리 멀리서 절뚝거리며 다가오는 초라한 동생의 모습이 눈에 들어오자, 형의 마음에 가득했던 복수심과 원망이 눈 녹듯 사라진다. 칼을 잡은 손에 힘을 잃었다. 그리고 싸울 필요도 없는 존재로 보이는 동생에게 다가가 안으며 흐느낀다. 만약 야곱이 옛날처럼 민첩하고 약삭빠른 모습이었다면 형 에서는 야곱을 단칼에 베었을 것이다. 그런데 지금 야곱은 그런 모습이 전혀 아니다. 깨지고 부서지고, 절뚝거린다. 야곱이 강해지려 할 때 하나님은 그를 무너뜨리고 무력하게 만드셨다.

모든 고난에는 의미가 있다. 그리고 그 고난의 끝에는 생각하지 못한 축복이 있다. 축복(Bless)이란 단어가 라틴어의 피(Blod)라는 어원에서 나왔다는 말은, 곧 고통 없이는 축복을 얘기할 수 없음을 의미한다. 어쩌면 상처를 치료하는 것이 아니라 상처가 나 자신을 치료하는 것인지도 모른다.

누구나 상처를 피하고 싶지만, 때로는 어쩔 수 없이 상처를 입게 되기도 한다. 그러나 그 상처가 치유될 것인지 그렇지 않을 것인지는 오로지 자신의 선택에 달려 있다. 상처를 치유하는 유일한 길은 그 상처를 정직하게 인정하는 것이다.

구미, 안동, 상주, 안산 등 많은 도시를 돌고 돌아와야만 했다. 한때는 그 도시 안에서 만나고 스치는 사람들을 의식하기도 했다. 나를 바라보는 시선에 마음이 쓰이기도 했고 두렵기도 했으며, 사람들로부터 또 다시 상처를 입게 될까봐 스스로 거리를 두기도 하였다. 그중에는 선입견을 품고 대하는 사람들도 있었고, 외면하고 거절하는 눈빛도 있었다.

그러나 이제 나는 그들에게 오히려 미소를 보낸다. 시간이 지나면 진정한 나를 알게 될 것이고, 만약 그렇게 되지 못하더라도 어쩔 수 없는 일이다. 굳이 무엇을 설명하거나 보태려 하지 않는다. 그저 내 삶을 있는 그대로 보이면 그것으로 충분한 것이다. 더 이상 그 상처에 머무르거나 그 상처로 인해 좌절하지 않는다. 돌이켜보면, 하나님은 그 도시들을 전전하며 기다려야만 하는 시간을 통해 나그네의 삶을 깨닫게 하셨다. 내 뜻대로 살아지는 인생이 아님을 알게 하시고, 세상의 성공과 부를 바라보던 시선을 내려놓고 눈을 들어 영원한 것을 바라보게 하셨다. 그것은 축복이었다.

기다려야 한다는 건 고통스러운 일이다. 그러나 반드시 그 끝에는 기대하지 않았던 아름다운 선물이 있다. 진정한 기다림은 꿈과 소망을 품은 채 앞을 내다볼 줄 알며 살아가는 일이다. 어둠을 보고 밝게 빛나는 별을 기대하는 것이고, 깃털을 보고 푸른 하늘을 나는 독수리를 아는 것이다. 그때 고난은 축복이 된다.

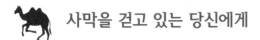 ## 사막을 걷고 있는 당신에게

인생의 오후로 접어드는 시기에 왔다. 구태여 인정하고 싶지 않은 지천명의 나이가 되었다. 그때쯤이 되면 많은 것을 알 수 있을 거라 생각했지만, 막상 그 나이가 되니 하늘의 이치는커녕 나 자신이 어떤 존재인지조차 여전히 알지 못할 뿐더러, 나이를 잊어버린 채 살아가기도 한다. 그때 나를 둘러싼 주변은 그것을 지나치지 않고 알려주기도 하는데, 가끔은 그 친절함이 지나칠 때가 있다.

마흔 살을 지나가던 어느 날 우편 한 통이 나에게 도착했다. 생애 전환기 정기검진을 받으라는 통지서였다. '생애전환'이라는 네 글자가 새삼 낯설었다. 난 아무것도 변한 것이 없고 어제와 똑같은 오늘일 뿐인데, 국민건강보험공단은 내 삶이 전환되는 시점에 와 있음을 일방적으로 통보해 온 것이다. 앞으로 나는 점차 신체적 기능이 떨어질 것이니, 이런저런 점검을 받고 예방조치를 하라는 것이다. 고마운 일이긴 하지만 왠지 씁쓸한 웃음을 지울 수가 없었다.

그러나 엄밀히 보면 누군가의 생애전환이란 단순히 신체에만 적용되는 기준은 아니다. 비록 눈에 보이지는 않지만, 마음이나 정신과 같은 내면의 변화는 외형적인 신체 변화보다 더 큰 단절과 그에 따른 적응을 요구한다. 그런 차원에서 만약 마음에도 생애전환 시점을 통보해 주는 시스템이 있다면 어떨까 하는 생각이 들었다. 지천명의 나이쯤이 되면 저마다 예기치 않은 질곡의 시기를 거쳐 왔을 테다. 이런저런 상황과 맥락들 가운데 '당신의 마음은 이제 생애전환 시기에 접어들었다!'는 그런 통지를 받는 다면, 삶 자체가 흔들리는 변화의 문턱에서 남은 인생을 더욱 잘 대처하고 준비할 수 있을지도 모른다는 다소 엉뚱한 상상이 들었다.

그나마 다행인 것은, 인생 후반기에 이르면 진정한 어른다움에 가까워진다는 것이다. 영원히 살 수 없으며 남은 날이 많지 않다는 것을 깨닫기 시작하면서 헛된 것들로부터 시선을 거두어 진리를 바라보게 된다. 그것은 나이를 먹어서 저절로 깨닫게 된 것이 아니라, 피할 수 없는 고난과 시련을 겪으며 성숙해졌기에 가능해진 것이다. 자신의 재능을 살렸는지, 마음의 가치에 충실했는지, 옳다고 믿는 길을 걸어왔는지 돌아보기 시작한다. 작은 일들에 감사하게 되고, 마음의 평화가 얼마나 소중한지 알게 된다.

더 멀리 가고 더 높이 오르는 것이 삶의 전부였던 나 또한, 그 시간이 되어서야 얼마나 허황하고 부질없는 목표를 위해 살아왔는지를 알게 되었다. 더 많은 것을 얻고 더 좋은 것을 취하기 위해 한눈 팔지 않고 달려왔지만, 정작 무엇을 위한 열심인지를 몰랐다. 그러다 보니 사소하고 작은 아름다움은 크고 강한 것들이 가져다주는 가치들에 항상 가려졌다. 분명하게 손에 잡히고 측정할 수 있을 정도의 구체적인 성과가 보이지 않는 것들은 뒤로 밀릴 수밖에 없었다.

경영학의 그루 피터 드러커는 '측정할 수 없으면 개선할 수 없다'라고 했다. 모든 것을 측정해서 수치로 표현해야 관리와 개선을 할 수 있다는 뜻이다. 한발 더 나아가 영국의 한 교수는 아름다움을 측정하기 위한 헬렌(H)이라는 단위를 만들기도 했다. 그러나 이 얘기는 반대로 우리 삶에는 보이지도 않고, 잡을 수도 없지만 무한한 힘을 가진 그 무언가가 분명히 존재한다는 것을 의미한다. 그것들은 측정하려 해도 너무 커서 잴 수조차 없다. 정이 그러하고 배려가 그러하며, 사랑과 꿈이 그러하다.

몇 년 전 라오스에 단기선교를 다녀왔다. 마치 우리나라 70년대 풍경에 멈춰 있는 것 같은 그곳의 어린아이들에게 믿음과 복음을 심어주기 위한 짧은 일정이었다. 함께 밥 먹고 함께 예배드리다 보니 듬뿍 정이 들었고, 특히 열 살 남짓한 한 소녀와 친해졌다. 오른쪽 샌들 끈은 너덜너덜하고, 옥빛 원피스는 해진지 오래지만, 그 아이는 아랑곳하지 않고 미소를 짓고 있었다. 함께 찬양하고 율동을 하며, 그림을 그리고 게임을 하는 동안, 그 아이는 무엇이 그리 즐거운지 연신 크게 웃었다.

떠나는 날 작별 인사를 하고 돌아서서 차를 타러 걸어갈 때 저 멀리서 누군가 우리 일행 쪽으로 달려왔다. 그 소녀였다. 내 앞으로 와서는 수줍게 무언가를 건넸다. 그리고는 손을 입 쪽으로 가져가며 먹으라는 시늉을 한다. 파란 비닐봉지에 담겨 있는 것은 아직도 따끈따끈한 주먹밥이었다. 바나나 잎인지 코코넛 잎인지 알 수 없지만, 잎사귀 안에 쌀을 넣고 찐 주먹밥이었다. 며칠 전 교회에서 그 주먹밥을 먹을 때 내가 맛있다고 얘기했던 것을 그 아이는 기억했던 것이다. 주먹밥을 쥐어 든 나는 눈물이 핑 돌았고, 측량할 수 없는 배려와 정에 온 마음이 따뜻해졌다.

돌아오는 비행기 안에서 잠이 잘 오질 않았다. 군데군데 해진 원피스를 입고 환하게 웃는 그 아이가 계속 아른거렸다. 순간 그 아이의 꿈을 물어보지 않았음을 깨달았다. 그 아이가 좋아하고 원하는 것을 묻지 않은 내 자신을 질책했다. 팍팍하고 고된 삶의 여정이 그 아이를 기다리고 있을지라도 반짝거리는 꿈을 갖고 있는 한, 행복을 놓치지 않을 거라는 말을 해주고 싶었기 때문이다.

인생에는 두 가지 길이 있다. 내가 선택해서 걸어온 길과 걸어가지 않은 길이다. 내가 걸어온 길은 나의 현재를 이루고, 가지 않은 길은 그저 나와는 관계없는 길로 치부되어 왔다. 그러나 걸고 싶었지만 현실적인 문제로 뒷전으로 밀려난 길은, 마음 깊은 곳 어딘가에서 꿈과 동경으로 여전히 남아있다. 라오스에서 만난 그 소녀에게 정작 필요한 것은 언젠가는 닳아 없어지고 말게 될 원피스나 샌들보다도 미래를 위해 영원한 꿈을 꾸는 것인지도 모른다.

오래전에 읽었던 리처드 바크의 『갈매기의 꿈』을 다시 꺼내어 읽었다. 누렇게 색이 바랬지만 갈매기 사진이 있는 흑백의 표지를 보면 항상 가슴이 뛰곤 한다. 주인공 조나단 리빙스턴은 다른 갈매기들이 오로지 먹는 것에만 치중할 때 더 높이 더 멋지게 날기 위해 비행연습에 몰입한다. 평생을 물고기만을 쫓아다니는 평범한 갈매기의 삶에서 벗어나 보다 잘 나는 꿈을 좇는다. 계속되는 실패에도 불구하고 조나단 리빙스턴은 어제보다 더 높이 날기 위해 오늘도 폭풍 속을 뚫고 날아오른다.

그의 꿈은 애당초 다른 갈매기와 똑같이 되는 것이 아니었다. 푸른 하늘을 자유롭게 날아가는 꿈, 그것은 진정한 자기 자신이 되는 자유를 좇는 것을 의미한다. 현재에 머무르지 않고 미래를 향해 날아가는 꿈이야말로 그의 가슴 속에 살아 움직이는 삶의 목적이다.

새장 안의 새는 막상 문이 열리더라도 날아가지 못한다. 이미 풍요로움과 안전함에 익숙해져 있기 때문이다. 그러나 한 번이라도 날아본 새는 비록 삶이 힘들고 어렵더라도 다시 새장 안으로 들어가려 하지 않는다. 푸른 하늘을 날아다니는 자유를 가두고 싶지 않기 때문이다. 조나단 리빙스턴의 꿈을 오랫동안 동경해 왔던 나는 어느 날, 나 자신이 그저 새장 안의 새에 머물러 있음을 발견하게 되었다. 어느덧 새장이 가져다주는 안락함에 취해 푸른 하늘을 기억에서조차 잊어버린 채 새장 안의 삶에 스스로 자신을 가두어 놓았던 것이다.

아부다비 뜨거운 사막에서 만났던 한 마리 낙타를 다시 떠올린다. 그늘 하나 없는 곳에서 무릎을 꿇고 가쁜 숨을 몰아쉬며 잠시 쉬고 있는 그의 곁엔 아무리 둘러봐도 모래와 하늘뿐이다. 주인의 손에 이끌려 어디로 가는지도 모른 채, 어제도 내일도 항상 똑같은 풍광 가운데 머무르고 만다.

여전히 사막을 걷고 있는 나는, 사막을 건너기 전과 비교해 달라지거나 변한 것이 아무것도 없다. 모든 것이 그대로이다. 언제쯤에야 걷고 있는 이 사막이 끝날지, 그 이후의 길은 어디로 향하는지 알지 못한다.

그러나 유일한 변화가 하나 있다면, 더 이상 사막을 두려워하지 않는다는 것이다. 더 이상 사막을 벗어나려고 몸부림치지 않는다는 것이다. 우리는 잠시 오아시스를 만나 쉬어갈 수는 있지만, 그곳이 최종 목적지가 아니라는 것을 알고 있다. 언젠가는 오아시스를 나와 다시 사막을 걸어야만 한다. 지금 걷는 이 사막의 끝엔 그렇게 또 다른 모습의 사막이 펼쳐진다. 인생은 그런 사막을 닮았다. 그러기에 순간순간 사막이 주는 고난과 시련에 좌절할 필요도 없고, 흔들릴 필요도 없다.

사막의 성자라 불리는 샤를 드 푸코는 어느 날 집 앞의 평범한 나무를 통해 깨달음을 얻었다. 나무는 떨어지는 자신의 잎이나 부서져 나가는 가지에 대해 아무런 염려를 하지 않는다는 것이다. 떨어지지 못하도록 기를 쓰거나 그것을 잡으려고 안달하지 않는다. 어떠한 상황 속에서도 그저 의연할 뿐이었다.

사막을 건너가기 위해서는 세 가지가 반드시 필요하다. 바로 나침반과 지도 그리고 물이다. 내가 어디쯤 와 있는지, 내가 어느 곳을 향하고 있는지, 지도를 보고 나침반을 따라가야 한다. 자신의 위치와 좌표를 알아야 목적지를 정확히 향해 갈 수 있는 것이다.

그러나 무엇보다 가장 중요한 것은 물이다. 물이 없다면 사막에서 한 발짝도 나아 갈 수가 없다. '사막이 아름다운 것은 어딘가에 오아시스가 숨어 있기 때문'이라는 생텍쥐페리의 말을 굳이 빌리지 않더라도, 오아시스를 만나지 않는다면 인생이란 사막은 그저 고되고 힘든 나날의 연속에 지나지 않는다.

비록 오아시스가 아니더라도, 한모금의 생수만 있다면 사막은 그리 힘들고 고된 시간만도 아니다. 지금도 기억에 생생한, 사막에서만 가능한 아름다움을 볼 수 있기 때문이다. 사막에 완벽한 적막이 찾아오고 난 후 마주한 붉은 낙조와 모래 위로 눈송이처럼 쏟아지던 별은 이 세상의 것이 아니었다.

생수의 근원인 하나님과 동행할 때 사막은 그렇듯 아름다운 장소로 변하게 된다. 어떠한 시련과 고난에도 흔들리지 않으며 고난 중에도 기뻐하는 것, 그것이 사막을 건너는 우리에게 필요한 자세이다.

따듯한 봄바람이 지나간 자리에 사막에서는 볼 수 없는 풍성한 생명들이 움트고 있다. 한여름의 절정을 향해 팔을 벌리며 나아가는 그들은 기분 좋은 바람에 자유롭게 이리저리 몸을 맡긴다. 그것은 생명을 품은 바람이다. 용기를 불어넣는 바람이다. 희망의 바람이다.

흔들리지 않는 꿈, 내 삶의 찬란하게 빛나는 소망을 위해 오늘 나는 그 바람을 가슴에 품고 나무처럼 하늘을 바라보고 선다. 세상을 다 갖기 위해서는 그저 포근한 바람 한 줌과 아직 식지 않은 주먹밥 한 덩이면 족한 것이다.

마치는 글

가장 빛나는 선물은 아직 도착하지 않았다

이 글을 쓰는 동안 줄곧 새벽에 깨어 있었습니다. 매일 매일 글을 썼습니다. 컴퓨터 옆에 향기 좋은 차 한 잔과 메모지 한 장, 펜한 자루가 그 시간을 함께 했습니다. 그러고 보니 KBS 1FM도 있었군요. 방해받지 않으면서도 외로움에 빠지지 않기 위해서는 그라디오 채널이 적격이었습니다.

자판 위에 올려놓은 손이 아주 가끔은 격정적으로 피아노를치는 듯할 때도 있었지만, 대부분은 좀처럼 움직이려 하지 않는그 친구를 달래느라 애를 먹었습니다. 아무것도 없는 백지를 채워 나가는 시간은 무던한 인내와 세심함이 요구되었습니다. 언뜻희미하게 떠오른 문장들이 이내 사라질까 봐 조바심이 나기도 했고, 곁가지로 뻗어 나가는 상념을 쳐 내느라 몇 시간째 그 자리를맴돌기도 했습니다.

제 기억 속에 존재하는 문인들의 모습은 저 너머에 있는 부류의 사람들이었습니다. 반쯤 깎다 만 수염을 한 채 연신 담배를 물고 있을 법한 그들은, 글이 잘 쓰이지 않을 땐 머리를 쥐어뜯고 괴로워하는 사람들로 보였습니다. 글을 쓴다는 건 그렇게 어느 정도 고통을 수반하는 일이긴 합니다.

그러나 한편으로 글을 쓰는 건 행복한 순간이었습니다. 무엇보다 다른 사람이 아닌 제 삶에 대해 관심을 갖고 마주할 수 있게 되었습니다. 애써 외면했던 과거를 다시 쳐다봄으로써 제 자신과 화해를 할 수 있었고, 미래를 바라볼 용기를 얻을 수 있었습니다. 작가 조지 버나드 쇼는 창고 같은 서재에 '런던'이라고 이름 붙였다고 합니다. 그래서 사람들이 전화하면 자신은 지금 런던에 있기 때문에 만날 수 없다며 둘러대곤 했습니다.

고통스럽더라도 진실한 내면을 마주하는 작업은, 그 일이 기쁘지 않으면 할 수 없는 것입니다. 내면을 마주하기 위해서는 자신이 누구인지부터 먼저 알아야 합니다. 인생에서 무엇을 이루고자 하기 전에, 인생이 내 자신을 통해 무엇을 이루고자 하는지를 먼저 들어야 합니다. 시간이 비록 걸리더라도 내면의 소리에 귀 기울여야만 합니다. 그러기에 겉으로 보이는 모습이 아닌, 진정한 정체성을 찾는 일은 자신의 인생을 자신답게 살아가기 위한 전제 조건이 됩니다.

많은 시간이 걸렸지만, 제 인생이 이루고자 하는 것은 다른 사람들의 삶에 가치를 보태고 그들에게 선한 영향력을 끼치는 것임을 확인하게 되었습니다. 조금이라도 다른 이들이 성장하고 성숙해질 수 있도록 돕고 위로하는 것이 저에겐 매우 중요한 가치로 자리매김 되었습니다. 이 글을 읽는 당신 혼자만 사막을 걷는 것이 아님을 알게 된다면, 그것으로 충분합니다.

　레이먼드 카버는 소설 『사랑을 말할 때 우리가 이야기하는 것』에서 사랑에 대해 뭔가 안다고 얘기하는 것을 부끄럽게 여겨야만 한다고 합니다. 사랑에 대해 말할 때 우리가 얘기할 수 있는 건 오직 사랑이 그곳에 있었다는 것, 그리고 그 사랑이 이제 여기엔 없다는 정도라는 것입니다. 그걸 빼면 우리가 사랑에 대해 말할 수 있는 건 많지 않다는 것입니다.

　이 글을 쓴 것도 제가 특별히 많은 경험을 했거나 인생을 잘 알아서가 아닙니다. 제가 알고 경험한 것이 전부라고 얘기할 수도 없습니다. 그저 제가 삶의 길목에서 사막을 만났고, 여전히 그 사막을 걸어가고 있으며, 이 사막이 끝나면 또 다른 사막이 펼쳐질 거라는 것만을 말할 수 있을 뿐입니다.

　제 아이들이 아직 어렸을 때 바닷가를 가게 되면 아이들은 모래성을 쌓으며 노는 것을 좋아했습니다. 지겹지도 않은지 몇 시간씩 앉아서 땅을 파고 작은 삽으로 모래를 푸고 두드렸습니다. 그 위에 성을 만들고 호를 둘러 파기도 했습니다. 그러다 파도가 들어오면 아이들은 소스라치게 놀랍니다. 파도가 더 깊이 밀려들어와 모래성을 휩쓸어 가면 아이들은 끝내 울음을 터뜨립니다. 그러면서 아이들은 자기들이 지은 모래성이 오래가지 않는다는 걸 알게 됩니다.

저는 회사에서 정신없이 앞만 보고 살다가 결국 몸이 아파서야 속도를 늦추고 왜 그렇게 살았는지를 후회하는 동료를 본 적이 있습니다. 그는 무엇을 위한 열심인지도 알지 못한 채 무턱대고 열심히 애써 왔던 것이 가장 허무하다고 했습니다. 우리들 대부분은 그렇게 파도에 속절없이 휩쓸려 내려가고 나서야 깨닫게 됩니다. 그래서 더 이상 파도가 휩쓸어 가지 못하기 위해서는, 지금 우리가 걷고 있는 길을 돌아봐야 할 필요가 있습니다. 오랜 시간이 흘러도 무너지지 않는 것에 마음을 두어야 합니다. 어떠한 흔들림에도 절대 파괴되지 않는 견고하고 영원한 것을 바라보아야 합니다.

겉으로는 멀쩡해 보일지 몰라도 모래성은 허약하기 짝이 없습니다. 언제든 허물어질 수 있기 때문입니다. 아무리 튼튼하게 지은 것 같아도 우리 인생은 모래로 지은 집에 불과하고, 삶에는 통제할 수 없는 사건들이 일어납니다. 그럴 때 우리는 한계를 느낄 수밖에 없으며, 그 한계를 절감하고 부족한 내 힘을 인정할 수밖에 없습니다. 바로 그 순간, 길을 잃고 사방이 막힌 그때, 하나님이 저에게 찾아오셔서 따뜻한 위로를 주셨던 것처럼 여러분의 인생에도 꺼지지 않고 흔들리지 않는 등불이 되길 소망합니다.

모든 길이 처음부터 있었던 것은 아닙니다. 처음으로 걸어간 사람이 있었고, 그 뒤를 따라 걸어가고 또 걸어가면 그것이 곧 길이 되는 것입니다. 그러나 그러한 길을 따라 걸으면 글이 되겠지 하는 생각으로 나선 것은 큰 오산이었습니다. 글을 쓰면 쓸수록 그 길은 좁디좁은 오솔길로, 때로는 끝을 알 수 없는 미궁 속으로 빠져들기도 했습니다. 그 길 위에서 그만두고 내려오고 싶을 때도 있었지만, 무사히 여기까지 올 수 있었던 건 온전히 하나님의 은혜였습니다.

글을 쓰는 데 가장 큰 어려움 중 하나가 시간 확보였습니다. 글을 쓴다는 핑계로 휴일에는 온종일 글을 쓸 수 있게 배려하고 격려해 준 아내와 채성이, 채린이에게 사랑과 감사를 전합니다.

또한 부족한 원고를 선뜻 출간해주시고 응원해 주신 〈도서출판 청년정신〉의 양근모 대표님과 여러 관계자 분께도 깊은 감사를 드립니다.

이제 저는 다시 러시아로 떠날 것입니다. 시베리아 횡단열차에 다시 자리 하나를 마련할 것입니다. 가다서다 하는 그 열차를 닮아갈 것입니다. 시베리아 어딘가에서 제가 청춘의 나이였을 때 바라본 해바라기와 지평선을 다시 마주할 것입니다. 그곳에서 세상의 목표에 빠져 있던, 이제 중년의 나이가 된 한 소년을 잠시 격려하고 그와 함께 승리하는 삶을 향해 떠날 것입니다.

기차가 전혀 알지 못하는 낯선 곳에 다다르더라도 두려워하지 않을 것입니다. 인생 또한 수시로 멈추기도 하고 갈아타기도 하는 열차와 같기 때문입니다. 오히려 한 번도 가보지 않은 길 위에서 웃으며 익숙하지 않은 풍경을 기뻐하는 것, 그것이 삶이 내게 말하려 했던 것이었습니다.

많은 시간이 흐른 어느 날, 사막의 어느 곳에서 당신의 남은 이야기를 들을 수 있는 날이 오기를 기대합니다. 그렇습니다. 아직 걸어가야 할 길이 남았고, 가장 빛나는 선물은 아직 도착하지 않았습니다.

보라 내가 새 일을 행하리니 이제 나타낼 것이라
너희가 그것을 알지 못하겠느냐
반드시 내가 광야에 길을 사막에 강을 내리니

　　　　　　　　　　　　　　　　　　　　　－ 이사야 43:19

달리는 낙타는 사막을 건너지 못한다

지은이 김지광

발행일 2020년 10월 27일

펴낸이 양근모

발행처 도서출판 청년정신 ◆ **등록** 1997년 12월 26일 제 10-1531호

주 소 경기도 파주시 문발로 115 세종출판벤처타운 408호

전 화 031)955-4923 ◆ **팩스** 031)955-4928

이메일 pricker@empas.com

ISBN 978-89-5861-200-